EL

FINAL

DE

NUESTRA

HISTORIA

‣ **Título original:** *The End of Our Story*
‣ **Dirección editorial:** Marcela Luza
‣ **Edición:** Leonel Teti con Erika Wrede
‣ **Coordinación de diseño:** Marianela Acuña
‣ **Diseño de interior:** Fernanda Cozzi
‣ **Fotografía de tapa:** © 2017 Oleksandr Khomenko
‣ **Diseño de tapa:** Michelle Taormina

un sello de
V&R Editoras

Producido por Alloy Entertainment
1700 Broadway, New York, NY 10019
www.alloyentertainment.com

Publicado en virtud de un acuerdo con Rights People, Londres.

ARGENTINA:
San Martín 969 piso 10 (C1004AAS)
Buenos Aires
Tel./Fax: (54-11) 5352-9444
y rotativas
e-mail: editorial@vreditoras.com

MÉXICO:
Dakota 274, Colonia Nápoles CP 03810,
Del. Benito Juárez, Ciudad de México
Tel./Fax: (5255) 5220–6620/6621
01800-543-4995
e-mail: editoras@vergararriba.com.mx

ISBN 978-987-747-293-6

Impreso en México, junio de 2017
Litográfica Ingramex S.A. de C.V.

Haston, Meg
El final de nuestra historia / Meg Haston. - 1a ed. - Ciudad Autónoma de Buenos Aires: V&R, 2017.
312 p.; 21 x 15 cm.

Traducción de: Laura Saccardo.
ISBN 978-987- 747-293- 6

1. Literatura Juvenil. 2. Novelas Realistas. I. Saccardo, Laura, trad. II. Título.
CDD 813.9283

EL

FINAL

DE

NUESTRA

HISTORIA

MEG HASTON

S

Traducción: María Laura Saccardo

VR
YA

Para David

Primavera, último año

Ahora que la ciudad de Atlantic Beach y yo estamos a punto de separarnos, ha comenzado a sucederme algo extraño. A solo dos semanas de terminar mi último año de escuela, de pronto estoy notando cada pequeño detalle: la forma en la que las ventanas del salón de clases cubiertas de salitre enturbian el sol; cómo los pies de los adictos a la playa están siempre llenos de arena; el color de la piel de Wil Hines, con un bronceado veraniego permanente por las horas que pasa entre el océano y el sol. Ahora que todo está por terminar, todo a mi alrededor es más evidente. Más claro. Mi mente intenta convencerme de que voy a extrañar este lugar una vez que haya dejado Miami y comience El Resto de mi Vida, pero eso es imposible. Ya hace casi un año que estoy planeando mi escape.

En el banco junto al mío, Leigh está inclinada sobre su cuaderno de dibujo. En él se ve dibujada una pared de concreto con la frase *¿A qué hora te paso a buscar esta noche, perra?*, grafiteada en llamas de un rosado intenso. Hay plantas trepando por las grietas de la pared y una chica apoyada sobre ella, fumando marihuana. Leigh no es capaz de enviar un mensaje de texto como una persona normal.

Cambia a la siguiente página, en la que escribió:

¡¡¡Primera fogata del último año!!!

Le digo que no con la cabeza, ella pone los ojos en blanco y vuelve a pasar la página.

Bridge. Chica. Vamos.

La chica aparece desplomada contra la pared, decepcionada. Luce como Leigh: rastas largas hasta los hombros, piel color caoba y ojos oscuros. Incluso la versión en caricatura de mi mejor amiga me encuentra desanimada estos días. Me encojo de hombros y murmuro: "lo siento", a pesar de que las dos sabíamos la respuesta antes de que preguntara.

Al frente del salón, una profesora suplente mira la pantalla de su computadora con el rostro inexpresivo. Se supone que deberíamos estar haciendo ejercicios de práctica de trigonometría, pero al parecer los treinta y cuatro alumnos tenemos un acuerdo tácito: no haremos nada, dejaremos libre a la suplente para que analice la cuenta de Instagram de su especie de novio.

Mientras Leigh suspira y vuelve a concentrarse en su cuaderno de dibujo, Ana Acevedo recorre el suelo gris plastificado del salón y acerca sus labios al oído de Wil: "Deberíamos ir a la fogata, bebé. Ya nunca sales".

Bebé.

No puedo creer que sigan juntos.

No puedo creer que nosotros no lo estemos.

Veo el cuello de Wil, tenso por el susurro de Ana. Recuerdo la primera vez que me senté detrás de él. Fue al comienzo del cuarto curso en mi nueva escuela, y todo mi cuerpo estaba en carne viva por las quemaduras del sol. Estaba en llamas. Me dolía respirar. Incluso sostener el lápiz me causaba dolor. Así que me senté lo más quieta que pude en el extremo de la silla, contando los cabellos desteñidos por el sol de la cabeza que tenía delante de mí. Cuando llegué al cabello número ochenta y seis, el chico se dio la vuelta.

"Tu piel combina con tu cabello, casi", dijo él.

Yo parpadeé.

"Te has insolado. Muy mal", agregó.

"Dah", le respondí, pero, en el fondo, estaba aliviada por su diagnóstico. Había estado considerando algo en la categoría de una bacteria carnívora.

"¿Tu mamá no te puso protector solar?".

"Tenía que trabajar", no le dije que el día anterior había sido la primera tarde de playa en la vida de Bridget Hawking ni que no entendía el sol de Florida. Me había recostado en la arena, con los pies y las manos apoyados sobre los finos granos de arena y la brillante bola de fuego quemándome lentamente sin que me diera cuenta. El agua se veía exactamente como pensaba que lo haría, como un diorama de la playa que diseñé en primer curso. Una lámina arrugada de papel de aluminio garabateada de color azul oscuro.

"¿Y qué hay de tu papá?", me preguntó.

"Mi padre murió", mentí. O tal vez no. Mamá me dijo una vez que no tenía idea.

"Ah", dijo, presionando la lengua en el espacio entre sus dientes delanteros. "¿Quieres venir a mi casa después de la escuela? Mi papá tiene un taller y tú deberías quedarte adentro ".

"Ni siquiera sé tu nombre", le respondí.

"Wil. Apodo para Wilson, que también es el nombre de mi papá ".

Esa tarde, su padre nos recogió en una camioneta que habían refaccionado y pintado demasiadas veces como para saber cuál era su color original.

"Ella es Bridge", le dijo Wil.

"¿Bridge como *puente*? ¿El puente de Brooklyn? ¿O el Golden Gate?", bromeó Wilson con una sonrisa. Cuando giró para guiñarle el ojo a su hijo, noté que tenía el cabello largo. La mayoría de los padres que conocía en Alabama lo usaban rapado.

"Como Bridget", le dije. "¿De Alabama?".

"Bridget de Alabama", repitió. "Desde luego".

Dejó que viajáramos en la cabina para que mis quemaduras no se pusieran peor. Revolvió un bolso que estaba bajo los pies de Wil y sacó una gorra de camionero que decía CABAÑA DE MARISCOS DE MAMÁ P. La puso sobre mi cabeza para proteger mi rostro del sol. Sobre el tablero de la camioneta había un pequeño pinito de cartón que hacía que todo oliera como a Navidad.

Me puso el cinturón de seguridad y se mantuvo en silencio casi todo el camino, excepto cuando me hacía alguna pregunta como qué tal era Alabama en esa época del año o si Wil le había causado algún problema a la maestra. "Entre nosotros", dijo como si Wil no estuviera allí, y me guiñó un ojo.

La familia de Wil vivía en una casa blanca, con estilo de rancho, baja y larga, a diez calles de la playa. Estaba ubicada en un terreno doble y detrás había un taller muy grande. Parecía un granero, lo que me hacía recordar a mi casa. Sobre la puerta del frente tenía un letrero tallado a mano con mucho cuidado: CONSTRUCCIÓN Y REPARACIÓN DE BOTES HINES. En el interior, la luz era tenue y olía a barniz y aserrín. En el centro del taller había un bote balanceándose dado vuelta sobre una mesa de trabajo. Las paredes estaban cubiertas de tableros de clavijas, estanterías de madera y líneas rectas.

El papá de Wil salió para buscarnos algo de comer y nos dijo que, cuando regresara, quería encontrar todo exactamente como lo dejó.

"Entendido", le dijimos. Nos sentamos con las piernas extendidas sobre el suelo de concreto manchado y comparamos cosas, como nuestras madres (la suya era jefa de personal en un consultorio odontológico en Jacksonville; la mía, una experta en hospitalidad); las cosas que menos nos gustaban de nuestra maestra de cuarto (de la suya, que solo eligiera a chicas como líderes; de la mía, la forma en la que se lamía el dedo cada vez que pasaba una página cuando leía para la clase, lo que significaba que cada libro del salón estaba cubierto con su saliva); nuestras fechas preferidas (la suya era Halloween, porque no se puede comprar sangre falsa en ningún otro momento del año sin parecer loco y también por los dulces; la mía, mi cumpleaños, porque mamá preparaba waffles con Funfetti).

"Y también los días de enfermedad entre comillas", dije mientras entraba su papá con un plato lleno con porciones de apio y manzana untadas con mantequilla de maní. El falso día de enfermedad era algo especial que mamá hacía para mi hermano Micah y para mí una o dos veces al año. Nos levantábamos a la hora de siempre para ir a la escuela, nos vestíamos, tomábamos el desayuno y, justo cuando mamá nos estaba empujando para salir de la casa, gritaba: "¡Día de enfermedad entre comillas!", y nos empujaba de vuelta adentro. Llamaba a la escuela y les decía que estábamos "enfermos" y hacía todo un espectáculo de las comillas en el aire mientras hablaba por teléfono. Luego nos acurrucábamos juntos en su cama, comíamos cereal azucarado directo de la caja y mirábamos dibujos animados hasta que nos quedábamos dormidos.

"¿Qué pasa con los días de enfermedad?", preguntó el papá de Wil. Él se arrastró por el piso y puso una servilleta frente a nosotros. Un bastón de apio para mí, uno para él; un trozo de manzana para mí, uno para él.

"No hagas que comience con los días de enfermedad", me dijo Wil poniendo los ojos en blanco.

"No hay tal cosa", dijo su papá negando con la cabeza. "No importa lo que pase, todos los días… ".

"Vas a jugar", Wil completó la frase por él.

Cuando Wilson me dejó en casa esa noche, me aseguró que era bienvenida cuando quisiera. Así que fui la tarde siguiente. Y la siguiente. Pasaba casi todos los días en ese taller, hasta que Wil y yo nos hicimos amigos. Mejores amigos. Más. Éramos sólidos: hechos con capas de tardes de meriendas, bailes escolares y primeros besos. Nos tomó años construir esa relación. Y yo la destruí, todo en un abrir y cerrar de ojos.

De alguna manera sobreviví a nuestro último año sin Wil. Pero ya es abril, y con solo unos meses más en Miami, su ausencia se siente más fuerte, como todos los demás detalles de mi vida en Florida. Creo que, si hiciera una Introducción a la Psicología sobre esto, diría que antes de realizar el cambio más grande de toda mi corta vida, necesito algo familiar. Quiero encontrarme con Wil en el taller de su papá. Le hablaría sobre la nube de preguntas existenciales que se ha instalado en mí desde agosto:

¿Qué tal si no consigo un buen empleo para estudiar?

¿Y si mamá no puede sola con Micah?

Pero no quiero quedarme aquí, definitivamente no quiero quedarme en Atlantic Beach por el resto de mi vida. Ya no.

Sonó la campana, veo a Wil deslizarse de su asiento y, apoyando su mano en la cintura de Ana, la guía hasta la puerta, dejando olor a barniz por el camino.

Debe estar trabajando en un nuevo bote. Siempre huele a aserrín y barniz cuando está terminando uno. El barniz era su olor favorito, solía aspirarlo de la lata cuando era chico. Apostaría a que soy la única persona en el universo que sabe eso. Conozco todos sus verdaderos secretos, como que no puede dormir sin tener el canal de National Geographic con el volumen bajo de fondo. Que sabe que su papá lo ama y que su mamá lo intenta, pero no lo conoce realmente. Que solo puede llorar bajo el agua.

Es un desperdicio saber todas esas cosas sobre un extraño.

BRIDGE

Primavera, último año

–Último baile –canturrea Leigh en el estacionamiento, buscando a Iz, el autobús VW pintado con aerosol que bautizó en honor a un artista callejero fallecido de Nueva York–. Puedes venir y no tomar, ya sabes.

–Ahí está –señalo al otro extremo del estacionamiento, donde Iz descansa, panzón, bajo el sol–. Y no es eso.

Es eso, y Leigh lo sabe. No puedo arriesgarme a volver a perder el control. Después de que Wil me dejó, ya no había nadie para quitarme el vaso de plástico rojo de la mano, nadie que me susurrara que ya había tomado suficiente, que tal vez debería irme a casa. La primavera y el verano del tercer año pasaron en una confusión de cerveza, fogatas y fiestas en casas ajenas, hasta que un día, repentinamente y con fuerza, la realidad me golpeó cuando recibí una citación de la policía de Atlantic Beach por tenencia de alcohol.

Mi falta me llevó a realizar servicio comunitario y, además, recibí una carta de la Universidad Internacional de Florida en la que me informaban que un incidente más con la policía pondría en riesgo mi ingreso a la casa de estudios y mis posibilidades de un buen futuro.

No me molestó el servicio comunitario. Completé las horas hace meses, aunque aún paso algunas tardes cada semana con Minna Asher, la mujer mayor que la corte me asignó.

–No podría ir, aunque quisiera. Mamá trabaja hasta tarde y tengo que realizar las compras en Publix y cuidar a Micah –le digo a Leigh.

–Es como la tercera vez consecutiva que pierdes –responde entre risas.

–La cuarta –mamá y yo tenemos un juego que llamamos *Gallina culinaria*. Tomamos turnos para preparar la cena tratando de hacer lo mejor posible con lo que haya en el refrigerador y en la alacena. Quien sea gallina y vaya a la tienda primero, pierde. La cena de anoche (mía) fue chuletas de cerdo con avena crocante y jalea de fresa. Me llamé gallina por mi propia cena, la deseché y ordené comida china. Pierdo casi todas las semanas porque mamá hace trampa y trae las sobras del restaurant gourmet del resort en el que trabaja. El lugar es tan pretensioso que pueden darse el gusto de evitar usar la letra *e*.

–La fogata no comenzará hasta las ocho. Si cambias de opinión…

–Te llamaré –le prometo.

–Es mejor que lo hagas –dice Leigh chocando su cadera contra la mía. Huele a aceite de coco; ahora lo usa para todo, desde el shampoo hasta la cera para su tabla de surf. Irá becada a la Universidad Savannah de Arte y Diseño y, según dice, se está preparando para la vida y el presupuesto de un verdadero artista. Puede decir cosas como esa porque su papá es ortodoncista y su mamá se queda en la casa, y nunca escuché a ninguno de ellos decir la palabra *dinero*; así es cómo sé que tienen suficiente.

Con los pulgares debajo de las correas de mi mochila, atravieso el estacionamiento, abriéndome camino entre las viejas camionetas pickup, autos y el deteriorado aparcadero con bicicletas playeras. Me encuentro con mi pickup en un extremo del estacionamiento y arrojo la mochila por la ventana entreabierta. En poco tiempo, me encuentro conduciendo hacia el norte con el océano como una banda azul centelleante a mi derecha. Por mi ventana pasan imágenes de tejados, piscinas en forma de riñón y algunos trampolines de colores pastel desgastados.

La peor postal de sí misma, pienso, una frase del poema sobre Florida que leímos en la clase de Literatura el año pasado.

La tienda está a unos pocos kilómetros de distancia por la avenida Atlántico. Recorro las góndolas con mi carrito, llenándolo con pasta, vegetales congelados y el pan favorito de Micah, el que tiene queso adentro, a pesar de que en estos momentos no se lo merece. No después de que el consejero escolar llamara a mamá para informarle que mi hermano está mostrando (y es una cita textual) *conducta pre-delincuente*, faltando a clases e insultando a las maestras.

El salmón se ve bien, así que decido despilfarrar en él. Tacho todas las cosas restantes de mi lista mental y hago otra parada: el refrigerador junto al sector de balones. Está lleno de arreglos de gladiolas venidos a menos y floreros de vidrio de tulipanes y rosas. Tomo el último ramo de girasoles.

–Si no es nada menos que Golden Gate.

Tomo los girasoles del refrigerador y volteo lentamente.

–Ey, Wilson –digo. El padre de Wil es enorme, sus hombros son tan anchos como para rescatar a una chica del océano, como hizo cuando yo tenía nueve y Wil me retó a que nadara más allá de la rompiente. Desde que lo conozco, lleva el mismo uniforme todos los días: jeans, botas de trabajo y una camiseta de CONSTRUCCIÓN Y REPARACIÓN DE BOTES HINES, manchada y harapienta. Tengo una igual, escondida en el fondo de mi armario. Su cabello está recogido en un medio rodete.

—Girasoles —señala.

—Mamá está estudiando para obtener su licencia como corredora inmobiliaria. Está un poco estresada así que… —le explico sosteniendo las flores en alto. Quería contarle que, a mamá, los girasoles le recordaban los veranos en la casa de su abuela, y quería preguntarle si él sabía sobre la conexión cerebral entre el olfato y la memoria. De seguro me llamaría "sabelotodo", como hacía cuando era niña.

—Yo vengo por tulipanes —responde con una sonrisa. Sus ojos son del mismo color que los de Wil: turquesas con destellos dorados. Su barba alcanzó proporciones épicas, indescriptibles, y su cabello se volvió gris a los lados—. Es nuestro aniversario con Henney. Veinticinco años. Le compré tulipanes en nuestra primera cita. Y donas de Cinotti.

—Ah, vaya. Eso es… Felicidades. Dile que… felicidades.

—Lo haré —asiente Wilson. Nos quedamos en silencio por un momento, imagino cómo sería tener un padre que hubiera permanecido con mamá por veinticinco años. Lo que Wil no notó fue que al borrarme de su vida no solo lo perdí a él. Perdí los bocadillos de manzana y mantequilla de maní servidos en un plato plástico y las competencias de *bodysurf* y los fuertes construidos con velas viejas y cojines. Cosas de padre.

—Tengo que ir a casa —digo dando un paso atrás.

—¿Van a arreglar lo que haya pasado entre ustedes dos? —me pregunta Wilson, haciendo que se me detenga el corazón. Esa es una de las cosas que admiro de él, siempre dice lo que piensa.

—Él está con Ana ahora… —intento tragar saliva, pero mi garganta está cerrada.

–Mi hijo tiene muchas virtudes, pero tiene algunos defectos también. Es muy testarudo. No puede dejar pasar las cosas –me interrumpe Wilson.

–Los dos cambiamos mucho en el último año –murmuro. Es una frase trillada. No son palabras mías ni de Wil–. Nos alejamos.

Wilson sacude su cabeza.

–Depende de Wil. Él es el que está enfadado conmigo –agrego mirando al suelo.

–Arréglenlo, Brooklyn. Lo que haya pasado, ya pasó. Nunca es tarde para arreglar tus metidas de pata. Créeme –responde Wilson con un tono severo.

Se acerca al refrigerador para tomar un arreglo de tulipanes amarillos. Luego me da una palmada en la espalda con su mano libre.

–Pero Ana...

–¿Qué pasa con Ana? –dice bruscamente–. Estoy hablando de amistad, no de citas ni nada de eso. No pintas el bote si el casco está podrido, ¿no?

–No –murmuro.

–Creo que ya tenemos todo –Wil aparece por un pasillo con Ana abrazada por la cintura. Desearía odiarla, pero ella no es la clase de chica que inspira emociones de esa magnitud. Es bonita, incluso bajo las luces de una tienda, y aun así no presume de ello. Es la presidenta de nuestra clase y escuché que da clases de apoyo a niños en la ciudad dos veces a la semana y no dejó de hacerlo una vez que ingresó a la universidad. Tiene buenas calificaciones. Seguramente usa hilo dental. Es buena. Wil merece una buena chica.

»Oh, ey –dice cuando me ve. Su vista se mantiene en mi oreja. No me mira directo a los ojos desde el año pasado.

–Ey, chicos –respondo, quebrando el tallo de un girasol por accidente.

–Bridge –Ana sonríe, quizás demasiado, y busca la mano libre de Wil. Su cabello es oscuro y brillante. Sus ojos son del color de un anillo que Wil me compró en la tienda de regalos de un museo durante una excursión escolar en quinto curso; un óvalo color ámbar con un escorpión congelado en el interior.

–¿Fiesta de aniversario? –pregunto. Alguien tenía que decir algo.

–Ah, sí –responde Wil exhibiendo su canasta. Finjo estar interesada en las tres marcas diferentes de galletas y los cuatro tipos de queso–. Será una cosa familiar. Nosotros cuatro.

–Divertido –no quise sonar herida, pero noté mi tono de dolor en el gesto de los labios de Wil.

–No es gran cosa –murmura él. No le gusta lastimar a las personas. Aunque lo merezcan.

–Habla por ti –dice Wilson bruscamente–. Veinticinco años de matrimonio suenan como una gran cosa para mí.

–Así que –interrumpe Ana, animada–, iremos a la fogata más tarde, ¿tú irás, Bridge?

–En verdad ya no voy a esa clase de cosas –respondo negando con la cabeza.

–Uh, cielos –reacciona llevando una mano a su boca.

–Está bien –de pronto, me siento exhausta.

–No. Creo que es como muy maduro, la forma en la que superaste las cosas.

–Ana –dice Wil rascándose la nuca.

–Tengo que ir a casa –me despido.

–Ey. Piensa en lo que te dije, señorita –dice Wilson agitando los tulipanes.

–Sí –respondo. Con el rostro encendido saludo y empujo mi carro por el pasillo, demasiado rápido por el sector de balones. Puedo sentir las miradas de Wil, de su papá y de Ana, y deseo estar a un océano de distancia de ellos. Wilson estaba equivocado: no hay forma de arreglar lo que nos hice a Wil y a mí. Lo que sentí antes, esa repentina y extraña sensación de nostalgia, se desvaneció. Y otra vez deseo irme. Ahora más que nunca.

WIL

Invierno, tercer año

Bridge se fue hace mucho tiempo.

No va a regresar esta noche. Puedo sentirlo.

Estoy de pie en la entrada del taller, observando el anochecer de diciembre, esperando escuchar el sonido de su camioneta. Cuanto más largo se hace el silencio, más me inquieto. Cuando ya está tan oscuro que no es posible distinguir el cielo del suelo me encuentro caminando de un lado a otro.

Solo me había sentido así una vez, cuando éramos niños, en la playa, y todavía nos estábamos conociendo. Sin que me diera cuenta, Bridge acercó sus labios rosados a mi oído y dijo: "¿Alguna vez piensas en nadar hacia el horizonte y no detenerte hasta llegar allí? ¿Solo para ver?". Luego saltó y corrió hacia el agua, y el pánico transformó mis venas en cables en llamas. Ella todavía no comprendía el océano. "Espera, no lo hagas", le grité pero no se detuvo hasta que dije: "¡Puedo nadar más rápido que tú! ¡Te lo apuesto! ¡Veinte billetes!". Bridge siempre supo sacarme de mi eje. La mayoría de las veces es algo genial.

Pero no esta noche.

Lo supe desde el momento en el que se fue a la fiesta: debería haberme tragado mi orgullo e ir con ella. No importaba que tuviera otra cosa planeada para nosotros. Tendría que haber ido. Pero no por sus razones (*¡Los padres de Leigh nunca salen de la ciudad! ¡Tenemos que celebrar que terminamos con los exámenes! ¡Aprovechar para desahogarnos!*), sino por las mías. A pesar de que casi odio las fiestas (sé que es como un sacrilegio adolescente), debería haber ido solo porque ella quería que lo hiciera. Nuestro tiempo juntos está en la cuenta regresiva.

El tercer año va a terminar antes de que lo notemos y, pronto, Bridge va a elegir una universidad. Aunque nunca lo dijo, sé que no será aquí. Ella no es la clase de chica que se queda en un solo lugar. Pertenece a todos lados.

Vuelvo a entrar al taller y presiono el interruptor que está junto a la puerta. Las luces blancas de Navidad que arreglé anoche en las vigas del techo se encienden por un segundo antes de que uno de los focos estalle y se apague la hilera central.

Uh, mierda. Me apoyo sobre la mesa de trabajo para desconectar las luces quemadas. Las que quedan son demasiado tenues y hacen que las paredes y los estantes luzcan amarillos y desgastados, como periódicos viejos. Se suponía que sería una forma romántica de felicitarla por haber terminado con sus exámenes. Si algo aprendí de las películas que Bridge ama secretamente, es que las chicas se vuelven locas bajo las luces de Navidad. Luces de Navidad y velas. Es ciencia femenina: cuanto más pequeñas sean las luces en una habitación, más probable es que una chica se quite la ropa en ese lugar.

Desenrosco las luces, las arrojo sobre la mesa y casi derribo la botella de sidra y la caja de donas Cinotti. De pronto veo el taller como ella lo vería cuando entrara: las débiles luces colgando sin gracia de las vigas; la falsa bebida alcohólica y la caja de donas abollada. *Patético*.

Ya debería saberlo. Cada vez que planeo un momento romántico entre Bridge y yo, el momento desaparece antes de que ella sepa que iba a pasar. De alguna forma, las cosas funcionan igual entre los dos. Como la noche en la que se suponía que le diría por primera vez en voz alta que la amaba. Fue en primer año, nuestra primera fiesta en la secundaria. Fui porque ella estaba emocionada y porque mi mamá, por algún motivo, quería que fuera. Siempre tuvo una imagen muy clara de lo que esperaba que yo fuera. Sinceramente, creo que me imagina peleando con los puños con otros chicos en las fiestas y diciendo cosas como *Nah* y *Bah*.

La fiesta era de una chica de tercer año llamada Isabella, sus padres eran la clase de personas que dicen cosas como *Si vas a beber, prefiero que sea en casa*. Esa noche supe que las cosas iban a cambiar para Bridge y para mí. Ya no seríamos *Wil y Bridge, un amor platónico de la infancia*. Nos veríamos a través de una sala o cocina llena de gente y mágicamente nos transformaríamos en *Wil y Bridge, elegantes máquinas de amar de primer año*. O algo. Practiqué frente al espejo; estudié cómo se veía mi boca diciendo cosas nuevas como *Eres la chica más buena onda que he conocido. Somos el uno para el otro*.

Me presenté en la fiesta con unos pantalones cortos color caqui, una camiseta nueva que mi mamá había planchado y el cabello rígido por algún gel que había encontrado en el baño de mis padres. El clásico uniforme de máquinas de amar en todos lados. Tenía mi discurso preparado. Bridge ya estaba allí cuando llegué al patio trasero de la casa de Isabella. Le pedí especialmente que fuera sin mí. No puedes notar a alguien a través de un jardín lleno de gente si llegan juntos.

Esa noche se veía quizás más hermosa de lo que la había visto nunca, llevaba pantalones cortos y una camiseta blanca, se había trenzado el cabello pero estaba suelto alrededor de su rostro. Buck Travers le estaba dando una cerveza. Metí las manos en los bolsillos y traté de encontrar su mirada, pero sus ojos miraban a cualquier otro lado así que renuncié al gran momento romántico y me acerqué a ella.

"Ey, Buck", dije y me detuve a mitad de camino entre ellos.

"Hines, hombre. ¿Cómo va todo?", me saludó Buck bajando el ala de su sombrero de camionero.

"¡Wil!", Bridge levantó la vista de su vaso y me sonrió como si estuviera sorprendida de verme. Enlazó sus brazos alrededor de mi cuello. Olía como Bridge, y quizás demasiado a cerveza. "Estoy encantada de que hayas decidido venir por una copa, amigo. ¿Te apetece una pinta?".

"Uh, ¿qué?".

"Estamos hablando con estilo británico, cariño", me explicó.

"Brillante, querida", dijo Buck sin entusiasmo, cosa que a Bridge le pareció hilarante.

"Eh. Hines. Wil Hines", intenté. No soné para nada como James Bond, pero Bridge se rio más fuerte de lo que lo había hecho con Buck.

"Te ves elegante", comentó con una sonrisa.

"Es australiano, creo. Pero, como, bueno", dije. Ella se encogió de hombros y tomó un trago de su bebida.

"Señor Travers, ¿sería tan amable de traerle una pinta al señor Hines?".

"¿Eh?", Buck sonó como un idiota.

"Tráele una cerveza", le dijo Bridge.

"Ah, sí. De acuerdo", respondió él pasando la lengua por sus labios.

"Genial amigo, gracias", le dije. No quería una cerveza, pero quería que Buck se fuera. "Eh. Oye, ¿crees que podríamos hablar sobre algo?", pregunté en cuanto él se fue.

"Estuvo coqueteando conmigo toda la noche", me dijo Bridge con una mano sobre mi pecho.

"Uh…", no supe qué responder a eso.

"Pero, ¿sabes qué?", se acercó y su cabello nos envolvió a los dos. "Te deseo a ti".

"Yo…", respiré profundo, ¿seguíamos fingiendo? Mi cuerpo se debatía entre el nirvana y la devastación. "¿Estás...?".

"Te deseo a ti", me dijo otra vez, con la voz normal de Bridge y la mirada fuerte y clara. Y luego me besó.

Siempre pensé que las chicas debían saber dulce, como algodón de azúcar. Pero Bridge sabía como flotar en el océano y broncearse lentamente. Sabía a césped, aire salado y mango, como los músculos adoloridos luego de un día en el taller y como el sonido de las olas a las tres de la mañana. Ella era todo lo bueno en mi vida. Y me quería a mí. Incluso sin un gran momento romántico.

De regreso en el taller me subo a la mesa y tiro de la punta del cable verde. Estiro las luces con cuidado hasta que el cable se desliza de la viga y termina tirado a mis pies. Lo enrosco entre mi hombro y la palma de la mano una y otra vez hasta que forma un óvalo perfecto. Luego ato una de las bandas para bolsas de basura de papá en cada extremo del óvalo. Papá no perdonaría un trabajo hecho a medias, aunque sea en pos del romance. Guardo las luces en el último compartimiento de la caja de herramientas.

—De acuerdo. Me voy —les digo a las paredes.

✦ ✦ ✦

Llevo las ventanas bajas mientras conduzco por la Intracostera. En su mayor extensión cierro los ojos solo por un segundo, imagino a Bridge y la forma en que sus ojos pasan de color verde a ser como el agua cuando está sorprendida o avergonzada. Estará sorprendida, eso es seguro.

Reconozco la calle de Leigh un poco tarde y tengo que girar demasiado rápido, casi golpeo el costado de un radiante BMW nuevo. Hay autos estacionados a ambos lados de la acera en toda la calle. Ya entiendo por qué Bridge se enfadó cuando me negué a asistir. Todos los chicos del tercer año deben estar aquí. Estaciono detrás de un Jeep con una calcomanía brillante que dice SALT LIFE y camino unas calles de regreso a la fiesta.

El aburrido rugir de la fiesta se escucha detrás de los tres pisos de concreto. Comienzo a caminar por la entrada de la casa, que está adornada con pequeñas luces a ambos lados, como si fuera una pista de aterrizaje en miniatura.

—¿Wil? ¿Eres tú?

Miro hacia la casa. Hay una chica, que no es Bridge, sentada en la escalinata de la entrada. Tiene un vaso de plástico rojo justo debajo de su rodilla.

—Sí…

—Soy Ana… ¿Acevedo? —termina la frase como si no estuviera segura.

—Ah. Claro —no la conozco bien, solo sé que es parte del grupo de Emilie Simpson. Una de las domadas, creo. Participa mucho en clases y, si te toca estar en un proyecto grupal con ella, tienes un diez asegurado—. ¿Qué estás haciendo aquí afuera?

—Emilie. Me arrastró hasta aquí pero ya está demasiado ebria. Nada es tan divertido cuando lo único que estás tomando es Coca Zero —responde encogiéndose de hombros. Levanta su vaso por encima de su cabeza balanceándolo de un lado a otro como una chica ebria—. *¡Woooo!*

Me hace reír. Las pequeñas luces solo la muestran en partes: pantalones cortos de jean, cabello largo que parece mojado, un tirante de sostén rosa que trato de ignorar.

—Creía que tú tampoco eras la clase de chico que va a fiestas —me dice.

—No lo soy en verdad —la razón por la que alguien querría pasar su tiempo libre con personas que ve de lunes a viernes es un misterio para mí. La única diferencia entre la escuela y las fiestas es la cerveza, y yo no bebo—. Vine por Bridge.

—Cierto —sus labios se curvan hacia abajo—. Lo siento.

—Por… —mi corazón comienza a latir con más fuerza.

—Ah. No lo sé —el vaso plástico se rompe; suena como una ametralladora por la presión de su mano.

—¿La viste? ¿A mi novia? —no sé porque lo dije de esa forma.

—Estaba atrás más temprano, en el parque. Puedes enviarle un mensaje.

—Quiero sorprenderla —de repente siento un calor en la nuca, como si acabara de revelarle un secreto a Ana que debía mantener entre Bridge y yo—. Es…

—Eso es muy dulce —dice y apunta con su dedo pulgar a la puerta detrás de ella. En el llamador de la puerta hay una corona roja que parece hecha de arándanos cubiertos de nieve, a pesar de que la temperatura fue superior a los diecisiete grados toda la semana—. Suerte ahí dentro, soldado.

La saludo con un gesto y ella encoge las rodillas para dejarme pasar. Detrás de la puerta hay un grupo de chicas cuyas voces retumban en el techo alto. Paso por un juego de ping-pong de cerveza sobre una costosa mesa de pool y por un chico que conozco de trigonometría esparciendo polvo Easy Mac sobre la mesada de granito de la cocina. Me abro camino hasta el otro extremo de la casa lo más rápido que puedo y abro una de las puertas que sale al parque.

Encuentro a Leigh afuera, enroscada en una reposera junto a Wesley Lilliford, la más entusiasta actriz dramática de cabello púrpura de la Secundaria Atlantic Beach. Las dos ríen mirando el cielo. Drogadas, ebrias, o tal vez ambas; es por eso que no soy muy fanático de Leigh, en primer lugar. Con una casa como esta y unos padres como los suyos, es probable que pueda darse el lujo de hacer estupideces por un tiempo sin consecuencias. Pero no es así para Bridge. Leigh debería saberlo.

—Ey, Leigh —me acerco a la reposera.

—¡Wiiill!¡Viniiisssteee! —busca mi mano y entrelaza sus dedos con los míos.

—Sí, buena fiesta —le digo liberando mi mano—. ¿Has visto a Bridge?

—¿En el muelle, quizás? ¿Sentada en el muelle de la bahía? —se echa a reír y comienza a cantar una canción, Wesley Lilliford se une en la armonía. Por Dios.

—Genial. Gracias —una capa gruesa de césped seco cruje debajo de mis sandalias de goma mientras atravieso el parque. Me detengo frente al rompeolas, en donde el parque se une con un largo muelle; ahí está ella sentada en la punta. Está apoyada contra el barandal con sus largas piernas pálidas cruzadas una sobre la otra. Veo otras sombras moviéndose por el muelle, pero ella está sola, mirando el reflejo de la luna sobre el agua.

Su cabeza se inclina un poco hacia un lado, como lo hace cuando ha bebido demasiado. Su cuerpo se ve relajado y feliz, igual que el día en el que todo cambió entre nosotros, en primer año.

Pensé en gritarle *¡Ey! Te deseo a ti*, pero no es la clase de cosas que se le grita a alguien cuando hay otras personas alrededor. Abro la boca para decirle otra cosa, pero la vuelvo a cerrar al darme cuenta de que no está sola. Hay una sombra junto a Bridge sentada en el muelle. Es un chico. Buck Travers, pienso, porque está usando el mismo estúpido sombrero de camionero que usa desde que nació. Se sienta erguido y envuelve su cintura con un brazo, creo ver que ella trata de alejarlo, pero mi mente está a punto de explotar, así que puede que esté alucinando.

Él se acerca más a ella y le murmura algo que no puedo conseguir escuchar. Las vibraciones de su voz me llegan a un lugar profundo, como movimientos sísmicos. Ella comienza a empujarlo nuevamente (*podría dejar la cabeza de ese chico plana entre estas tablas en dos segundos*), pero luego se acerca a él, justo como se acercó a mí hace dos años; y sus sombras se confunden en una sola.

Todo se detiene: mi corazón, mi respiración, la marea. Después de un momento ella termina con el beso. Se levanta de golpe y él trata de alcanzarla pero, esta vez, ella sigue caminando. Camina tambaleándose por el muelle acercándose a mí y, con cada paso, está cada vez más y más lejos. Queda apenas un metro de distancia entre nosotros cuando me ve parado allí.

—Ay, por Dios —escucho su respiración agitada y su expresión suave y terrible.

—No lo hagas —me quejo. Todo está quieto y callado. Todos están mirándonos.

—Wil —dice acercándose a mí.

—Demonios, *no* —doy un paso atrás.

—*Uuuh* —se escucha a algún chico detrás de mí.

Un millón de versiones de mí mismo se debaten bajo mi piel. Mi yo furioso podría correr por el muelle para darle su merecido a Buck Travers. Mi yo devastado se desplomaría frente a Bridge, y lloraría como un niño durante días. Mi yo del cuarto curso no creería que la Chica de Alabama fuera capaz, *jamás*.

—Estoy ebria —dice. Sus ojos lucen borrosos, como manchas de acuarela.

—Eso es peor —murmuro.

—¿Cómo?

—No lo sé —quiero explotar.

—Solo… ¿Podríamos hablar?

Me quedo con la boca abierta. Ella está descalza, con el esmalte negro brillante saltado en su dedo pulgar. Nos reímos de eso ayer. Fingimos que su dedo era una mancha de tinta y nos turnábamos para analizar a qué se parecía la parte en blanco. *¡La punta de una palmera! ¡Maine! ¡El peluquín de Donald Trump!*

—¿Ustedes… están…? —mi voz se quiebra como un papel metálico.

Sus labios se están moviendo, *No, no, por Dios, por supuesto que no*, pero su imagen, su cabello rojo como el fuego, su boca de chica ebria y sus ojos centelleantes como el agua son demasiado. Volteo y comienzo a caminar, rápidamente, abriéndome camino entre un sendero de murmullos y risas.

Corro. De vuelta por el parque, por la nube de hierba de Leigh, por la enorme casa, por la puerta principal, la calle, la camioneta, y de regreso. Recorro todo el camino de regreso a cuarto, al salón con las hileras uniformes de pupitres, las gomas de borrar con aroma a durazno, los rotuladores que te hacían sentir mareado al olerlos y la hermosa, quemada, chica nueva.

No, le digo al chico del anteúltimo asiento. *No te atrevas a voltear. Esa chica acabará contigo.*

BRIDGE

Primavera, último año

Veo los números del reloj digital en mi mesa de noche que se acercan al final del día. Es muy tarde para que esté sola en esta casa. Micah debería estar aquí. Mi mamá debería estar aquí. Pero no vi a Micah en toda la noche. Salió con sus amigos y cada vez es más tarde y no regresa.

Estoy cansada de esperar a que al menos tenga la consideración de venir a casa a cenar. Mamá está trabajando doble turno en el resort.

Escucho con atención, con la esperanza de sentir el *ding* del celular de Micah o el sonido de zapatos arrojados contra el suelo de cerámica. Pero la casa está en silencio, salvo por el ruido penoso del movimiento del aire acondicionado y el zumbido del ventilador de techo.

Mientras me preparo para acostarme, echo un vistazo al océano resplandeciente. Se ve una pequeña porción desde un ángulo en particular por la ventana de mi habitación. La pequeña casa de dos plantas que rentamos cuando nos mudamos hasta aquí desde Literalmente La Nada, Alabama, hace ocho años, se encuentra a solo una calle de la costa. La gente de Atlantic Beach la llama Casa Chicle, porque está pintada de ese color rosado, la más brillante y horrible gama de rosado en la escala cromática. Podría jurar que nadando mucho más allá de la rompiente aún puede verse, resplandeciendo como un grano de estuco detrás de una hilera de casas espectaculares con vista al mar.

Dejo de lado el agua, que siempre me recuerda a Wil. Me siento en el suelo de mi cuarto con las piernas cruzadas, llevo puesto un jogging y una camiseta sin mangas, y veo las pocas cosas que me quedan de Wil. Mi última gaveta está llena de souvenirs de los botes en los que trabajé con él y su padre. Wilson deslizaba pequeños tesoros en la palma de mi mano al finalizar cada proyecto: un trozo de teca barnizada de una vieja cubierta, una porción de una vela con el nombre del bote grabado en una esquina y, en una ocasión, una brújula con marco de latón.

Cierro la gaveta con el pie de un empujón y me apoyo contra el respaldo de mi cama. Arrojé todo lo que hay en esa gaveta a la basura la noche en la que dejé que el Buck Travers intoxicado con cerveza me besara en ese muelle. Tal vez podría haber tenido una buena razón para dejar a Wil atrás. Busqué alguna explicación de por qué traicioné a mi mejor amigo, al chico al que amé desde que tenía ocho años; hurgué en mi memoria, pero en lo único que puedo pensar es en falsas excusas. Buck ha estado tratando de besarme mientras yo estaba ebria por años. Estaba enfadada con Wil por negarse a acompañarme a la fiesta de Leigh. Estaba exhausta y estresada al final del peor semestre de mi vida, y quería simplemente *divertirme*, hacer algo estúpido. Estaba ebria.

Pero lo que sucedió realmente no tenía nada que ver con Buck, el alcohol o el tercer año. Lo que en verdad pasó es esto: por ese breve instante en el muelle dejé de demostrarle a Wil que lo amaba. No dejé de amarlo. Aún lo hago. Pero Wil Hines no es la clase de chico que ve esa diferencia.

Desde esa noche del año pasado, deseé un millón de veces que Wil no fuera la clase de persona que vive su vida según tales absolutos. Que pudiera entender un momento de debilidad y perdonarlo. Pero no lo es. No hay grises para él.

Tal vez si él tuviera el tipo de padre que se larga sin decir una palabra, como el mío; si tuviera la clase de padre que engaña, se larga, regresa y se larga otra vez, como el de Micah… Tal vez entonces entendería que en la vida nunca es todo blanco y negro. Que la mayoría de nosotros ha aprendido a vivir entre grises.

✦ ✦ ✦

El sonido de pasos me despierta de pronto. Giro y abro los ojos. Las sombras en mi habitación no tienen sentido. Compruebo la hora en el reloj que está junto a mi cama. 4:43 de la madrugada.

–Bridget –me siento en la cama. Mamá es como un fantasma parado a los pies de mi cama repitiendo mi nombre–. Bridget. Bridget. Despierta, Bridget.

–Por Dios, mamá, ¿estás bien? –busco mi lámpara con torpeza y presiono el interruptor. Mamá nunca usa mi nombre completo. *Nena o Criatura. B o Abejita. Bridge.* Nunca Bridget–. Pensé que trabajabas doble turno.

La luz muestra su contorno: un rodete de cabello castaño rojizo y amplias sombras debajo de sus ojos cansados.

–Ay, cariño.

–¿Dónde está Micah? ¿Tú estás bien?

–No. Yo estoy… estamos bien –se quita sus zapatos de tacón del trabajo. Las lágrimas dibujaron lunares en su blusa–. Tengo que decirte algo. Algo malo, cariño.

–Lo que sea, dímelo, mamá. Está bien –ella es la clase de madre que dejó que Micah y yo creyéramos en el hada de los dientes por tanto tiempo que cuando lo descubrimos fue mil veces peor que si ella nos hubiera contado la verdad–. Puedo soportarlo.

Se acerca a mí. Toma mi mano y la sostiene con fuerza entre las suyas.

–Wilson Hines está muerto –dice. Las palabras suenan agitadas y secas: como cientos de insectos saliendo del hueco oscuro de su garganta.

–¿Qué? –casi me echo a reír. Suena tan absurdo para ser real–. No, mamá. Acabo de verlo.

–Abejita –murmura y, entonces, sé que es verdad. Sacudo la cabeza. Cierro los ojos y veo tulipanes amarillos. Mi boca sabe a óxido.

»Irrumpieron en su casa. Creen que está relacionado con la ola de asaltos que estuvo en las noticias.

Parpadeo por un minuto. Las palabras suenan extrañas, como si estuviera tartamudeando.

–¿Cuándo? –pregunto, sin aliento.

–Hace algunas horas –responde. Me pliego sobre mis rodillas y miro el suelo dar vueltas bajo mis pies. Me siento mareada.

–Wil –suelto–. Henney.

–Wil y su mamá están bien. No están bien. Creo que estaban ahí, pero… no salieron heridos, ni nada. No puedo… –mamá colapsa. Sus facciones se desdibujan como papel arrugado y se desliza en la cama a mi lado. Acaricio su cabello mientras llora. Siento frío, como si Wilson y yo estuviéramos parados frente al refrigerador de flores otra vez.

Arréglalo, Brooklyn.

Wil tenía un padre esta mañana y ya no lo tiene y, de alguna manera, sé cómo se siente eso.

–Tengo que ir –le digo a mamá corriendo las sábanas de una patada–. Tengo que ir a ver a Wil.

✦ ✦ ✦

El camino a casa de Wil pasa en una nebulosa. Alguien abrió el cielo negro con sus manos, liberando la lluvia. Apenas noto el reflejo dorado de las luces en el pavimento mojado o las llamativas luces de neón de la concesionaria de autos de la avenida Atlántico, y luego estoy conduciendo por su calle. Al final de la manzana de Wil, se ven luces rojas y azules resplandeciendo entre las gotas de lluvia.

Hay autos de la policía y camionetas de los canales de noticias bloqueando la calle. Llego tan lejos como puedo y estaciono mi camioneta. La casa de Wil está tres casas más adelante, en la esquina, y todas las luces están encendidas. El perímetro del jardín está delimitado por cinta policial amarilla, atada entre las palmeras.

Hay demasiado ruido. Los vecinos están a unos pasos de distancia, gritándoles preguntas a los policías. Sus voces son fuertes y agudas. Presionan a sus hijos contra sus cuerpos. Los policías forman una línea detrás de la cinta y murmuran por sus radios. Al menos tres reporteros están probando sus líneas para presentar el caso ("… una escena terrible esta noche, Bill, en esta tranquila calle residencial". "Los vecinos dicen que Wilson Hines era un constructor de botes local, quien cuidaba muy bien de su esposa y de su hijo adolescente". "… rompieron la puerta de vidrio y entraron a la casa". "… la última víctima de la reciente ola de asaltos que ha estado aumentando en los niveles de violencia"). Reconozco a la que tengo más cerca, la mujer morena del Canal 12.

"Volveremos con más información sobre esta tragedia, esta noche a las once. De regreso en el estudio", dice mirando a la cámara con los ojos bien abiertos y expresión solemne, hasta que la luz se apaga. Me hago pequeña para abrirme camino entre la multitud. En poco tiempo me encuentro aplastada contra la cinta policial en el límite del jardín de Wil.

–Voy a pedirle que se quede atrás, señorita –me dice un policía rubio y delgado con los dedos pulgares enganchados en las presillas de su pantalón. No debe ser mucho mayor que yo.

–Pero… él es mi… –no hay forma de explicar lo que somos a un extraño.

La cinta policial me lo advierte: NO PASAR.

Doy un paso atrás con mis piernas temblorosas y me permito llorar, con fuerza, porque está lloviendo y todos alrededor tienen el rostro mojado.

Encuentro la ventana de la habitación de Wil y fijo la vista en ella hasta que aparece su sombra, solo por un segundo. Quiero correr por el jardín y meterme en la casa. Deseo abrazarlo tan fuerte que ninguno de los dos pueda respirar.

Pero no hago ninguna de esas cosas, porque ya no soy esa persona para Wil. Ya no somos nosotros. Así que sigo de pie entre la multitud como todos los demás, sola bajo la triste lluvia.

BRIDGE

Primavera, último año

Ya perdí la cuenta de cuántos fueron los días que pasaron desde que Wilson fue asesinado.

Desde que Wilson fue asesinado. Las palabras son como agua salada fría llenando mis pulmones. Ni siquiera las puedo decir en voz alta. Cambio de canal cada vez que aparece en las noticias. No puedo soportar oír la historia otra vez: cómo Henney bajó las escaleras para beber un vaso de agua y se encontró con el asalto. Cómo Wilson la salvó, pero no pudo salvarse a sí mismo. Cómo Wil despertó por los gritos de su mamá después de que el asesino desapareciera por la puerta de vidrio destruida.

Le dije a mamá que no quiero hablar sobre el tema. Me encojo de hombros cuando Micah se sienta a mi lado en el sofá y me ofrece el control remoto. La única persona en el mundo con la que quiero hablar de esto es Wil, y me siento culpable tan solo de pensarlo. Si yo no puedo dormir más que unas horas seguidas, si me cuesta respirar cada vez que abro los ojos y recuerdo lo que pasó, si me siento perdida, no puedo imaginar cómo debe sentirse Wil. Yo perdí al hombre que era como un padre para mí. Wil realmente perdió al suyo.

Estuve a punto de llamarlo un millón de veces. Pasé con mi camioneta por su calle todos los días después de la escuela, y cada día hay un móvil policial menos, un oficial menos, un vecino sorprendido menos. La cinta policial aún está marcando el perímetro del jardín, pero está floja, y el amarillo, desteñido. En las noticias hablan de "la caza de un asesino", pero los segmentos son bastante cortos.

Cosas nuevas y terribles ocurren a diario, y no es mucho el tiempo que queda entre los comerciales.

La mañana del funeral me siento abatida por el calor de la tristeza que quema todo mi cuerpo, y amenaza con desbordarme. Mamá tiene poco trabajo en el resort así que está en primera fila con Micah y conmigo, envolviéndonos en un largo abrazo en el momento en que Leigh da la vuelta en la esquina con su auto.

En la iglesia me siento entre Micah y Leigh en un lugar del centro. Los bancos son de madera desgastada y el techo se ve exactamente igual que un bote dado vuelta; pienso que a Wilson le gustaría. No mencionamos los móviles policiales estacionados afuera ni a los dos detectives parados atrás, con sus armas e insignias prendidos de sus cinturones.

Leigh entrelaza sus dedos con los míos. Puedo sentir los latidos de su corazón a través de la palma de su mano y trato de no pensar en lo frágiles que somos.

–¿Estás bien? –murmura–. Perdón. Pregunta estúpida.

–Sí –mi corazón está acelerado y me siento húmeda y pegajosa, sudando en un vestido grueso negro que tomé del ropero de mamá y un par de tacones usados que me quedan grandes. El vestido está mal (cómo me queda, la tela de invierno que da comezón, la ocasión), pero es todo lo que pude encontrar. La camisa y la corbata de Micah son demasiado grandes. Debían ser de su papá. Lleva el cabello peinado hacia atrás. Estuvo tranquilo esta mañana. Dulce.

—Nunca había estado en un funeral —me dice acercándose a mí.

—Yo tampoco —enlazo mi brazo con el suyo y me apoyo en su hombro. Tolera mi muestra de afecto por alrededor de un minuto antes de deslizarse por el banco.

La iglesia se llena rápidamente, parece que todo el último año está aquí. Ana aparece luciendo un vestido negro con transparencias. La punta de su nariz está colorada y sus ojos, vidriosos. *Es hermosa*, pienso sin querer. En el momento en el que el órgano comienza a sonar ya hay gente de pie a los costados de la iglesia, por las escaleras y en la calle. Toda la congregación voltea al mismo tiempo para ver a Wil y a Henney entrar a la iglesia y pararse frente a la arcada de la puerta. Cientos de personas tratan de ignorar las marcas moradas a los lados del cuello de Henney. Alguien le hizo esas marcas con sus manos. Alguien que está mirando televisión en este momento, o bebiendo café. Se me revuelve el estómago.

Wil sostiene a su mamá tan fuerte que ni siquiera el aire puede pasar entre ellos. Es una imagen extraña. No recuerdo haber visto a Henney tomando la mano de Wil, acariciando su cabello o dándole un beso de buenas noches. Siempre sentí que ella era todo lo opuesto a mi mamá. Mientras mamá está constantemente abrazándonos a Micah y a mí y expresando sus sentimientos y pensamientos, Henney se mantenía en silencio. Llena de cosas por decir. En todos los años que pasé en el taller, ella nunca estuvo con nosotros. Algunas veces se paraba en la entrada con una bandeja de limonada. Pero nunca entró. Nunca tocó un papel de lija.

Pero creo que una tragedia puede producir un cambio químico en las personas. Puede hacerlas más sensibles o más duras; tal vez Henney se ha convertido en una nueva versión de sí misma.

Wil guía a su madre a través del pasillo. Es la imagen de su papá: alto y fornido, con cabello color castaño claro con algunas ondas a los lados. Cuando pasa junto a los detectives su mirada permanece fija hacia el frente, pero el color desaparece de su rostro y de su cuello. Hace que Henney se siente en el primer banco y se acomoda a su lado.

El párroco comienza el servicio. Cuando Leigh aprieta mi mano las lágrimas se desprenden de mis ojos. Escucho el sermón en fragmentos mientras descompongo a Wil en partes familiares: la curva en la que su cuello se une con sus hombros, la larga cicatriz en su dedo que se hizo en primer año. Su papá lo regañó por ella, aunque yo pensaba: "Está sangrando, deberíamos hacer algo". Eso es lo que ocurre cuando has estado mirando, no, *viendo* a alguien por tanto tiempo como el que yo pasé viendo a Wil Hines. Ya no lo ves como a una persona entera, de la forma en la que la ve el resto del mundo. Lo ves dividido en los millones de átomos esenciales que lo hacer ser No una Persona Más.

Luego del último *amén*, Wil se pone de pie y se acerca al atril del frente. Toma un papel de su bolsillo y parpadea unas cuantas veces.

–Quería leer este poema para mi papá y decir unas palabras –se aclara la garganta. Su voz es áspera y quebrada, como hojas secas–. Bajo el vasto cielo estrellado / cavad una tumba y dejadme yacer allí.

Contengo la respiración. Observo a Wil inclinarse sobre el atril, lo veo aferrarse a él con tanta fuerza que sus nudillos se ponen blancos. Su respiración irregular hace eco en toda la iglesia. Henney se lamenta con un sonido terrible que me golpea por dentro. Wil levanta la vista, mira ausente al fondo de la habitación y pasa una mano por su cabello, como si tratara de arrancar la tristeza de su mente.

En el silencio, cada mínimo sonido se intensifica. Todos los sonidos incómodos que producimos porque el silencio en sí es aterrador: toses, resoplidos y el crujir de la madera debajo de los cuerpos.

—Lo siento —susurra Wil en el micrófono—. No puedo…

El párroco se pone de pie y guía a Wil de regreso a su asiento, murmurándole palabras suaves. Luego se dirige a nosotros: "En este momento, las plegarias o palabras para el difunto son bienvenidas, así sean expresas o en silencio".

Alguien se pone de pie y comienza a hablar sobre una oportunidad en la que Wilson construyó un hermoso bote neumático con madera de cedro del este para que pudiera esparcir las cenizas de su esposa en la Intracostera. Cuando el hombre regresó, Wilson rechazó el pago por el trabajo.

Escucho cada historia con atención, son muy preciadas para mí ahora.

Al terminar el servicio los pasillos de la iglesia se llenan de gente. Todos mirándose e intercambiando sonrisas pequeñas e incómodas. La muerte está muy cerca aquí y nos empujamos unos a otros, tratando de escapar de ella en tacones y zapatos de vestir apretados.

—¿Estás…? —comienza a decir Leigh.

—No lo sé —busco a Wil entre la multitud.

—Voy a llevar a Micah a casa. Llámame más tarde —Leigh se despide dándome un beso en la mejilla y se lleva a mi hermano entre la corriente de lamentos hasta la puerta.

En la escalinata de la iglesia, Wil y Henney saludan a la multitud con miradas vacías. Los mismos dos detectives están de pie en la acera cerca del móvil policial: una mujer de tez morena, alta y de cabello corto y un hombre blanco rollizo, con una camiseta arrugada y una chaqueta que parece quedarle pequeña. Sus rostros son de piedra. Wil los mira de reojo con frecuencia, luego mira a su mamá.

Déjenlos en paz. Miro a los detectives. *Solo por unas horas.*

Los adultos que salen de la iglesia se detienen para darle un abrazo a Henney o palmear en el hombro a Wil. Los chicos de la escuela mantienen la distancia. Fingen estar manteniendo profundas conversaciones con sus amigos. Solo Ana se detiene para abrazar a Wil, se pone de puntitas y llora apoyada contra su traje. Luego de un momento él la aleja para que vaya con su mejor amiga, Thea Tritt, quien lleva un vestido demasiado corto para la iglesia.

Espero hasta que el lugar está casi vacío. Camino, forzando a mis pies a moverse uno detrás del otro en tacones, hasta que me encuentro frente a frente con él. Los zapatos de Wil son tan brillantes que puedo ver mi reflejo borroso en ellos.

—Tendrías que comprar zapatos nuevos para estas ocasiones —le susurro.

—Son de él. Solo los usó una vez —dice jalando un mechón de cabello que se riza contra su oreja. Recuerdo la suavidad de su cabello. Mis dedos arden ante ese recuerdo.

—Lo amaba, ya sabes —digo en voz baja.

—Sí. Él estaría feliz de que vinieras, Golden Gate —cuando levanto la vista, los ojos de Wil están húmedos y enrojecidos. Luego me abraza; huele a barniz y aserrín.

Después del servicio me siento en mi camioneta, absorbiendo el calor, con las ventanillas altas, como si pudiera liberarme de estos horribles sentimientos a través del sudor. No quiero ir a casa. No quiero oír el tono compasivo en la voz de mamá mientras habla por teléfono ni ver cómo Micah me deja para salir con los perdedores de sus amigos. Lo que realmente quiero es un trago, pero optaré por la segunda buena opción. Pongo la llave en el arranque y me dirijo a lo de Minna.

Atravieso la entrada de su residencia de vida asistida y me detengo en la cabaña de seguridad. La guardia de seguridad de siempre se encuentra ahí, balanceándose en una silla metálica plegable. Está mirando un televisor en miniatura y comiendo granola directamente de la bolsa.

–Ey, Rita –me detengo frente la puerta abierta.

Ella se levanta de un brinco y su silla cae al suelo. Cuando se da cuenta de que soy solo yo me ofrece una sonrisa culposa.

–Ups. Ey, Bridge –lucha con la silla hasta que logra ponerla de vuelta en su lugar.

–Oye, ¿Minna está en casa? –pregunto sonriendo. Rita pone sus ojos en blanco.

–Tres llamadas para quejarse sobre la forma en la que el paisajista le "está echando el ojo" indican que sí está. Te ves muy bonita hoy. ¿Una gran cita o algo?

–Algo –sigo mi camino.

El complejo de viviendas está construido en círculos concéntricos. Los anillos exteriores están formados por casas pequeñas, todas iguales, bañadas en los colores de Florida: salmón y aloe vera. Más allá de las casas están los dúplex. Son un poco más pequeños, con patios traseros o vista a la laguna artificial. Hay personal del lugar entrando y saliendo de todos ellos; enfermeras que ayudan con la medicación o personal de limpieza que lleva carros llenos de productos químicos. En el centro del lugar se encuentra el hospital. El juego funciona así: los jugadores comienzan en las casas, luego van moviendo sus fichas más cerca del centro del tablero a medida que se hacen mayores. Es como la peor versión posible de Monopoly. Minna llama al hospital el Epicentro de la Muerte.

Estaciono frente a uno de los dúplex. Su puerta se abre antes de que llegue a tocar. Una cadenita dorada se extiende entre la puerta y la pared. Ella se asoma por la abertura con sus ojos increíblemente verdes.

–Bien. Pensé que eras el jardinero. Ese chico es un pervertido –se queja. Cierra la puerta de un golpe y escucho el sonido del metal deslizándose antes de que abra de vuelta. Minna luce como una Madre Tierra de setenta y cinco años de edad, con su piel arrugada plegándose sobre sí misma y largo cabello blanco cayendo en bucles sobre sus hombros.

–Perdón por no haber llamado –me disculpo, y Minna me empuja hacia adentro.

–El funeral. Lo vi en las noticias esta mañana. Había una reportera fuera de la iglesia en medio de todo el evento, si puedes creerlo. La chica estaba vestida como una estríper. Ahora siéntate –me ordena, guiándome a su sofá de terciopelo morado.

Me acomodo entre los cojines mientras prepara té de menta. Su apartamento es pequeño, con techos abovedados y puertas de vidrio corredizas con vista a lo que ella llama "el falso lago". Los muebles son tan viejos que están a la moda nuevamente; madera oscura, telas finas y líneas curvas. Hay portarretratos por todos lados, con imágenes de sonrientes parejas anónimas. Las paredes solían ser blancas, pero antes de que comenzaran las clases este año me hizo pintarlas de un rosado intenso, casi rojo. No creo que la gente del lugar estuviera muy feliz por eso, pero nadie dijo nada. *No se metan con la señora Minna* es casi como el himno nacional por aquí.

Coloca dos tazas junto al tablero de Scrabble que tiene un lugar permanente en la mesa ratona y luego se acomoda en el sillón peludo frente a mí.

–¿Quieres hablar sobre eso? –pregunta

–No realmente.

–¿Quieres jugar al Scrabble obsceno?

Me encojo de hombros.

–Tomaré eso como un sí –me observa mientras reparte las fichas–. ¿Cómo está Wil?

Luego de nuestra tercera semana juntas, Minna sabía todo lo que había que saber sobre Wil Hines. Ella dice que las conversaciones banales son para personas banales.

–Me encontré con su papá. Fue en Publix, apenas unas horas antes –un escalofrío recorre mi columna–. Me dijo que trabajara con Wil. Que lo arreglara antes de que nos graduáramos.

–¿Y? –levanta sus cejas, dos arcos plateados, y señala el tablero–. Si no vas a tomar tu turno yo lo haré por ti.

–Y quiero hacerlo. Pero no quiero ser como los cientos de chicos que decidieron que quieren estar a su lado ahora que su padre murió –respondo mientras acomodo mis fichas alrededor del tablero.

–La tragedia tiene una fuerza magnética muy fuerte. Tiene el poder de acercar o alejar a las personas. Luego de un tiempo el drama va a pasar, y Wil verá quién sigue a su lado –dice ella negando con la cabeza.

–Eso no suena real –respondo, y ella chista en respuesta.

–Tienes un caso de *aquí no ocurren este tipo de cosas.*

–Aquí *no* ocurren este tipo de cosas.

–Falso –dice con firmeza–. La violencia está en todos lados, Bridget. Ocurre tras puertas cerradas y algunas veces les ocurre a personas que no nos importan, así que fingimos que nada ha sucedido.

Minna es la versión humana de Florida. Es dura, intensa; calor extremo o lluvia torrencial. Las líneas que marcan su rostro, recorren sus manos y bajan por su cuello son tierra compacta que ha sido moldeada bajo condiciones severas por tanto tiempo que no tuvo otra opción más que agrietarse. Pero ella es extraña y exuberante también, rica en conocimientos del mundo y de cómo funciona o cómo no.

–Debería estar triste, todo el tiempo. Pero a veces estoy en blanco. Como si nada hubiera pasado –confieso.

–Shock. Pasará, y cuando lo haga, lo sabrás –dice inclinándose sobre la mesita para tomar mi mano con fuerza. Luego toma algunas fichas y las desliza sobre el tablero–. Perdiste tu turno.

Echo un vistazo al tablero. BUBIS. Pongo los ojos en blanco.

–¡Ya sabes! ¡Pechos! –explica con impaciencia–. Veinte puntos.

–Minna. Bubis dejó de usarse como en 1920.

–La usaré en una oración –protesta–: "Que Bridget no tenga bubis no quiere decir que no existan".

Cierro los ojos y me recuesto en el sofá. La semana pasada Wilson Hines existía, una combinación aleatoria de átomos que cobraron vida. Las manos callosas que descansaban en el hombro de Wil. Las sienes de cabello plateado, los labios rígidos; los músculos de la mandíbula que se tensaban mientras examinaba sus botes nuevos en busca de imperfecciones.

Es extraño y horrible pensar que Wilson Hines simplemente ya… *no existe*. Solo porque alguien decidió borrarlo, sin ningún motivo.

Primavera, último año

W il no regresó a la escuela el lunes siguiente, pero el día transcurre como siempre: Deportes, Economía y el almuerzo. Cuando los profesores toman lista tropiezan con el nombre de Wil. Y luego dicen que si necesitamos hablar con un consejero, el nuestro está en el tercer piso, ¿tercer piso? Están bastante seguros; y seguimos con la clase. Hay ecuaciones que resolver, ensayos que escribir.

En los corredores resuenan conversaciones sobre el asesinato, aunque nadie pronuncia esa palabra. Todos usan un lenguaje que rodea la verdad: *el accidente. Lo que pasó con el papá de Wil. Eso. Es tan triste, tan horrible, eran muy buenos, una linda familia.*

La gente murmura acerca de las teorías policiales: que el hombre ya había matado antes. De acuerdo con el periódico, la declaración de Henney coincide con la descripción de un hombre que entró en una casa en Neptune Beach, a unos pocos kilómetros. La mujer a la que atacó era maestra. Dana York. Ella trabajó con un retratista en el hospital describiendo detalladamente a la persona que la había dejado inconsciente antes de escapar con las joyas de su madre. Tres días más tarde, falleció por las heridas. Los chicos en la escuela intercambian sus teléfonos celulares mirando el retrato del hombre. Blanco, cabello rapado, la nariz ligeramente desviada, como si se la hubiese roto de un golpe. Cada vez que lo veo me provoca escalofríos. Se ve como un hombre común. Como cualquiera.

Después de la última clase, nos dirigimos con Leigh al patio de los de último año, en el que Ana había convocado a la clase a una reunión de emergencia. *Patio del último año* es un término genérico para llamar a una porción de concreto que se extiende en el lado izquierdo del exterior de la escuela. Hay algunos bancos de piedra contra la pared de cemento. Como casi estamos en verano alguien puso una piscina inflable de Dora la Exploradora y algunas sillas plegables allí.

En el momento en el que nos acercamos, veo a Emilie Simpson abrazando a Ana mientras Thea Tritt merodea entre ellas. Buck Travers se acerca a Emilie ofreciéndole una sonrisa más radiante que la arena blanca. Ella echa su cabello hacia atrás con una violencia innecesaria.

Mi estómago está totalmente revuelto. Aún no puedo ver a Buck (sus gafas de sol con cristales verdes espejados en la nuca, la camiseta con la inscripción SURF LIFE, cuando sé perfectamente que jamás tocó una tabla de surf) sin sentirlo como un estereotipo.

Ana se libera de los brazos de Emilie, se dirige al frente del patio y aclara su garganta antes de comenzar a hablar.

–Eh, oigan, muchachos. Siento que deberíamos hablar sobre lo que tendríamos que hacer por Wil como clase –dice con la voz temblorosa–.

Quiero que sepa que estamos pensando en él mientras no está, y me preguntaba si a alguno de ustedes se le ocurre una idea.

–¿Cuándo volverá? –pregunta una chica que reconozco de la clase de Literatura.

–Oh… No estoy segura. ¿Aún no está listo? –responde Ana frotando sus manos. Su voz se quiebra, sus ojos se llenan de lágrimas. Thea pone una mano sobre su hombro.

Todos están en silencio, asándose bajo el sol. Yo me balanceo sobre mis pies. Wil odiaría que estemos hablando de él cuando no está y desearía que Ana supiera eso. Desearía que supiera qué hacer sin tener que preguntar: una reunión informal en la playa, tal vez, o una tarde en el último bote de Wilson. *Si me preguntara…* pienso, pero detengo la idea antes de que esté totalmente formada. Ana nunca me preguntaría sobre Wil. Nadie en la clase lo haría. Cuando Wil y Ana comenzaron a salir todos se olvidaron de Wil y yo. Fue como si los siete años anteriores nunca hubieran ocurrido.

–Quizás podríamos hacer una lista de firmas y llevársela con una cena. Un estofado, o algo. O podríamos enviarle flores como clase –propone Ana.

–Tengo que salir de aquí –le murmuro a Leigh. No quiero estar aquí, con estas personas, hablando sobre estofados. Quiero hacer algo que realmente haga la diferencia–. Te llamo más tarde.

Decido caminar. Me quito los zapatos y sigo el sendero de ladrillos; es áspero y con el calor justo como para sentirse bien. Paso por la Cafetería Nina y por el restaurante de mariscos que tiene la salsa tártara que Micah come con cuchara. Me muevo despacio, leyendo los ladrillos a mi paso. Tienen grabados nombres, fechas o algunas citas. Wil y yo solíamos turnarnos para inventar historias sobre los ladrillos de camino a la playa.

Paso por el que dice EN MEMORIA DE KYLIE MITCHELL. En séptimo año Wil decidió que Kylie Mitchell dejó este mundo luego de que un trágico accidente con un spray autobronceante dejara su interior lleno de una tóxica sustancia viscosa color naranja. Le dije que eso era desagradable y que probablemente Kylie Mitchell era una dulce señora mayor que se fue a dormir luego de estar pintando acuarelas y nunca despertó. Eso era estúpido, dijo él, "porque si lo piensas, ¿a cuántas ancianas llamadas Kylie conoces?".

El desvío hacia la casa de Wil está a solo unas calles. A medida que me acerco, camino más y más lento. No sé lo que estoy haciendo. No sé qué decir o cómo decirlo, ni si Wil querrá escucharlo. Solo quiero verlo. Quiero ser una persona que no cotillee sobre lo que pasó, alguien que sepa mejor qué hacer. Quiero ser alguien que no dice la palabra *estofado*.

Al llegar a su calle me sorprende que esté vacía. No hay móviles policiales o camionetas de las noticias. La cinta policial desapareció.

Doy la vuelta por el lateral hasta encontrarme de pie frente a las puertas del taller, oyendo los sonidos familiares: el zumbido de la sierra circular y la lijadora eléctrica.

Suena como si Wilson estuviera ahí y, por un segundo, pienso que quizás podría ser, hasta que escucho la voz de Wil.

–Ya entra, Bridge. Todos sabemos lo que ocurre cuando estás al sol por mucho tiempo.

Me hace sonreír.

–¿Cómo supiste que estaba aquí? –pregunto entrando al taller. Wil lleva una camiseta vieja de HINES y pantalones cortos, está lijando una pieza de madera plana a mano. Intento no fijarme en las líneas debajo de su camiseta; cómo se marcan alrededor de su pecho y de sus brazos con cada movimiento.

–Te vi llegar por la ventana.

Su voz es baja. Triste. Hay una vieja radio en el suelo en una esquina del taller, en la que suena una canción de los Beach Boys. Al fondo hay papeles cubriendo la silueta larga y delgada de un bote.

Estoy aquí, parada, deseando haber traído flores o un estofado después de todo.

Arréglalo, Brooklyn.

—¿Esto está bien? —noto que tiene un dedo raspado.

Él levanta la vista hacia mí, y veo que está dejándome llegar a él. Su rostro se suaviza; pero luego la barrera de Wil regresa.

—¿Qué? —pregunta.

—No lo sé —aparece un pequeño rastro de sangre en su dedo—. Yo, aquí.

—Nada de esto está *bien* —responde sin dejar de lijar.

Ahora suena Fleetwood Mac en la radio, una banda que conozco gracias a Wilson. Doy un paso hacia Wil. Siento cómo se esconde en sí mismo, como si tuviera miedo de mí

—Wil, lo siento, ¿sí?

—Siempre lo sientes, Bridge. Pero ¿qué significa eso exactamente? —lanza las palabras a través de la mesa y no logro esquivarlas a tiempo. Inhala el aire que queda en la habitación—. Deberías sentirlo. Es como… ¿dónde has estado?

Sus dedos se cubren de polvo blanco cuando presiona el papel de lija con más fuerza.

—¿Qué? —fuerzo las palabras a salir de mi labios—. Estuve allí. ¿En el funeral?

—¡No estoy hablando del funeral! —su expresión es volcánica: enojo fundido y tristeza incandescente saliendo de lo más profundo de su ser—. ¡Estoy hablando de dónde estuviste el último año y medio! ¡No puedes simplemente aparecerte así!

Mi piel se congela y se vuelve a calentar. Pensé que había sentido algo en el funeral. Que la puerta entre nosotros se abría; solo una pequeña hendija. Creí ver una luz filtrándose por ella. Pero ahora vuelve a estar oscuro y en silencio. El único sonido es Fleetwood Mac y el arrullo del papel de lija, yendo y viniendo. No hay palabras suficientes en el mundo para hacer que esto esté bien.

–Es solo… sé cuánto amabas a tu papá, Wil. Sé lo cercanos que eran.

–Ese es el punto, Bridge. Tú crees que sabes algo sobre mi familia porque andabas por aquí –encuentra un martillo y su mano se pone pálida cuando lo toma. Sus últimas palabras son lentas, espera a que lleguen a penetrar bajo mi piel–. No sabes nada.

Eso es mentira, quiero decirle. Sé lo suficiente como para saber que nunca comió un estofado en su vida. Puedo imaginar el olor del taller en tres segundos y que sea exacto. Estaba ahí cuando su padre lo sorprendió probando su primer y último cigarrillo en octavo año, y he visto cómo el rostro de Wil queda inexpresivo cuando está realmente enfadado. Como ahora. Sé muchas cosas.

–También estoy triste, ya sabes –suelto mirando hacia el suelo.

–Sí, está bien. Lamento tu pérdida –Wil deja caer el martillo y vuelve a lijar.

–Solo quería decir que lo siento, Wil, ¿está bien? No vendré más. Solo quería decir "lo siento".

Volteo y tardo en salir, aunque debería estar corriendo hacia la puerta. Pero es la última vez que estaremos aquí así, solo nosotros dos con verdadera música en la radio; y lo extraño tanto que hasta la versión en ruinas de nosotros es mejor que nada.

WIL

Primavera, tercer año

Ya pasaron casi tres meses desde que Bridge nos arruinó. Cuatro días desde que dejó de intentar reparar el daño. Aún siento su mirada en mi nuca en clases. Pero finalmente dejó de disculparse; ya no hay mensajes de *Nunca debí hacerlo*, no más lamentos de *Por favor, Wil* en mi correo de voz. No más notas debajo de la puerta del taller. Se evaporó de mi vida, pero como la sal en los vidrios de la costa, ella está ahí, y siempre lo estará.

Dejó de intentarlo porque yo se lo pedí en una nota que deslicé por las hendijas de su casillero, como si fuéramos niños de primaria. Odiaba cómo estaba en todos lados: en los pasillos, en mi buzón de voz y garabateada en páginas y páginas de papel oficio amarillo. Todo me recordaba lo que ya no éramos. Así que le pedí que se detuviera, y lo hizo. De alguna manera, fue peor.

—Hay que sellar las juntas —anuncia mi papá. Estamos en el taller, justo antes del anochecer. Estuvimos trabajando toda la tarde y estoy duro, como si mis articulaciones estuvieran mal atornilladas. Papá está inclinado sobre un esquife de madera blanda en la mesa. Está tranquilo aquí, fresco y oscuro, con el sol filtrándose por las aberturas de las paredes, dibujando líneas rosadas en su rostro.

»La estopa está en el banco de allá. ¿Quieres intentar colocarla? —papá pasa su manos teñidas de barniz por su cabello. Lo tiene atado en una cola de caballo, como siempre. Pero sus costados están grises y sus entradas están avanzando cada vez más.

Estoy listo para dar el trabajo por terminado por hoy, a pesar de que no podemos darnos ese lujo por aquí. La palabra *dinero* se estuvo filtrando por las aberturas de mi habitación últimamente, con mucha más frecuencia de lo habitual. Mamá suele hablar sobre la universidad y luego papá dice "Pero él no quiere", y mamá continúa con "Pero algún día querrá". Tal vez si hubiéramos tenido más trabajo el último tiempo. Tal vez si trabajara más rápido.

Aun así, estoy cansado esta noche. Me va a tomar una vida barrer y ordenar las herramientas correctamente. Y maldigo por tener que hacerlo antes de la práctica de remo por la mañana temprano. Me detengo por un momento, borro ese pensamiento de mi mente. Es un pensamiento de Adolescente Promedio, no uno del Verdadero Yo.

A veces aparecen pensamientos en mi mente que no me pertenecen. La verdad es que no me molesta quedarme limpiando hasta tarde, me gusta que cada herramienta tenga un gancho para colgarla y que papá haya atado el cable de la radio con una banda elástica amarilla para que nadie tropiece.

Me gusta barrer el aserrín en líneas rectas con Skynyrd cantando "Simple Man" de fondo.

Creo que Ronnie Van Zant estaba en lo cierto cuando escribió esa canción. Habla de que lo mejor es ser una persona simple. Que un hombre no necesita dinero o posesiones para ser feliz, y que los malos momentos van y vienen como las olas. Así es la vida. Mientras que un hombre pueda mirar en su interior y sentirse bien con la persona que es, es suficiente. (También dice que debería encontrar a una mujer).

La idea está bien. Mi papá la entiende, pero mamá, no. Ella quiere que vaya a la universidad y que tenga un trabajo de oficina. Quiere que tenga una casa más grande que la nuestra, que está perfecta. Me lo dijo en forma de miles de pequeños mensajes desde que era niño. Compra ropa de marcas reconocidas en una tienda de segunda mano cerca de su trabajo: la ropa de la preparatoria de alguien significa una buena vida para alguien más. Y esta mañana dejó una playera de Los Gators de la Universidad de Florida sobre mi escritorio, junto con el tercer formulario de admisión que me deja este mes. Y ni siquiera estoy en el último año.

Esto es lo que no entiende: según los parámetros de Skynyrd, mi vida es buena. Tengo una familia y tendré un trabajo que amo cuando termine la escuela secundaria. Lo único que ya no está es la parte de la mujer, aunque Ana estuvo rondando por mi casillero últimamente, y se ofreció a ayudarme a estudiar para el próximo examen de Ciencias.

—¿Sabes algo de Golden Gate? —papá trata de sonar casual—. Hace tiempo que no aparece por aquí.

—Papá, vamos —vuelvo al trabajo, tomo los gruesos rollos de estopa que voy a usar para sellar las juntas. Los envuelvo por mi brazo, entre el hombro y la mano una y otra vez. Papá ya dejó el mazo y el cincel de hierro sobre el banco—. No quiero hablar de ella.

Muero por hablar de ella. Es la única forma de tenerla aquí conmigo: su nombre flotando en el aire entre mi papá y yo en mi lugar preferido en el mundo. Pero ella ya no estará aquí con nosotros.

Quisiera poder simplemente superarla. Pero la terrible realidad es que uno no puede superar a una chica como Bridge. Puede sacarte de tus casillas y arrancarte el corazón por la planta de los pies, y cuando no está, deja este desagradable y punzante hueco en tu interior. Puedes intentar sellarlo pero, ya sabes: tu forma es diferente de como era antes.

—Una chica no pasa casi todos los días durante siete años aquí y tan solo dejar de venir sin ningún motivo —dice sin apartar la vista del bote.

—Ella cambió, ¿sí? ¿Es motivo suficiente? —mi corazón se está retorciendo en mi pecho como un pez fuera del agua. Coloco la estopa entre dos tablas de madera, presionándola en la junta con el cincel. El material va a sellar la junta una vez que terminemos con el proceso. Si lo hago bien, si me tomo mi tiempo, hará que el bote sea impenetrable. Nada podrá llegar a su interior. Golpeo el cincel con el mazo. Pequeñas gotas de sudor cubren mi frente debajo de mi cabello.

Al levantar la vista, veo que papá me está mirando como si hubiera dicho que no *comprendo* a Hendrix.

—La gente no cambia, hijo —me lanza una mirada—. Ella es quien es. Sea lo que sea que haya hecho para hacerte enfadar no la hace una mala persona. Las personas no son las cosas que hacen.

Martillo con más fuerza. No le creo. Creo que las personas son exactamente las cosas que hacen. En sexto curso, tuve que hacer un reporte sobre Ralph Waldo Emerson. Lo primero que encontré al googlearlo fue esta cita: "Lo que haces habla tan fuerte que no puedo escuchar lo que dices". Si eso es cierto, Bridge gritó "¡Vete al demonioooooooooo!" esa noche en el muelle.

—Afloja con ese mazo —me ordena papá apoyando una mano en mi hombro y haciéndome saltar.

No me detengo por algunos golpes más.

—Déjalo, Wil. Ahora —insiste papá. Frota sus manos y se sienta en la esquina del taller. Señala el suelo a su lado. Me siento. Él es fuerte y, si pudiera, me recostaría sobre él.

»Tú sabes, hijo, tú y yo somos iguales. Nos molestamos mucho cuando alguien nos hace daño.

—No estoy molesto con Bridge —digo entre dientes—. Y ya no quiero hablar sobre eso.

—Entonces ¿cuál es el problema? —pregunta con firmeza.

—Es mamá, ¿ok? —me lamento con las paredes. No quería hacerlo. Es solo que aún no puedo hablarle sobre Bridge. Mamá era la siguiente preocupación en mi mente y no pude cerrar la boca a tiempo.

—Mamá —repite él rascándose la nuca.

—Me dejó esa playera de la Universidad de Florida esta mañana, junto con otro formulario —esto no es su culpa. Pero ya está dicho, y no puedo borrar las palabras.

Papá toma aire con fuerza.

—No es gran cosa —doy marcha atrás—. Es solo que no sé por qué le importa tanto la universidad.

—Quiere que te largues de este lugar —su voz suena como el acero, pero por si acaso continúo.

—Sí, pero amo este lugar. Sabes eso, ¿no es así? Quiero quedarme aquí y llevar el negocio contigo —se hace silencio por un momento, hasta que vuelve a hablar.

—¿Próximo paso?

—Imprimación —respondo y ambos nos levantamos.

Papá me pasa un Frisbee dado vuelta en el que hay masilla mezclada con imprimador. Pinto la junta con mucho cuidado.

—¿Están listos para cenar, chicos? —escuchamos la voz de mamá desde la puerta.

—En un segundo —responde papá.

—Está lista ahora, Wilson. Preparé la cena y está lista ahora.

—Ya vamos, mamá. Solo danos un segundo, ¿sí? —digo.

La luz del sol brilla detrás de mamá, así no es más que una sombra. Se da la vuelta y regresa a la casa. Mis padres son unos maestros del silencio. Pueden moldearlo en las formas más filosas y lanzárselo uno a otro para provocarse profundos cortes. Pueden hacer mucho más daño con el silencio del que hacen con sonidos. Bridge siempre solía decirme lo afortunado que era por tener padres que estuvieran casados. *No es tan simple*, le decía yo, y ella me miraba como si yo fuera el más estúpido del planeta. *Al menos tú sabes de dónde vienes,* respondía ella.

Y entonces yo me callaba. No podría imaginar cómo se siente saber que tienes un padre en Texas o en China, o tal vez a unas pocas calles. Saber que está ahí afuera, parte de mí, o yo parte de él, o como sea que funcione. Mi papá puede ser un cretino a veces, pero ir por la vida llevando el ADN de otra persona debe significar algo. No puedes tan solo cortar el lazo y largarte.

Papá inspecciona la junta por más tiempo del necesario.

—Papá —lo presiono—. Vamos, ella está esperando.

Él refunfuña, nos lavamos y vamos adentro. Mamá está parada junto a la mesa de la cocina vestida con su uniforme de trabajo: una bata negra y un identificador con forma de diente. Su labial es de un color rosado intenso que sobresale de las comisuras de sus labios formando una extraña sonrisa constante.

—Huele bien —comento.

—No es nada especial —dice ella sobre una bandeja de lasaña. Colocó una servilleta de papel sobre un bowl plástico, con las puntas apuntando al techo. Vacía un paquete de pan de ajo dentro de él. Ya hay una jarra de té humeante sobre la mesa.

Mamá y papá se sientan alrededor de la mesa de pino que papá le dio como regalo de bodas. Debajo de una de las hojas él talló sus nombres, la fecha de la boda y las palabras *Irás, iremos juntos por las aguas del tiempo*, que es parte de un poema. Nunca pensé que mi papá fuera un hombre poético, pero eso es prueba de que mis padres realmente se amaron alguna vez. Cuando era niño solía esconderme bajo la mesa, generalmente cuando ellos peleaban. Cerraba los ojos y recorría esas palabras con mis dedos una y otra vez.

—Está muy bueno, mamá —le digo con la boca llena, para compensar el comentario sobre la playera.

—Qué bien —responde ausente. Sus nudillos están blancos contra su vaso—. Ah, casi lo olvido. Te llegó algo por correo hoy, Wil.

—¿Qué es? —pregunto levantando las cejas.

—Algo sobre una exposición de universidades en Jacksonville. Muchas escuelas del sur. El folleto dice que habrá representantes para hablar de becas y ayuda económica.

—No necesitamos ayuda económica —balbucea papá dentro de su taza de té.

Mamá ni siquiera registra su voz.

—Ahora —comienza mamá—. Antes de que digas nada, Wil, sé que piensas que no te interesa la universidad. Pero la universidad te abrirá puertas. Tendrás opciones.

—La cosa es que, en realidad, no necesito opciones —debería haber dicho "De acuerdo, genial, gracias". Debería haber terminado con esto—. Tengo el taller.

—El taller —mamá pasa la lengua sobre sus dientes y suelta una especie de mitad risa mitad suspiro que hace que papá golpee la mesa con el puño.

Los platos saltan. Mamá salta. Yo salto.

—¿De dónde salió la playera de la Universidad de Florida, Henney? —pregunta él.

Mamá no responde; bebe su té y afila su Arma de Silencio.

—Papá, está bien —digo. No quiero mi lasaña, pero tomo un gran bocado de todas formas, porque todo está bien, y cuando todo está bien la gente come su lasaña.

—Mi jefe está en la Junta Directiva —dice mamá. Su cabello está gris en los mismos lugares que el de papá, en las sienes y en mechones mezclados con el resto del cabello. Se han envejecido el uno al otro—. La trajo de una reunión. Por el amor de Dios, Wilson, es solo una *playera*.

»Tienen un club de remo allí, ¿sabes? —se dirige a mí con una leve sonrisa y se levanta de su silla—. ¿Quién necesita una servilleta?

—Está bien, mamá. Dile al doctor Larkin que se lo agradezco —odio cuando hacen esto. Llenan el aire con tanto enojo y odio que es como respirar por un sorbete.

—Tonterías, Wil —papá empuja su silla y se pone de pie. Su voz es más suave, pero su energía casi me voltea.

—No quiero hablar de esto ahora. Por favor —digo.

—Wil no quiere ir a Florida, Henney. No quiere ir a la Universidad Estatal de Florida en Miami o en Florida Central. No-quiere-ir-a-la-universidad —sigue a mamá hasta la cocina, la toma por los hombros y hace que voltee—. ¿Puedes mirarme, maldita sea? Mírame.

—¡Oigan! —grito.

—¿Cómo puede saber si quiere ir a la universidad? —ella grita ahora, tan fuerte que hace zumbar mis oídos—. No siempre sabemos lo que queremos a los diecisiete años, ¿o sí, Wilson? ¡No sabemos que podemos ir a la universidad, que no tenemos que casarnos de inmediato! ¡Somos demasiado jóvenes y estúpidos para saberlo!

—Mamá —siento el sabor de la bilis en mi boca—. *Mamá*.

—A veces tomamos decisiones a los diecisiete de las que nos arrepentimos por el resto de nuestras vidas… —continúa.

Papá arremete. El *crack* hace correr un temblor en mi interior.

Todos estamos quietos, y la casa se llena de silencio.

Mi estómago se revuelve una y otra vez. Nadie se mueve. Todo el maldito mundo puede escuchar los latidos de mi corazón. Me levanto y mi vaso rueda hasta caer al suelo. Lo veo hacerse añicos. Lo dejo ahí. Camino por la cocina, despacio y con calma.

—Wil —dice papá—. Hijo.

—Está bien —dice mamá con el labio cubierto de sangre—. Está bien.

Abro la puerta. La cierro de un golpe. Conduzco mi cuerpo de plomo a través del parque y me meto en el taller. Y mejor que él no me siga. Mejor que no lo haga.

Paso por el caballete, respirando en bocanadas irregulares. Les grito a las paredes envejecidas y al suelo perfecto. Grito hasta que mi garganta está cerrada y mis sienes palpitan.

Me detengo y me inclino sobre el bote. Mi mano se desliza sobre el mazo mientras la electricidad recorre mi cuerpo. Lo levanto por encima de mi cabeza y lo dejo caer una y otra vez, destruyendo una madera perfecta. Veo cómo las juntas se separan; veo cómo la madera se hace astillas, como si estuviera viendo pasar el tiempo en reversa.

No dejo de dar mazazos hasta que el bote es una pila de astillas en el suelo, y me dejo caer sobre el concreto. Y, maldita sea, mis manos. Las observo, la sangre oscura cayendo, no se ven como mis manos. Son las manos de otra persona, manos que son capaces de destruir. Sus manos.

Tú y yo somos iguales, dijo él.

Tenía razón.

BRIDGE

Primavera, último año

 il estaba equivocado, pienso mientras abro la llave de la ducha. Hace un chillido agudo, y contengo la respiración. Me levanté demasiado temprano, con la luna aún suspendida en el cielo tras la ventana del baño. Me meto bajo la ducha y muevo la llave una vez más, hasta que el agua está tan caliente como puedo soportarla. No lloré desde anoche, cuando Wil me echó del taller. Puedo sentir las lágrimas acumuladas bajo la superficie, esperando.

Tú crees que sabes algo sobre mi familia, dijo. *No sabes nada.*

La parte de atrás de mis muslos y pantorrillas tienen un color rosado claro, de las rodillas para abajo mis piernas son de un blanco pálido. Volteo, para estar de frente a la ducha hasta que sale humo de cada centímetro de mi cuerpo por el calor.

Es inútil. Las lágrimas y la rigidez en mis hombros y cuello no desaparecen. Repito todas las verdades que sé: *Wil está de duelo. Está enojado. Irracional. Siente esas cosas por la muerte de su papá.*

Aun así. Hay muchas cosas que yo no sé. No sé lo que vio Wil esa noche cuando se levantó y bajó a la cocina. No escuché el sonido que hizo Henney cuando el asesino presionó las manos alrededor de su cuello. Pero conozco a Wil Hines, y conozco a su familia. Sé que Ana nunca podrá entenderlo mejor que yo.

Cierro la ducha y busco la bata de baño de hotel que mamá me dio como regalo para la navidad pasada. Envuelvo mi cabello en una toalla. Al salir al pasillo, siento el olor a café quemado desde abajo. Me detengo por un segundo a escuchar el fuerte zumbido de la tranquilidad de la mañana. Pero, en su lugar, escucho el ruido de cacerolas cayendo.

–Antiadherente, maldito pedazo de… –protesta mamá.

–Buenos días, madre –grito. La encuentro abajo en la cocina.

–¿Te desperté? –mamá está usando una bata igual a la mía, su cabello está revuelto en direcciones extrañas. Se quedó dormida con los ojos delineados otra vez. Aún es bonita, de una forma deshecha. Hay libros, papeles y la notebook usada que Leigh me dio cuando tuvo su Mac nueva, ocupando la mesa de la cocina.

–¿Por qué estás levantada tan temprano? –le pregunto, tapando un resaltador rosa.

–Por nada –responde, con la voz que usa cuando está mintiendo. Revuelve algo en un bowl con una cuchara–. Estaba levantada estudiando, y decidí preparar el desayuno.

–Gracias –le digo cuando me ofrece una taza de café.

–Los crêpes estarán en un segundo –anuncia volteando hacia la cocina–. Después, podríamos hablar.

–Desearía poder –le digo luego de dejar mi taza de café. Enlazo mis brazos alrededor de su cintura, abrazándola por detrás–. Pero tengo que ir a la escuela. Examen de trigonometría. No tuve mucho tiempo para estudiar.

La mentira se escapa de mi boca. *Hablar* representa a mamá haciendo un millón de preguntas de las que no sé las respuestas. Y no tengo ganas de explicar: nunca sabré las respuestas. Wil no quiere saber nada más conmigo.

–Ah, Dios, uno podría creer que cancelarían los exámenes luego de algo así –mamá voltea y se aprieta la nariz. Se despereza y apaga la cocina–. De acuerdo, entonces. Volveré a la cama. *Ten cuidado ahí afuera.*

–Entendido –la beso en la mejilla y voy hacia arriba, con sus palabras resonando en mi cabeza: Ten cuidado ahí afuera. Esa ha sido su frase de despedida desde que tengo memoria. Se supone que me haga sentir segura, o empoderada, o algo. Hombres grandes están siendo asesinados en sus casas sin razón alguna. Pero yo sé *tener cuidado ahí afuera.*

✦ ✴ ✦

En la escuela, Wil está tan cerca. Si quisiera, podría estirar mi brazo y tocar su cuello, donde sus ondas se unen con el cuello de su camiseta. Podría acercarme a él mientras toma su libro de Literatura del casillero. Pero no puedo preguntarle lo que en verdad necesito saber. Qué quiso decir con lo que me dijo ayer por la tarde. Si en verdad significaba algo.

Leigh está más callada de lo normal, mirando cómo miro a Wil y garabateando corazoncitos en su cuaderno de dibujo, sobre un dibujo de mí vestida con una capa de Superchica con grandes *bubis*, como las llamaría Minna. Pero, después del tercer período, Leigh explota.

–Es suficiente –coloca su mochila sobre su hombro y apunta hacia la puerta ambas manos, como si fuera una azafata enfadada indicando dónde están las salidas de emergencia–. Necesitas salir de aquí por un período. Almuerzo en lo de Nina. Yo pago. Vamos.

Leigh es un ser humano respetable la mayoría de las veces, así que espera hasta que estemos sentadas en el reservado de la ventana de la Cafetería de Nina, con una bandeja de patatas fritas y café antes de decir:

–¿Quieres hablar?

–Nop –respondo mirando por la ventana–. Es solo que… no puedo dejar de pensar en lo que pasó en esa casa. En lo que Wil vio, ¿sabes?

–El Canal 12 dijo que él no vio nada –intenta asegurarme–. Dijeron que el hombre golpeó al papá de Wil en la nuca y escapó antes de que él llegara a la cocina.

–No puedo. ¿Podríamos hablar de otra cosa? –mis ojos se llenan de lágrimas.

–Así que, me quedan solo tres días para entregar la propuesta final para mi proyecto de Arte, y no tengo idea de lo que voy a hacer –Leigh cambia de tema en un parpadeo. Acomoda sus patatas en un grasoso ramillete antes de llevárselas a la boca–. Es algo así como un veinticinco por ciento de mi calificación.

–¿Está todo bien, chicas? –pregunta Leonard, el dueño del lugar, mientras llena nuestras tazas de café. Debe tener sesenta y cinco años, es calvo, y tiene una barriga que parece que va a desprenderse del resto de su cuerpo en cualquier momento. Ya no hay una Nina. Leonard me contó que una vez, un millón de vidas atrás, estuvo comprometido con una mujer llamada Nina. Cuando ella se fue, se llevó casi todo el dinero que él había ahorrado para su restaurante. Tenía cuarenta y dos años cuando pudo volver a reunir el dinero suficiente para abrir su cafetería de los cincuenta, y estaba disgustado. Le puso su nombre al restaurante. Un recordatorio de que las mujeres eran peligrosas, dijo.

–Todo bien, gracias, Leonard –respondo.

–¿Cómo está Wil? –Leonard se limpia las manos sobre su delantal.

–Aguantando –digo, como si supiera. Wil y yo vinimos a este lugar en nuestra primera cita real. Estábamos en primer año, así que teníamos que andar en bicicleta. Estuvimos hablando con Leonard y eligiendo canciones en la rocola que está en una esquina. Fue como cualquier otra tarde de las que pasamos en Nina, salvo porque fui más cariñosa de lo habitual. Antes de irnos Wil talló nuestras iniciales en la mesa, junto con las iniciales de otras parejas que probablemente tampoco existan más.

–Buen muchacho. Una pena. Las personas son como animales –afirma, vuelve detrás del mostrador y enciende el televisor blanco y negro en miniatura que está junto a la wafflera.

–Como decía –continúa Leigh–. El proyecto de Arte. Lo he reducido a dos opciones: pintar con aerosol el paso subterráneo junto a Target o ir por la idea principal y pedir autorización para pintar el exterior de la escuela. El muro que da al patio.

–Me gusta la idea. Retribuir a la escuela. Sumado a una menor probabilidad de ser arrestada.

–No lo sé. Creo que llegar a la universidad de arte con un antecedente criminal sería una movida radical –dice con una sonrisa pícara. Luego su vista se fija en la entrada–. Cielos. Mira quién llegó.

Sigo su mirada hacia la calle. Micah y sus amigos se están empujando por la puerta. Ríen tan fuerte que todas las personas del lugar voltean a verlos. Siento un hueco en mi pecho. Ha estado fuera de mi radar durante los últimos días desde el funeral. Por mí. Fui estúpida al pensar que eso podría durar.

–¡Bridge! –cuando nos ve, hace todo un show acercándose como un vagabundo hasta nuestro reservado–. Oigan, chicos, ¿recuerdan a mi hermana mayor? La que me mantiene a raya –se mete en el reservado y arroja su brazo sobre mi hombro.

–Deberías estar en clases, Micah –trato de empujarlo fuera de nuestro asiento. Su pandilla lanza un coro de *Uuuuhh*. Sus ojos se abren sorprendidos por un segundo, y noto un rastro del verdadero Micah, antes de que vuelva a ser el Bastardo al que le Importa todo una Mierda.

–Soy un aprendiz de la vida, Bridge. Mi aprendizaje no puede estar confinado entre las paredes de un salón de clases. ¿No es así, Lenny? –responde Micah.

Leonard mira a los chicos desde atrás del mostrador y yo tengo ganas de desaparecer. Los amigos de Micah se reúnen alrededor de la mesa que está junto a los sanitarios.

–Así que, ¿a esto te dedicas ahora? –pregunta Leigh en voz baja. Yo miro por la ventana–. ¿Escapas de tu casa para ir a fogatas? ¿Escapas de la escuela para venir aquí?

–¿Qué? –protesto–. ¿Te escapaste?

–Leigh. No eres buena onda. Pensé que teníamos algo especial –él se desploma.

–No lo teníamos. Lo que me hace libre para informarle a tu hermana que estuviste ebrio y persiguiendo a Emilie Simpson durante toda la noche de la fogata.

No grito "¿Fuiste a la fogata del último año y tuviste algo con una chica de MI CLASE?", pero créanme, quiero hacerlo.

–Yo y Emilie Simpson no somos de tu incumbencia –le dice a Leigh.

–*Emilie Simpson y yo*, idiota –lo miro.

–Ella es buena onda –dice Micah débilmente, pasando los dedos por su cabello; una muestra universal de inseguridad de cualquier chico adolescente–. Surfea, y eso.

–Ella no es buena onda. Es demasiado grande para ti. Y estuvo a punto de perder el tercer año por faltar demasiado a clases –comento, poniendo los ojos en blanco hacia Leigh.

–No seas una perra, Bridge –responde tan fuerte como para que su pandilla lo escuche–. Además, ¿vas a enojarte conmigo por haber bebido cuando tú fuiste arrestada por eso el año pasado?

–Volviendo a Emilie Simpson –continúa Leigh–. Solo asegúrate de usar un chaleco salvavidas. Sus aguas no son vírgenes, amigo.

–Ay, por Dios, *Leigh* –protesto–. Tiene solo quince años.

–Las dos pueden irse al demonio –dice Micah saliendo del reservado. Veo cómo vuelve con sus amigos resoplando, su nuca está roja como el fuego. Los colorados no podemos esconder cuando estamos avergonzados o enfadados. Está en nuestro ADN; es la única forma en la que sé que él aún está ahí.

–Regresa a clases –le grita Leigh. Toma un billete de veinte dólares de su bolso y lo deja debajo del servilletero antes de que nos levantemos.

Caminamos de regreso a la escuela sin que ella diga una palabra sobre Micah, al igual que no me fuerza a hablar de Wil. Estoy agradecida. Amo que se enoje a mi favor, pero odio la pequeña chispa defensiva que se enciende en mí cuando alguien se burla de Micah. Sé que él se lo merece.

No hablamos de nada importante: lo caluroso que está y lo que usaremos para la graduación, algo que Leigh ya sabe aunque aún faltan varios meses. Una especie de caftán blanco, aunque su mamá insiste en que use un vestido, solo por esta vez. Yo puedo usar el vestido, dice ella. (Ni siquiera tengo que preguntar).

Quiero hablar por siempre sobre vestidos blancos y aire caliente; trivialidades, cosas sin importancia, cosas que aparten mi mente de padres muertos, errores que al parecer no puedo arreglar y hermanos con los que no sé qué hacer. Quiero escapar.

WIL

Primavera, tercer año

No importa a dónde vaya, no puedo escapar de lo que mi papá ha hecho. Cuando abro la puerta del refrigerador, el sonido de succión es reemplazado por el *crack* de la mano de papá. Al abrir la llave del agua caliente para rasurarme, el chillido del metal es la respiración áspera de mamá. La violencia se ha aferrado con fuerza en todo, me doy cuenta. El mundo es un ring de boxeo.

Mamá no salió de la casa en tres días. Dice que no quiere hablar de eso. *¡Eso!* Una palabra demasiado pequeña para describir lo que pasó aquí.

—Es privado, Wil. Un asunto privado entre tu papá y yo. No queremos que te preocupes —me dijo una noche después de la cena.

Mira por la ventana y friega los platos del almuerzo por tercera vez en el día. Sus manos están debilitadas y rojas bajo el agua.

—Ver a tu madre siendo golpeada hace que uno se preocupe —seco los platos a medida que ella me los pasa. Se mueve tan despacio. No debería estar molesto con ella, pero lo estoy.

—Golpeada —la palabra se desvanece como la última pizca de aire de un globo pinchado. Su rostro se vuelve tan colorado como sus manos—. Por Dios, Wil. Haces que parezca tan... patética.

—No tú, mamá. Él —grito, y ella se estremece. Acaricio un poco su espalda. Es mi culpa. Si no hubiera sacado el tema de esa estúpida playera, papá no se habría enfadado tanto.

—No fue su intención —responde mamá—. Fue un accidente.

—No inventes excusas por él —digo para ambos.

Cuando termina con la última cuchara, llena un vaso con agua y lo vacía dentro del florero que está en la mesa de la cocina.

Papá puso flores en él cada mañana: rosas rojas el primer día, rosas con unos pequeños pimpollos secos alrededor el segundo día, y las de hoy son flores que fueron teñidas de colores llamativos: rosa, amarillo y naranja.

Se inclina sobre ellas y arranca las hojas muertas.

—¿Puedes sacar la ensalada por mí? —dice mamá mientras juega con el tallo de una flor de color rosado eléctrico—. Está en el refrigerador.

—Claro —abro el refrigerador y me acerco a sentir el frío—. ¿Están listos los espaguetis?

—Dales un minuto. Puse el temporizador.

—Mamá. ¿Él ha...? ¿Esto ha... ocurrido antes? —cierro la mandíbula con tanta fuerza que mi cabeza podría hacerse añicos.

—No quiero hablar de eso, Wil. Ya te lo he dicho, por favor —cuando suena el timbre del temporizador, salta detrás de mí, espantada.

—Lo tengo, mamá. Está bien —le digo. Con suavidad, como le hablas a un niño asustado.

—Deja que yo lo haga —me rodea y saca la olla del fuego. Y, si no le pregunto ahora, nunca lo haré.

—Mamá, ¿crees que soy como él? ¿Crees que acabaré siendo como él?

Ella abre la boca para responder justo en el momento en el que papá atraviesa la puerta. Luce como un extraño que se ha metido en la cocina equivocada, en busca de una familia. Quiero decirle que se largue. No lo necesitamos aquí.

—¿La cena está lista? —pregunta dándome una palmada en la espalda. Me estremezco.

—Ya casi —dice mamá. Espero que ella me responda con la mirada, pero no lo hace. Solo voltea la olla dentro del colador en el fregadero. Papá se desliza detrás de ella y la abraza por la cintura.

—Algo huele bien —comenta.

Vete al diablo, pienso.

Mamá dice "Wilson", como una chica de secundaria. Nunca dice su nombre de esa forma.

Dios, pienso. *Es patética. Podría…*

Pasó tan rápido.

Podría. Podría… ¿qué? ¿Golpearla?

El pensamiento pasa por mi cabeza, y luego se va, y Santo Dios, espero que ese no sea un pensamiento del Verdadero Yo. Pero tampoco fue un pensamiento de Adolescente Promedio, porque los Adolescentes Promedio piensan en acostarse, en fumar hierba y, tal vez, en los exámenes finales.

Mamá nos pide a papá y a mí que nos sentemos, y al hacerlo miramos las flores en lugar de mirarnos el uno al otro. No lo miré a los ojos desde lo que pasó. Si lo miro, él intentará hablar, disculparse. Así que lo divido en partes y echo un vistazo cada tanto: sus fuertes manos, las líneas de su frente quemadas por el sol. Mirarlo hace que me duela el cuerpo. Hace tres días él era una persona, hoy es otra. Y yo soy la mitad de él, pero no sé qué mitad.

—Aquí vamos —mamá nos sirve un plato de espagueti a cada uno.

Podría…

—Vamos a dar las gracias —dice papá, y, si lo estuviera mirando, lo haría como si estuviera loco. Jamás hemos dado las gracias en esta casa.

Mamá frunce el ceño, pero inclina la cabeza. Esto es una pesadilla. Estamos jugando a La Familia Feliz.

—Santo Padre, queremos agradecerte por este día y todas sus bendiciones. Sobre todo, queremos agradecerte por tu gracia y por perdonarnos, aunque no lo merezcamos. Amén —recita papá luego de aclararse la garganta.

—Amén —repite mamá.

¿Qué demonios?

—Te extrañé en el taller esta tarde, hijo —dice él mientras enrosca los fideos con el tenedor.

—Tarea —miento.

—Bien, la escuela está primero —él miente en respuesta.

La comida está muy caliente, pero la fuerzo a bajar por mi garganta.

—Está bueno, Henney —comenta papá con la boca llena y se limpia los labios con el dorso de la mano, dejando un rastro del color de la sangre en ella.

—Me alegro, Wilson —aún se puede ver la marca del puño de papá en su mejilla, resplandeciendo en rojo, como el logo de un Mini Mart.

Cuando suena el timbre de la puerta me levanto para abrir. En la puerta de entrada, del otro lado del vidrio decorativo, diviso a Ana Acevedo en partes femeninas abstractas: shorts de jean, la cadera hacia un costado y el cabello cayendo sobre un hombro. Nada en ella encaja. Me recuerda a las pinturas de Picasso que tuvimos que ver el primer día de la clase de Historia del Arte, en la que mamá me anotó como asignatura optativa el año pasado.

—Ey, Wil Hines —dice antes de que abra la puerta.

—Oh, ey —respondo. Me alivia tanto que haya una interrupción, cualquier interrupción, que ni siquiera me importa qué es lo que está haciendo aquí. Nos miramos por un momento. Está en el porche con su bonita piel y el cabello volando en el aire, no estoy seguro de que sus pies estén tocando el suelo. No hay nada que le dé peso hacia abajo. Quisiera tener su liviandad.

—¿Wil? Estamos en medio de la cena —me llama papá desde la mesa.

No quiero reírme. *¡Por supuesto! ¡Sería* grosero *que una chica se apareciera aquí en medio de la cena! Quizás deberías ponerla en su lugar, papá.*

—Oh —reacciona Ana, con los ojos bien abiertos—. ¿No es un buen momento? Yo solo... quedamos en que nos juntaríamos a estudiar. Siete treinta, ¿cierto? ¿En tu casa?

—¿Estudiar? —mi cerebro no está funcionando. Durante los últimos días estuve nadando a través de los días de escuela, bajo el agua y contra la corriente. Olvidé que Ana me había preguntado si podía venir a estudiar.

—¿Biología marina? ¿Examen mañana?

Los pasos de papá hacen temblar todo mi universo. Cuando llega a la puerta presiona su mano en mi hombro como una prensa. Mi interior se estremece. No podemos quedarnos aquí. Ella no puede vernos fingir.

—Ey, hola. ¿Podemos ayudarte? Wil está en medio de la cena en este momento.

—Ella es Ana, papá —digo "Lo siento" con los labios—. Tenemos que estudiar para ciencias. Y ya terminé de comer, así que volveré más tarde. Vamos a su casa.

Escapo del campo de fuerza de papá (fue más fácil de lo que esperaba; debería haberlo intentado antes). Puedo sentir sus ojos puestos en mí, pero ¿qué va a hacer? ¿Golpearme aquí, frente a una chica linda en medio de nuestro *momento familiar*?

—¿Estás seguro? —los ojos de Ana estudian el rostro de papá, el mío y el de papá otra vez.

—Estoy seguro. Dile a mamá que la cena estuvo buena —le digo por sobre mi hombro mientras me alejo hacia el Volkswagen Jetta de Ana.

—Eh, adiós, señor Hines —saluda ella demasiado animada. Es una chica agradable, y debe tener buenos padres que le enseñaron a mantener los modales incluso en la más incómoda situación social.

—Perdón por invitarme a mí mismo —digo en voz baja con una risita avergonzada.

—No hay problema —responde. Presiona un botón en sus llaves y la puerta del auto suena al abrirse.

»Una noche dura, ¿eh? —pregunta una vez que estamos en la avenida Atlántico. Lleva el techo corredizo abierto y el viento hace que su cabello vuele a su alrededor.

—Discutí con mi papá. Necesitaba salir de ahí.

—Te ves triste, Wil Hines —dice estudiando mi rostro.

—Ojos en el camino, Ana Acevedo.

Ríe un poco y nos quedamos en silencio por un momento, con el viento húmedo de la tarde corriendo por el auto y por mí al mismo tiempo. Cuando nos detenemos en el tercer semáforo, miro hacia su lado. El cabello de Ana está inflado, revuelto sobre su rostro y sus mejillas están enrojecidas.

—Mis padres salieron con amigos —dice, manteniendo los ojos en el camino esta vez—. Estarán fuera hasta tarde, así que puedes quedarte todo el tiempo que quieras.

Sus mejillas se sonrojan aún más. Ana es tan buena. Debería salvarla. Salir del auto en el último minuto y poner tanta distancia entre nosotros como sea posible.

En su lugar digo: "Ok".

Entrar al vecindario privado de Ana vestido con pantalones de jean y una camiseta se siente como entrar en un restaurante elegante y que el hombre en el atril del frente te haga a un lado y te ofrezca la corbata de alguien más, porque ¿qué clase de animal come un filete sin corbata? Eso nunca me pasó realmente. Lo vi una vez en una película. Pero así es exactamente como me siento ahora: sin corbata en un restaurante de filetes.

—Esto es muy bonito —digo. Es lo mejor que puedo hacer, porque estoy demasiado concentrado en no derribar el enorme jarrón oriental de la base junto a la puerta.

—Gracias —Ana arroja su bolsa en el sofá beige más cercano.

El lugar es una enorme habitación con paredes vidriadas que me dejarían ver el océano si no estuviera tan oscuro. Está dispuesto como un museo. Hay tres o cuatro sofás color beige, idénticos, en distintos ángulos por todo el lugar. Alrededor, hay sillas del mismo color y mesas auxiliares de madera, y debajo de todo eso hay tapetes de lana del mismo tono, que se sienten como paja bajo mis pies. Al fondo hay un pasillo que probablemente lleve a más beige.

Me pregunto qué está haciendo Ana en una escuela pública.

Ella se dirige a la cocina. Yo me siento en una fina banqueta de madera. Mi celular vibra en mi bolsillo. Lo cierro sin mirar.

—Entonces, ¿necesitas un trago, o algo? —pregunta. Desaparece detrás de la mesada y emerge con una botella helada y un par de vasos cortos. Vodka, pienso. Me sorprende que pueda hacer eso, buscar en un mueble y encontrar alcohol. Nosotros no tenemos ni un poco en casa.

—Pero tú no bebes, ¿cierto? —le digo mirando las venas grisáceas de la mesada de mármol, sintiendo mi rostro acalorado. Creo que no debería haberlo mencionado.

—Tú tampoco —Ana llena los vasos hasta el límite. Es torpe con la botella, y el líquido se derrama por los costados. Que nunca haya hecho esto antes me hace igual a ella—. Pero parece que podrías beber un trago esta noche.

No lo discuto.

—Por Agnatha —dice levantando su vaso.

—¿Eh? —levanto el mío también, porque, ¿qué demonios? Tal vez esto es exactamente lo que necesito. Tal vez no hará daño que sea alguien más por un tiempo. Alguien más. Esta parece el tipo de casa en la que lo peor que puede ocurrir es quedarse sin café orgánico en la mañana.

—Agnatha, el pez sin mandíbula —ríe—. ¿Siquiera has leído el capítulo?

—Me descubriste —el vodka es frío y sabe bien, cosa que no esperaba. Bebemos otro vaso cada uno y ella me dice que tome la botella. Iremos al balcón.

En el balcón nos estiramos en los sillones, que probablemente sean más costosos que los muebles buenos del interior de mi casa, mirando la oscuridad y turnándonos para tomar tragos de la botella. El aire frío refresca mi piel y el vodka me calienta por dentro. Puedo escuchar las olas y no pasa mucho tiempo hasta que mi corazón comienza a latir con ellas.

—¿Van a estar bien tu padre y tú? —me pregunta. Lleva las rodillas hacia su pecho y descansa el mentón sobre ellas. Se ve dulce, como una chica que realmente quiere saber.

—Ah —bebo otro trago y queda atorado entre mi boca y mi corazón. Por un segundo pienso en la idea de contarle todo, porque es demasiado pesado y Bridge ya no está para ayudarme a llevar esa carga—. No lo sé. Es solo que se ha portado como un bastardo últimamente.

—Mi papá también puede ser un bastardo, a veces. Especialmente por la universidad. Me anotó en todos esos tours por universidades a los que en verdad no quiero ir, cuando no dejo de decirle que Notre Dame es mi primera opción.

Siento una punzada de decepción, aunque no es su culpa que no lo haya entendido. Nadie en el mundo debería entender cómo se siente esta profunda oscuridad.

—Notre Dame suena bien —inclino la botella una vez más y la noche frente a mí se pone borrosa, azul oscuro, girando fuera de mi alcance. Me pregunto si así es cómo Bridge ve las cosas cuando está ebria. Me pongo de pie y me inclino sobre la barandilla del balcón, mareado y flojo. Lo voy a decir: *Siento nostalgia por Bridge.* Ella entendería lo confuso que es esto, cómo odio a mi papá y lo quiero de vuelta al mismo tiempo, igual que ella. Ella sabría lo perdido que me siento; que realmente no pertenezco a un balcón elegante con una buena chica y una botella de vodka. "Ana Acevedo, ¿Wil? ¿En serio?", diría ella. Y yo no sabría qué responderle. No sé lo que estoy haciendo, a dónde voy o quién soy. Eso es lo que ella y mi papá me hicieron. Sin mi papá, sin Bridge, me encuentro sin dirección. Atado a nadie. A merced de la corriente y demasiado cansado para nadar.

BRIDGE

Primavera, último año

–¿Sabías que la pena puede literalmente matar a una persona? –le pregunto a Leigh. Estamos en el estacionamiento, sentadas en el primer asiento de Iz después de clases. Apoyo los pies en el tablero y observo a Wil caminando hacia la camioneta de su papá unas filas más adelante. Su cuerpo es el mismo, pero su cabeza está caída y camina sin ganas; nada como la caminata a zancadas que solía hacer que fuera tan fácil encontrarlo en la playa.

–Tiene sentido –Leigh termina de beber su Big Gulp–. Cuando el chakra del corazón está bloqueado.

–No. Estoy hablando de la glándula pituitaria, que es algo real –mis ojos siguen fijos en Wil. Él se detiene frente a la camioneta; nota el sobre que dejé debajo de sus limpiaparabrisas en el almuerzo. Veo el momento, el preciso momento, en el que sus dedos reconocen el trozo de vela en el interior. Uno de los incontables tesoros de botes que Wilson me había dado. En el extremo de la vela, con la precisa letra de su padre, está escrito el nombre del bote, *Freedom*. Wil no quiere saber nada más conmigo. Pero sé lo que necesita. Y ahora necesita esa pequeña parte de su papá más que yo.

El rostro de Wil se destroza y levanta los pedazos rápidamente. Guarda la vela en el bolsillo trasero de sus jeans y se sienta en el asiento del conductor, devastado.

–Oh, qué grosera. El chakra del corazón es definitivamente algo real. Y el de alguien está totalmente bloqueado ahora –dice golpeándome con el hombro, fuerte.

–Oh, es en serio. La glándula pituitaria segrega esta sustancia quími-ca en el cerebro que te pone en estado de alerta –los dedos de mis pies se doblan contra la guantera–. Leí un artículo anoche. Después de perder a alguien cercano, tu cuerpo está en un estado de estrés elevado todo el tiempo. Tus células realmente comienzan a morir.

–Bridge. Mi amor –Leigh gira hacia mí en su asiento y entrelaza sus dedos con los míos. Su anillo del ánimo me provoca un dolor terrible–. Primero, él va a sobrevivir a esto. Pero mientras tanto, simplemente va a apestar, ¿sabes? Tienes que dejarlo apestar.

–Déjalo apestar. La frase menos conocida de Paul McCartney.

–Y, segundo, esto es demasiada neurociencia para mi cerebro –dice poniendo sus llaves en el encendido–. Vamos. Te llevaré a tu casa.

–No, está bien. Puedo caminar –me inclino hacia ella y le doy un beso en la mejilla. Cuando miro en la dirección de Wil otra vez, la camioneta ya no está.

Tomo el camino de la playa para ir a casa. El aire está calien-te y pesado, un día de agosto que se volvió primaveral. Me quito los zapatos y camino descalza por la arena suave hasta que mis pulmones no tienen capacidad suficiente y, en minutos, estoy cubierta en sudor y los músculos de mis piernas tiemblan. Mi piel tiene ese tipo de color rosado de chica, feo y pálido.

Al mirar el agua pienso: *podría correr a zambullirme y nadar y nadar hasta que la playa desaparezca*. Solía tener ese tipo de pensamientos cuando era niña, y aún los tengo en ocasiones. Conduciendo por el Puente Hart pienso: *podría saltar con mi camioneta de este puente y, por un segundo, se sentiría como volar*; o sentada en clases cruza por mi mente: *no tengo que ir a la universidad*. Esas son mis inquietudes secretas. No voy a hacer ninguna de esas cosas, pero me gusta pensar que podría.

Podría correr hasta el taller. Rehusarme a salir hasta que Wil hable conmigo. Hasta que me explique qué es lo que ha cambiado desde que rompimos. Qué es tan grande, tan importante, que yo ya no entiendo a su familia.

En el momento en el que giro en mi calle, ya estoy decidida: él no hablaba en serio. Está enfadado. Quiere herirme como yo lo herí a él. Abro la puerta de mi casa con el sudor cubriendo mis ojos y el lugar bajo mi rodilla en el que me corté rasurándome esta mañana. Estoy secándome el rostro con mi camiseta cuando escucho su voz.

–Te tomó un buen tiempo. ¿Qué fue eso? Como, ¿un kilómetro en media hora?

Empujo mi camiseta hacia abajo. Wil está sentado en el porche de mi casa doblado en dos. Su mochila arrugada descansa sobre los escalones.

–¿Qué haces aquí? –dejo que la puerta se cierre de un golpe. Quiero sentirme molesta. Quiero estar molesta y no sé si puedo molestarme con un chico cuya familia está hecha pedazos.

–No lo sé –responde él. Su mirada está nublada, un color verde turbio que no me deja ver bajo la superficie. Se pone de pie y parece oscilar en el lugar–. Fui un cretino el otro día. En el taller.

–Supongo que no debí aparecerme así –mi camiseta está adherida a mi piel, y desearía estar usando pantalones cortos.

–No lo sé –dice otra vez–. Realmente no lo sé. No hay un manual para esta mierda.

Sus puños se aprietan, luego se relajan y presionan otra vez, como si fueran corazones palpitantes fuera de su cuerpo. Quiero sostener todos sus corazones cerca del mío, pero él no me dejaría. Aprieto los dientes hasta que me duele el corazón.

–Lo sé. No hay un manual –no quiero dar un paso. No quiero respirar. Somos muy frágiles.

–Ana no deja de preguntar qué tipo de estofado me gusta, y es como: *Mi papá está muerto, en verdad me importan una mierda los estofados*. Pero no estás autorizado a decir eso, ¿sabes?

–Tetrazzini de pollo. Hecho. No volverá a preguntarlo –no sé si sonreír o no.

Sus labios se curvan ligeramente hacia arriba y me relajo un poco.

–Literalmente no tenemos más lugar en el congelador para más estofados. Quisiera que sepa eso. No quiero tener que decírselo. Ella es tan... –suelta un suspiro y mira a través de mí–. Como sea. No puedo hablar de esto contigo.

Su "como sea" no es solo un "como sea". Si miras más allá de las palabras verías mucho más detrás.

–¿Esto fuiste tú? –se inclina a un costado y busca algo en su bolsillo trasero.

–Sí –respondo antes de ver el trozo de vela.

–¿Tienes más cosas como esta? ¿Cosas de otros botes? –sus ojos se iluminan.

–Sí, definitivamente. Muchas cosas. Son todas tuyas si las quieres –doy un paso hacia él y su expresión se endurece.

–No –me responde–. Ya tengo demasiadas cosas como estas. Estuve guardándolas y es como... de lo más extraño, intentar guardar la vida de otra persona. Te hace pensar que no somos más que los libros que siempre dijimos que leeríamos, ropa interior vieja y algunas monedas de cambio.

–No. Wil –cruzo los brazos sobre mi pecho, recordándome mantener la distancia entre los dos–. Tu papá era mucho más que esas cosas. Tu papá era esto...

–Déjalo, Bridge. Detente –me ordena cubriéndose el rostro con las manos.

–Está bien. Está bien. Lo siento –la emoción sube por mi garganta, llena mis ojos y se acumula bajo mi piel.

–Encontré algo. Pensé que te gustaría tenerlo –dice tras aclarar su garganta con fuerza.

Parpadeo y él es pequeño, como si el dolor estuviera comiendo sus células justo frente a mí.

–¿Qué? –pregunto con suavidad.

–Esto, oh... esto –abre su mochila y toma una gorra. Es vieja y está sucia, y no la había visto en años, dese que Wilson la puso sobre mi cabeza para protegerme del sol.

–Cabaña de mariscos de mamá P –murmuro.

Wil arroja la gorra como un frisbee en mi dirección. La atrapo.

–Hombre. Se me pone la piel de gallina solo de mirar esta cosa –me lo pongo, huele a Wilson y a aromatizante de árbol de Navidad–. No sé si esto es algo extraño de ofrecer, pero si necesitas ayuda para empacar...

Las palabras quedan en el aire. Wil mira a través de mí.

–¿Quieres caminar un poco? No he visto el agua en todo el día.

–Claro.

Hay una cuidadosa distancia entre nosotros mientras caminamos las calles que nos separan de la playa. No sabemos cómo ser esta versión de nosotros. Cuando vemos aparecer el agua, Wil me pregunta por mamá y por Micah. No sabe que podría preguntarme por Minna, y eso se siente extraño. Le cuento casi todo lo que pasa en mi casa; que mamá está estudiando para su examen de bienes raíces así no tendrá que trabajar más como recepcionista del resort; y que, para mí, la mejor parte de su nuevo trabajo es que vamos a poder comprar shampoo en un envase de tamaño normal como cualquier ser humano. Le cuento que Micah ha estado saliendo hasta muy tarde y que no está haciendo sus tareas. Le cuento que estoy preocupada.

–Ya va a encaminarse –dice Wil con la vista fija en el océano–. Además, la universidad no es para todos.

–Lo sé –cuando llegamos al lugar donde la calle se une con la arena, los dos nos quitamos las sandalias al mismo tiempo y las levantamos del suelo.

–Yo no iré –continúa, entornando los ojos hacia el sol. Los tonos rosados y anaranjados de la costa lo hacen parecer como un retrato al óleo de sí mismo–. Quiero quedarme por aquí. Quiero trabajar en los botes. Creo que es algo que está en mi ADN.

–Es probable –le digo, aliviada. Al menos una cosa en él no ha cambiado. Wil se detiene.

–¿Alguna vez te preguntaste sobre ese tipo de cosas? Como, ¿cuánto de ti es nuevo y cuánto has heredado y siempre será así, no importa lo que pase?

Estuve a punto de chocar su hombro y decir "Profuuuundo", pero al mirarlo a los ojos me doy cuenta de que está hablando en serio.

–A veces me pregunto por mi papá –respondo encogiéndome de hombros.

En ocasiones, por la noche, los minutos previos a lograr quedarme dormida, pienso en qué partes de mí serán de mi papá. Tal vez él también mantenía a mamá organizada: hacía las compras y le decía cuándo era la hora de irse a dormir. Quizás se cansó de ser el adulto. Pero lo dudo. El tipo de mamá no es el responsable. Es más probable que su parte sea la que dijo *al diablo* con Wil el año pasado, la parte que se hundió en el alcohol y los chicos.

–Parece que es una porquería. Si nacemos de una cierta forma y así es como estamos programados...

–Sí, pero podemos tomar nuestras decisiones. Y esas son nuestras, no de nuestros padres –afirmo.

Wil se queda en silencio por un momento, me pregunto si el viento se llevó mis palabras. Pero luego dice "Tal vez", y ese es el fin de la conversación.

Hay demasiada gente en la playa para ser tarde un día de abril. Un labrador color chocolate se acerca brincando hacia nosotros, con la lengua rebotando fuera de su hocico, hasta que una pelota de tenis se cruza por su vista y se desvía hacia la línea de espuma irregular del agua. Hay niños construyendo castillos de arena y gritándose en un lenguaje que solo los niños en la playa entienden. El agua se ve rosada bajo el sol, y las personas parecen estar nadando en un mar de fuego.

Nos tiramos sobre la arena. Yo dibujo jeroglíficos en el espacio entre los dos, tratando de pensar en algo que decir, algo que esté bien y que no haga que esto sea peor de lo que ya es.

–Puedes ayudar –dice Wil en voz baja–. A empacar las cosas. Si quieres. Odio tener que hacerlo solo.

–Sí –finjo sacar arena de mis ojos–. De acuerdo. Lo haré. Haré lo que pueda para ayudar, Wil.

Mi dedo meñique está apenas a unos centímetros del suyo. Hay cientos de granos de arena entre los dos, quizás. Soy muy consciente de eso.

Uno de los niños grita "¡Nooo! ¡No lo hagas!". Y de pronto, todo el cuerpo de Wil se pone tenso y se sobresalta ante el sonido. Como un imán, mi mano va hacia su espalda. Él se aparta de mí y cubre su rostro con las manos.

–Lo siento –murmura entre las palmas de sus manos. El cabello en su nuca está cubierto de sudor–. Lo siento.

–Podemos hablar de eso, ya sabes –le digo suavemente–. Quizás hacerlo te haga sentir mejor…

–No quiero *hablar* de eso –antes de que pueda decirle que está bien, por supuesto que está bien, que lo siento, él se quita la camiseta y corre al agua. Cuanto más se acerca, más rápido corre. Salta sobre las suaves olas que acarician la arena, y luego se sumerge bajo la superficie, los dedos de sus pies son lo último que veo desaparecer.

Permanece bajo el agua el tiempo suficiente para saber lo que está pasando. Hacía eso cuando era niño: se enojaba, entonces iba a nadar para calmarse y, cuando regresaba, sus ojos estaban inyectados de sangre y su rostro, hinchado. "Es por el agua salada", decía antes de que pudiera preguntar.

Arréglalo, Brooklyn.

Entierro mis dedos en la arena, anclándome en el lugar. Esperaré a que salga a la superficie. Me quedaré aquí el tiempo que sea necesario, hasta que encontremos el camino de vuelta. Hasta arreglarlo. Lo prometo.

BRIDGE

Primavera, último año

Durante años conocí a Wil tanto como conocía mi propio nombre; el conocimiento era automático. Involuntario, incluso. No tenía que pensar en el momento más vergonzoso de su primer día en la escuela media (clase de Español. Escogió el nombre *Manuel* como su nombre en español, pero lo dijo como *Manuel, ah…* y fue llamado Manuela por la profesora y los estudiantes durante el resto del año). Nunca le hice preguntas estúpidas, como qué tipo de pastel quería para su cumpleaños (tarta, siempre) o dónde quería vivir cuando fuera grande (aquí, siempre). Porque era instintiva la forma en la que lo conocía.

–Lo siento como un extraño ahora –le digo a Minna más tarde esa noche. Estoy acurrucada sobre el sofá, haciendo de cuenta que miro mi libro de Física, pero las palabras solo flotan en las páginas frente a mí–. Odio eso.

–No puedes entenderlo –responde ella–. Por supuesto que no puedes. ¿Alguna vez entró una persona a tu casa en medio de la noche? ¿Y asesinó a tu familia?

–Obviamente no, Minna –vuelvo a mirar el libro.

–¿Cómo podría saberlo? Las familias tienen secretos –responde encogiéndose de hombros.

–Hubiera mencionado una cosa como esa –no sé mucho sobre la vida de Minna antes de que se mudara a Florida. Sé que tiempo atrás vivió en California y estuvo casada, y que tuvo una hija a la que llamó Virginia, porque ese era el estado que siempre había querido conocer. Y luego, ya no estuvo casada y nunca ha visto a Virginia, el estado. A Virginia, la persona, no la ha visto en veintisiete años.

Minna le escribe y envía una carta a Virginia cada noche. Algunas veces, traigo mi tarea y nos sentamos en el sofá con las noticias con el volumen bajo. De fondo: bombas, inundaciones, rostros largos con las bocas abiertas por el dolor. Minna dice que el mundo siempre fue así. Dice que la gente siempre intenta engañarte con frases como "en mis tiempos" o "la gente nunca solía", que son mentiras. La gente siempre solía hacer lo mismo. Es solo que no existían tantas formas de enterarse de lo que las personas eran capaces de hacer. Me hace sentir un poco mejor cada vez que lo dice. No el hecho de que el mundo siempre haya sido una gran esfera cubierta de bastardos. Sino que las cosas no se están poniendo peor.

Regreso a mi tarea. Leo y releo una línea sobre la gravedad y mi mente sigue trayéndome a Wil. Trato de encontrarle sentido a lo que pasó esta tarde en la playa, qué fue lo que lo descolocó. Recordar la expresión de su rostro hace correr oleadas de sudor frío por mi piel.

–Dilo –me ordena Minna cuando comienza el corte comercial, luego de arrojar su bolígrafo hacia mi cabeza.

–Minna, ¿qué demonios? –lo esquivo. Casi me golpea la sien.

–Lo que sea que estés queriendo decir desde que llegaste, dilo. Estar sentada aquí escuchándote suspirar cada dos segundos no es exactamente mi idea de un buen momento.

–No estoy suspirando. Estoy respirando –miro mi libro mientras ella me mira a mí. En la tele, la audiencia de un estudio corea "¡Rueda-de-la-fortuna!". Mis ojos continúan sobre el libro. Los ojos de Minna están sobre mí. No voy a ganar.

»Extraño a Wil. Quiero que vuelva el antiguo Wil. Nos quiero a nosotros de vuelta –le arrojo el bolígrafo de vuelta–. Ahí tienes. Por nada.

Minna le quita el volumen a la tele, luego la apaga. Me mira. Tiene ese rostro peligroso y hermoso que es capaz de descifrarme. Una mirada suya y todo lo que estuve guardándome desde el origen de los tiempos puede revelarse.

–Hablamos esta mañana, por primera vez en… –cierro los ojos–… una vida.

–¿Y cómo se sintió?

–Incómodo –respondo rascando el cojín de terciopelo con mi dedo índice–. Pero al menos me habla otra vez. O lo hizo hoy, como sea.

–¿Y cuál es el problema? –pregunta enfáticamente.

–No hay ningún problema.

–Tú lo dijiste. Fue *incómodo*.

–Quise decir que las cosas son diferentes. ¿Qué hora es? –me fijo en el reloj de su microondas, 00:14. Detuvo el temporizador después de calentar el té–. Tengo que ir a casa con Micah.

–¿Diferente cómo, Bridget? –Minna nunca me llamó Bridge. "Bridge es un puente, una estructura que se extiende entre dos extremos y que

permite el paso sobre un cuerpo de agua. Bridget es un nombre de chica",
me explicó el primer día que nos vimos.

–*Diferente* –mi piel se siente caliente y húmeda contra el terciopelo–.
Diferente porque pasamos demasiado tiempo alejados. Diferente porque Wil ya no es el mismo.

–Y nunca lo será –dice alzando una ceja platinada.

–Lo *sé*, Minna. Pero no tiene por qué gustarme –Minna toma mi mano. La suya está dibujada con frágiles venas, azules y verdes.

–Recuerda lo que te dije sobre las tragedias. Pueden alejar más a las personas o pueden acercarlas. Siempre hace más intenso lo que ya había entre ellas. Magnifica lo bueno y lo malo y lo que es totalmente impronunciable. Y hay muchas cosas buenas entre ustedes.

–Había.

–Muy poca fe –da un sorbo a su té y arruga la nariz–. Frío.

–Permíteme. Te lo calentaré –le digo tomando su taza.

–Es el juego de té chino bueno de mi madre. No lo metas al microondas.

Escapo a la cocina, aferrando la taza con las manos sudorosas. La voz de Minna resuena en mi interior. *Magnifica lo bueno y lo malo y lo que es totalmente impronunciable.*

Hay tantas cosas buenas entre Wil y yo. Él estuvo en mis cumpleaños por tantos años seguidos, los hizo tolerables a pesar de que siempre odié mi cumpleaños. Cuando crecimos, planeaba un millón de cosas para ese día, de principio a fin, desde waffles en Nina por la mañana temprano, cuando todavía el día estaba oscuro, hasta picnics en la playa por la tarde, cuando la luna comenzaba a salir. Nunca tuve que decirle que odiaba ese día porque es el día del año en el que mi papá debería pensar en llamarme. No tenía que decirme lo que yo ya sabía: que mi papá nunca lo haría. Tenemos años, literalmente años de cosas buenas entre nosotros.

Pero hay una sola noche de algo malo: mi decisión en el muelle esa noche. El enojo de Wil.

Y está lo impronunciable: el asesinato de Wilson.

Y el peso de todas esas cosas sobre nuestros hombros, en nuestros corazones; no sé si todos esos buenos años son suficientes para sacarnos a flote.

✦ ✹ ✦

Me sorprendo teniendo una conversación silenciosa con Wil de camino a casa, y mientras abro la puerta de entrada y arrojo mis llaves al sofá en la oscuridad de la sala de estar. Mis labios se mueven, formulando los deseos que tengo para nosotros: *por favor perdóname, de verdad; nos necesitamos el uno al otro, ahora más que nunca. No puedo borrar lo que pasó pero puedo estar ahí, estaré ahí; lo prometo.*

Me pregunto si podrá escucharme. Me pregunto si será posible que tengamos ese tipo de conexión.

Una cosa es extrañarlo. Y otra es hablarle como si estuviera aquí. Pero incluso cuando mis labios dejaron de moverse, escucho un sonido. Es muy lejano, muy suave para distinguirlo. Llega desde el primer piso. Está allí, y no debería estar. La adrenalina llena cada centímetro de mi cuerpo. Intento recordar el rostro dibujado en los pósters de búsqueda que vi en las noticias. Me pregunto si Wilson habrá escuchado los mismos sonidos suaves antes. Acomodo la llave de mi casa entre dos dedos y la llave de la casa de Leigh entre los otros dos y cierro el puño.

Trato de escuchar con tanta fuerza que mis oídos podrían sangrar. El sonido está contenido, bajo, urgente. Un lamento, como si alguien estuviera herido. No es mamá. No es Micah. Algo hace un *clic* en mi cabeza y corro por las escaleras, haciendo una pausa para reconocer que el sonido sale de la habitación de mi hermano. Empujo su puerta con un hombro.

–¿Micah?

Una chica grita; pero no soy yo al principio.

Para cuando Emilie Simpson baja de encima de mi hermano y busca su camiseta en el suelo, los tres estamos gritando. Dejo de gritar para darme cuenta de que mi vela preferida, la costosa vela que Leigh me compró en Anthropologie la Navidad pasada, está encendida junto a la cama de Micah. Maldita sea.

–¡Bridge! ¡Sal de aquí! –la voz de mi hermano se quiebra, su rostro está rojo, manchado y hormonal; aparto la vista para no ver el resto de él, pero quiero gritar "¡Eso! Esa voz quebrada es exactamente la razón por la que un niño de tu edad no debería estar revolcándose con Emilie Simpson", pero mi mente está aturdida por nuestra humillación. Al salir de su cuarto me tropiezo con su mochila, eso me enoja más de lo que creía posible.

–¡Salgan de ahí! –les grito detrás de la puerta cerrada. Bajo los escalones de a dos a la vez y salgo disparada por la puerta del frente. Afuera, camino desde la entrada hasta el buzón, una y otra vez. Desearía poder borrar los últimos tres minutos de mi cabeza.

Si Wil estuviera aquí, él sabría cómo hablar con Micah. Él sabría qué palabras de chico decir para poder entrar en la cabeza dura de Micah. Pero Wil no está. Mamá no está. Solo estoy yo, soportando el peso de mi familia y de mis errores. Y estoy preocupada, no podré soportar este peso por siempre.

BRIDGE

Primavera, último año

Recuerdo el momento exacto en el que me di cuenta de que amaba a Wil Hines. Estábamos en octavo año de la escuela primaria. Incluso entonces, sabía que la escuela no era tan importante para él como para mí. Era algo que hacía como parte de la rutina, como lavarse los dientes. Así que cuando me ofrecí a ser su compañera en un proyecto de ciencias, no porque él tuviera buenas calificaciones, sino porque había descubierto recientemente que su cabello tenía un color totalmente nuevo bajo la luz tenue del taller, lo supe. Pasamos muchas horas trabajando en el proyecto en la mesa de trabajo de su papá y yo intentaba resistirme a tocar su cabello mientras él leía en voz alta acerca de la luna, sobre su fuerza gravitatoria que es tan fuerte que controla las mareas.

Me aterrorizó el saber que algo tan misterioso y lejano era capaz de controlarnos. Le dije a Wil que esa era precisamente la razón por la que no quería creer en Dios. Él me dijo algo estúpido, como que había estado pensando en empezar a hacer surf; y yo pensé "Dios, accidentalmente te amo". No le dije en voz alta que me gustaba hasta algunos meses después de eso. Quería que él lo hiciera primero. Estuvo a punto de hacerlo.

Hace algunas noches que la idea de dormir se escapa por la ventana de mi habitación mientras miro esa misma luna proyectando sombras sobre el suelo y sobre mi cama. Y no puedo detener ninguna de ellas: Micah y Emilie, la muerte de Wilson, la nueva extraña sensación entre Wil y yo. Puedo intentar aferrarme a ellas, pero se escurrirían entre mis dedos. No tengo el poder de detenerlas.

Cuando la luna del viernes da lugar al sol de la mañana del sábado me encuentro parada frente a la puerta de la casa de Wil, mirando a través del diseño desconocido del vidrio decorativo. Pensé que las florituras doradas tenían forma de flores, pero estas son más como nubes. Me siento enferma al recordarlo: la antigua puerta fue destruida la noche en que Wilson murió. Esta es una nueva puerta, una que no debería estar aquí.

Sostengo una bolsa de cartón con cafés y donas Cinotti en una mano y, con la otra, recorro el diseño de la puerta. El vidrio está frío a pesar de que la mañana es cálida y un sabor amargo sube por mi garganta. Wilson luchó con su último aliento en este lugar. Sus ojos se cerraron aquí. Su corazón se detuvo aquí.

Me ahogo por la sorpresa cuando aparece el rostro de Henney fragmentado al otro lado del vidrio. Abre la puerta, solo una hendija. Está envuelta en una bata de algodón que oculta su figura. Su cabello oscuro cubierto de sal está despeinado alrededor de su rostro.

–¿Bridget?

–Señora Hines, me asustó –dije y luego recordé: soy yo la que está en su puerta. Ella es la que nunca volverá a sentirse segura en esta casa.

–Si hubiera sabido que venías, me habría cambiado –Henney abre un poco más la puerta. Los músculos de su boca se mueven, como si intentara sonreír.

–Ah, no es gran cosa. Créame, si viera a mi mamá por la mañana... –fuerzo una risa–. Em, ¿Wil no le dijo que vendría?

Unas gotas de café caen de uno de los vasos y muerdo mi mano. Me acerco un poco para abrazar a Henney, no la había visto desde el funeral. Ella permanece totalmente rígida y yo me encuentro balanceándome hacia adelante y atrás en la entrada, una extraña danza.

–No, pero... por favor –responde sacudiendo la cabeza, abre la puerta un poco más, no lo suficiente para que pueda pasar junto a ella.

–Traje café. Y crema y azúcar. No sabía cómo le gustaba –le ofrezco sosteniendo la bolsa en alto.

–Qué dulce eres –comenta sonriéndome solo con la boca. Así la describí para mi mamá cuando conocí a Henney. Ella fue la acompañante en nuestro viaje al acuario en el cuarto año y, desde entonces, pasé casi todas las tardes durante semanas en el taller con Wil. Esperaba que todo su rostro fuera cálido al verme. Pero ella solo sonrió con su boca, su mirada sombría y la piel de sus ojos sin ninguna arruga. Dijo: "Qué bueno conocerte finalmente, cariño", y eso fue todo.

–Solo quería decirle que el servicio fue realmente hermoso –digo abruptamente, haciendo que sus ojos se pongan húmedos y rojos.

–Sabes, mucha gente me lo ha dicho. Gracias. Gracias –responde, toma aire y termina de abrir la puerta, guiándome al interior del pasillo con baldosas. Está gris adentro y hay cajas apiladas por el pasillo. El aire se siente viciado y salado.

–¿Bridge? –Wil aparece al final del pasillo, donde se conecta con la cocina y el desayunador, vestido con pantalones de jean y una vieja camiseta de Hines. Su cabello aún está mojado por la ducha; sus ojos están rojos y vidriosos. Algo se retuerce en mi interior.

–Ey –levanto la bolsa como saludo. Wil la toma y la deja sobre la mesa de la cocina–. Esto aún está… ¿aún necesitas ayuda?

Elijo mis palabras con cuidado. No menciono nuestra caminata por la playa del otro día o la forma en la que Wil corrió hacia el agua más rápido de lo que lo había visto correr jamás. No menciono nuestro regreso a casa en silencio o cómo me estuvo evitando en la escuela los últimos días.

–Solo si tú quieres.

–Por supuesto. Por supuesto –digo con rigidez.

Henney desliza su brazo sobre el hombro de Wil y lo aprieta con fuerza. Se siente como si se estuvieran diciendo un millón de cosas, en un idioma que yo no puedo entender. *Esto es una locura*, pienso en decirles. *Dormí en una tienda en su patio. Vomité los dulces de Halloween en su fregadero cuando Wilson no pudo cargarme hasta el baño. Soy yo.*

–Cinotti –señala Henney.

–De hecho, el señor Hines una vez me contó que le compró estas donas en su primera cita –mis mejillas están en llamas. Al decirlo en voz alta parece que todo está mal; que haya traído esta caja. Es un detalle personal, íntimo, que les pertenece solo a ellos. Es como si estuviera revolviendo la gaveta de su ropa interior.

–Sí, comimos donas Cinotti en nuestra primera cita –responde ella aclarándose la garganta–. Bueno, tengo que prepararme para el grupo. Fue bueno verte, Bridget. En verdad.

Antes de irse, acerca a Wil hacia ella y murmura algo que no llego a escuchar, algo en su código privado de dolor. Wil baja la cabeza y creo escucharlo decir "No lo haré", pero podría haber sido cualquier otra cosa.

–También fue bueno verla –respondo, hundiendo mis uñas en la caja de donas, deseando poder avanzar rápidamente este momento, y lo nuestro. Mientras lo deseo, deseo poder rebobinar.

Henney desaparece dentro de su habitación.

–Gracias por el café –dice Wil, dando unos pasos hacia mí. El aroma de su jabón masculino me golpea–. Lamento si eso fue incómodo. Ella aún está... Es difícil.

–Sí. Seguro –le ofrezco la caja de donas, pero él me indica que la deje sobre la mesa–. Y ¿en qué clase de grupo está tu mamá?

–¿Eh? –Wil destapa uno de los vasos de café y vacía todos los sobres de azúcar en él.

–Un grupo. Dijo que iría al grupo.

–No es nada –responde, bebe la mitad de su café y limpia el rastro que deja en sus labios con el dorso de su mano–. Es un grupo de apoyo de la iglesia en la que fue la misa de papá.

–Tu mamá nunca me pareció el tipo de persona que va a terapia –comento con cuidado.

–Sí, bueno. No es terapia –responde alzando las cejas.

–Ok.

–Solo se reúne con otras personas a quienes se les murió un familiar inesperadamente. Le ayuda estar con gente que entiende por lo que está pasando –agrega y se va al estudio, dejándome sola con la acusación.

–No quise decir nada con eso, Wil.

Él sacude la cabeza, como si intentara borrar esos últimos segundos de su mente.

–Lo sé, lo siento –responde sin darse vuelta–. ¿Quieres empezar?

Tomo un café y lo sigo al estudio de paredes de madera. La única iluminación es la luz tenue de una lámpara de escritorio. Me encuentro perdida por un momento entre cajas de ropa y botas, marañas de cables que terminan en teléfonos celulares, una laptop y un GPS roto. Contra la pared hay columnas de cajas cerradas con cinta, que alcanzan la altura de mi pecho. Hay pilas de libros sobre navegación y trabajos en madera. Hay una jabonera y shampoo, y una rasuradora azul con la hoja un poco oxidada. Y hay una sola caja de fotografías, algunas de cabeza, o dadas vuelta, algunas con la fecha borrosa y nombres al dorso. Hay toda una vida en este lugar.

—Es raro, ¿cierto? —Wil tiene una expresión cansada—. Nunca creí que tuviera tantas cosas hasta que intenté empacarlas todas —asiento, pero no lo miro, porque él no querría que lo haga. Tampoco menciono el nombre de Wilson. En su lugar, ocupo mis manos con los libros apilados en el suelo, haciendo las pilas innecesariamente parejas.

—Oye, esto está bueno —comento, pasando las páginas de un enorme libro de tapa dura sobre Atlantic Beach. Tiene fotografías de las casas con frente al mar de los años cincuenta y del viejo centro de la ciudad. El lugar es prácticamente igual, pero el tipo de letra en las señales y el largo de las faldas son diferentes. Y los ladrillos de la acera no tienen grabados nombres de personas o fechas en las que murieron sus mascotas o en las que sus hijos se graduaron de la escuela secundaria. Levanto la vista—. Quería contarte que vi el ladrillo de Kylie Mitchell el otro día.

—Pobre Kylie anaranjada —su voz se anima un poco.

—¿Ey, recuerdas DAN Y NATALIA X SIEMPRE? —volteo y lo intento otra vez.

—¿Quién podría olvidar al multimillonario de la computación y a su esposa rusa ordenada por correo? Aunque creería que era tan rico como para escribir bien *por siempre*. Compra otro ladrillo, hombre —coloca sus manos en los bolsillos traseros de sus pantalones e inclina su cabeza hacia un costado y, por un segundo, es el Wil que conocía.

–Dan, mezquino bastardo ordena esposas –digo y me río tan fuerte que me sale un bufido, lo que hace que Wil sonría de costado. Sin querer, recuerdo cómo solía sonreír en el segundo antes de que nos besáramos. Como si supiéramos un chiste que nadie más en el mundo sabía. La primera vez que estuvimos juntos, él se echó a reír en el momento en el que estaba quitándome la camiseta por la cabeza. Luego me dijo que se había reído porque pensó: *No puedo creer que mi mejor amiga realmente dormirá conmigo*, y me hizo sentir un poco mejor.

Lo extraño, y me duele tenerlo tan cerca y no poder acercarme aún más.

–¿Qué diría tu ladrillo? –pregunta Wil.

–¿Qué quieres decir? –digo inclinando la cabeza.

–Quiero decir que, si tuvieras un ladrillo, y pudiera decir lo que quisieras sobre tu vida y la clase de persona que eres, ¿qué diría? –de pronto su rostro parece inexpresivo, como cuando está en el agua, mirando una tormenta en el horizonte o lijando una tabla de madera de teca; poniéndole toda su atención.

–¿Mi ladrillo? –repito mientras cruzo los pies, me siento en el piso y bebo un trago de café para ganar tiempo. Está caliente y amargo–. Diría "Bridget Christine Hawking. Trasplantada a Florida. Pelirroja sin remordimiento. Excelente en el servicio a la comunidad obligatorio y fastidiando a su hermano menor, y…".

–Tu *verdadero yo*, maldición –se queja.

El trago de café se va a mis pulmones y me doblo, tosiendo. Cuando logro recobrar el aliento, Wil pasa sus manos por su cabello y se disculpa.

–Lo siento, Bridge. Es solo que he estado pensando mucho en esto desde que papá murió.

–Sí, está bien –balbuceo.

–Puedes hacer una lista con información sobre él, todo lo que la gente piensa al escuchar su nombre, y eso no te daría ni una sola pista del verdadero Wilson Hines –sus dedos se presionan contra la punta del cojín del sofá.

–Ok, nada de información –desearía saber a qué se refiere con el verdadero Wilson Hines. Desearía poder preguntarle–. Entonces, ¿qué diría el tuyo? ¿Sobre el verdadero Wil Hines?

Wil lanza la cabeza hacia atrás y la choca contra el brazo del sofá en un golpe seco.

–No soy nada –responde, cerrando los ojos con fuerza, alejándome de él–. Soy el chico al que se le murió el padre.

–Eso no es verdad –protesto.

–Al infierno con eso –dice mirando el techo–. Dime quién soy ahora que él ya no está.

Quiero decirle que él es todo. Que él siempre fue todo para mí, y que la muerte de Wilson no cambiará eso.

–Wil –le digo cuidadosamente–. Eres más que eso.

–No tienes idea de lo que esa noche me hizo. De quién soy ahora –responde negando con la cabeza lentamente. Llevo la cabeza atrás y miro el techo. Se siente como una herida cortante cada vez que dice algo así.

–¿Has hablado con alguien sobre esto? Podría ayudarte, hablar con alguien sobre lo que pasó esa noche –cierro los ojos–. Puedes hablar conmigo. Estoy aquí.

–No se sintió así.

La voz de Wil me corta desde el otro lado de la habitación y mis ojos se abren de pronto.

–¿A qué te refieres?

–Me refiero a que no sentí que hubieras estado aquí –sus facciones se descolocan frente a mí–. Sentí que me abandonaste. Que te rendiste con nosotros.

–Me rendí a intentar volver a estar juntos porque tú me *pediste* que lo hiciera, Wil. Eso no es justo –digo, poniéndome de pie.

La puerta de la habitación se abre y me seco los ojos con mi camiseta mientras Henney entra al estudio, su lápiz labial es lo más brillante en la habitación, sus llaves tintinean. Está vestida con pantalones de jean ajustados y una camiseta elegante sin mangas y su cabello está peinado hacia atrás en una tirante cola de caballo.

Luce bonita, algo que nunca había pensado sobre ella antes.

Se inclina para darle un beso a Wil y vuelve a salir, dejándonos solos en esta habitación triste y enojada.

–Sabes que estoy aquí ahora –digo con insistencia mientras levanto una pila de camisetas viejas de Wilson que están en el suelo junto al sofá. Me tomo mi tiempo alisando las arrugas, asegurándome de que las mangas estén estiradas.

Wil no dice una palabra.

–Estoy aquí ahora –repito, más fuerte–. Dijiste que no estuve contigo y eso es justo, pero ahora estoy aquí, así que ya no tienes esa excusa. Y aun así no hablas conmigo, y no lo harás… Por Dios, Wil, ¿podrías al menos abrir los ojos?

Lo hace, y la suavidad que había en ellos desapareció bajo la superficie.

–Lo estoy intentando –continúo.

Corro la pila de camisetas del sofá y me siento junto a él. Toco su brazo. Su piel está resbaladiza, húmeda.

–Habla conmigo. Dime qué está pasando. Dime qué pasó esa noche. Lo prometo, una vez que lo saques de tu pecho…

–¿Por qué hablaría contigo? –dice en voz baja. Se aparta de mí y se levanta del sofá, se abre camino entre el laberinto de cosas de Wilson para ir al otro lado del estudio. Se apoya contra la pared, en un intento desesperado por estar lo más lejos posible de mí–. Es muy tarde, Bridge. Te necesitaba entonces. Necesitaba hablar contigo. Necesitaba contarte una verdadera basura, Bridge, una basura que no podía contarle a nadie más, y tú estabas demasiado ebria para escucharlo.

Sus brillantes ojos verdes son espejos de agua.

–Wil –susurro aferrándome al cojín–. Lo siento. ¿Cuántas veces puedo decirte que lo siento? Cuéntame ahora. Por favor.

–No puedo –bajo la luz sombría veo hilos de plata bajando por las mejillas de Wil. Deseo abrazarlo, tenerlo junto a mí, mantenerlo ahí, junto a mi corazón, por el tiempo que sea necesario para que me perdone. Lo esperaré por siempre. Lo necesito, y sé que él me necesita a mí–. Es muy tarde.

–Detente. Deja de decir eso. Por favor.

–Es la verdad. Es muy tarde para que aparezcas y digas que estás aquí para mí. ¡Piensas que necesito que estés ahora más que nunca, pero tú no puedes decidir cuándo aparecer!

–Yo no…

–¡Tú no, una mierda! Estás aquí porque mi papá murió, ¿no es así? ¡Estás aquí por él! No por mí –su pecho está agitado, hinchado–. Quería que estuvieras aquí por mí, Bridge. Cuando yo te necesitaba. Y tú desapareciste y no hay nada que puedas hacer para cambiarlo.

Wil voltea y le da un puñetazo a la pared. Me estremezco por el crujir de sus huesos.

–¡Mierda! –grita. La adrenalina me pone en llamas–. ¡Mierda!

–¡Wil! ¡Detente! ¡Detente!

–¡Sal de aquí, Bridge! ¡Lárgate! –dice mirando la pared.

–Tienes razón. Tienes razón, ¿está bien? –me levanto del sofá y lo veo derrumbarse contra la pared–. Lo siento. Tienes razón. Me voy. Solo detente. Por favor.

Respiro con dificultad mientras salgo del estudio y corro a través del pasillo hacia las nubes de marcos dorados. No puedo creer que lo estoy dejando otra vez. Corriendo, como antes. Pero todo en él me está diciendo que… quiere que me vaya. Y todo en mí le cree.

WILL

Verano, tercer año

Estaba empezando a creer que él había vuelto. Mi papá, mi verdadero padre, el hombre que solía hacer cosas con sus manos en lugar de destruir a las personas con ellas. El hombre sencillo, original. Compró tantas malditas flores que creo que la sección de flores de Publix estuvo vacía por toda una semana. Y puso sus manos sobre mamá, pero de una forma buena. De una forma que haría que alguien los regañe diciendo "Consigan un cuarto", y mire hacia otro lado, aunque en el fondo esté feliz. De una forma que haría que estuviera bien que la posible nueva novia de alguien fuera a su casa de vez en cuando.

Estaba empezando a creer que las cosas estaban volviendo a la normalidad. Pero algo pasó hace seis noches. Fue algo peque-ño, nada, pero lo supe de inmediato: algo ocurrió. Empezaron a discutir, con calma al principio. Mamá estaba molesta con papá por haber dejado los cestos de basura en la acera por la noche, decía que nos hacía ver como basura blanca. Papá la escuchó decir palabras que nunca habían salido de su boca: que él era basura blanca y que lamentaba haberse casado con él. Sus voces eran cada vez más y más fuertes, hicieron temblar mi interior y tintinear los vasos dentro de la alacena, así que me fui al taller.

Y él se fue.

No la golpeó. Salió a la calle con su camioneta.

Y yo pensé, *esto es bueno, en verdad. Al menos no lo hizo otra vez.*

No regresó por cuatro horas. Cuando se cumplió la cuarta, un hombre llamado Pete, del bar Big Mike, llamó a mamá para que lo fuera a buscar. Estaba demasiado ebrio para quedarse y demasiado ebrio para irse. Fingí estar durmiendo cuando llegaron a casa, a pesar de que él hizo que el aire dentro de la casa oliera como la fiesta de algún chico rico de la secundaria. A la mañana siguiente en el desayuno, lo único que mamá dijo fue: "Muchachos, si quieren cereal tendrán que servírselo solos. Llego tarde al trabajo".

Después de eso no pelearon por algunos días. Pero él fue a Big Mike cada noche de todas formas, porque eso es lo que hacía ahora. La casa olía a licor cuando él llegaba. Es agotador quedarse despierto y escuchar la violencia a tu alrededor y, una noche, debo haberme dormido porque en el desayuno a la mañana siguiente había un nuevo magullón. Mamá trató de ocultarlo con maquillaje, el cabello rizado y crêpes, pero lo pude ver. La vi a ella y vi que el padre que yo quería no regresaría.

Quiero hablar con Bridge. Sigo esperando que ella lo intente, solo una vez más, a pesar de que le pedí que no lo hiciera. Otra nota, mensaje de texto o correo de voz. Todo lo que necesito es un intento más. Solo eso, no es nada.

Esta noche, me encuentro en el taller limpiando las herramientas de papá, haciendo de cuenta que hay trabajo por hacer. Algunas veces, solo para salir de la casa, traigo una revista aquí. O, si estoy realmente desesperado, traigo uno de los libros de poesía que Ana insiste en meter en mi mochila. Al parecer yo solo *creo* que odio la poesía.

Estoy ordenando uno de los alargues en un rollo más ajustado de lo necesario cuando la escucho.

—Ey, tu mamá dijo que estarías aquí —Ana está de pie en la entrada, apoyada contra el marco de la puerta. Lleva pantalones cortos, una camiseta blanca y un sostén de encaje que se ve bien contra su piel bronceada.

—Ey —estiro mi camiseta y paso las manos por mi cabello, como si eso fuera a arreglar algo—. Ey, ¿qué hay? —no estoy seguro de si debería abrazar a Ana o besarla. Salimos juntos varias veces desde la noche que nos embriagamos en su balcón, pero aún no sé lo que somos.

Ella se encoge de hombros y mira el suelo con una especie de sonrisa. Ana tiene esa forma de hacerte sentir que tiene un secreto, y tú mueres por saberlo.

—Solo pensé en pasar —responde—. Habrá una fiesta más tarde Deberíamos ir.

—Tú odias las fiestas de la secundaria —dejo el cable sobre la mesa—. ¿O estás practicando para un último año descontrolado?

—En realidad, así es —se ríe y camina hacia mí, casi en cámara lenta. Está realmente cerca, tocándome sin tocarme. No sabía que el olor de la loción bronceadora podía llegar a excitarme. Ana se frota la nariz y brinda con un vaso invisible—. El próximo año voy a alocarme. Llamo al último el *Año de ¡Wooooo!* Siempre he tenido buen desempeño, así que pensé en comenzar antes.

—Eres linda cuando te pones *woooo* —le digo. La guío hasta la mesa de trabajo y presiono su espalda contra ella.

—¿Eso crees? —pregunta, poniendo sus brazos alrededor de mi cuello.

—Eso creo —respondo en voz baja.

—Llévame a esa fiesta, entonces —siento sus pestañas acariciando mi cuello.

—¿Dónde es?

—De acuerdo. No te alteres, es en la casa de Buck Travers.

Me tomó toda la buena voluntad del universo no hacer un agujero en la mesa de un golpe.

—No es gracioso —digo y me aparto de ella.

—Escúchame.

—No voy a ir a ningún sitio en el que vaya a estar ese maldito idiota.

—Wil.

—¿Qué te pasa, estás loca?

—¡Wil! —su voz resuena contra las vigas el techo, más fuerte de lo que la había escuchado hasta ahora—. ¿No quieres demostrarle a ese idiota que ya no te importa? ¿No quieres demostrárselo a… todos?

De repente me encuentro aturdido, una extraña combinación entre molesto, triste y todavía un poco excitado; y no sé qué hacer con ninguna de esas sensaciones.

—No me importan… otras personas —respondo.

Los ojos de Ana reflejan que no me cree.

—Tienes que hacer tu vida —continúa—. No podemos decidir que no iremos solo porque podríamos cruzarnos con Buck o…

—Ven. Ven aquí —la tomo y la acerco a mí, sobre mi pecho. La abrazo y siento su esencia—. ¿En verdad quieres ir?

—Solo decía —murmura.

Cierro los ojos y veo luces navideñas colgando de las vigas del taller. Los vuelvo a abrir, pero no importa, Bridge vive en cada detalle: en el suelo de concreto bajo mis pies, en los ladrillos del centro de la ciudad, en nuestro reservado en Nina, en las olas. No hay forma de borrarla. Lo único que puedo hacer es dejar que se desvanezca.

—Iremos —digo entre el cabello de Ana—. Vamos a divertirnos.

Tomamos la camioneta de papá y le comento a Ana que se ve bien en una pickup. Ella dice que le encanta lo retro de la camioneta; me causa gracia porque el bastardo de mi papá la compró nueva.

—¿Sabes cómo llegar? —pregunta, poniendo sus pies descalzos sobre el tablero, al igual que lo solía hacer Bridge.

—A su nueva casa no, dame las indicaciones —cuando éramos chicos, Buck vivía a una calle de mi casa. Una mañana, en el verano entre el octavo y el noveno año, a su mamá la mordió el pastor alemán de un cirujano plástico. Ahora la familia Travers vive en uno de los vecindarios cerrados de la avenida Atlántico. Es difícil distinguir una casa de la otra, así que hay que guiarse por los autos en las entradas. Travers tiene una F-450 último modelo, probablemente la camioneta más costosa que una demanda judicial pueda pagar.

Ana pasa su mano por debajo de la guantera hasta que su palma llega a mi muslo. Pienso en decir *al diablo* y llevarla a la playa.

—Por aquí —me indica sin dudar, y me pregunto si todas las chicas que conozco anduvieron con Buck Travers. Pero, al mirar hacia ella, veo la pantalla de su iPhone encendida y me doy cuenta de que solo está siguiendo un mapa.

Giro en donde ella me dice, cuando ella me dice, y en poco tiempo estamos andando por una calle repleta de autos y camionetas.

—Si te quieres ir, nos vamos, ¿ok? —me dice con la vista fija en la casa.

—Gracias —sonrío y pongo mi mano sobre la suya.

Estacionamos lo más cerca posible de la casa y seguimos caminando. La fiesta es como cualquier fiesta de secundaria: música fuerte, con un sonido de bajo tan profundo que te sacude, algunos chicos vomitando en los arbustos, un aire muy dulce. La puerta de entrada está abierta, así que simplemente entramos. El lugar es enorme, y todo es blanco: las paredes, los sofás, hasta la pintura sobre la chimenea es un lienzo blanco, lo que probablemente deba significar algo.

—Este lugar es enorme —grito sobre la música, y por accidente pateo un vaso plástico bajo una mesa redonda de la entrada.

—¿Eh? —grita Ana.

—¡Enorme!

Ella sonríe y asiente.

—¡Ay por Dios, vinieron! —chilla Emilie Simpson, mirándonos desde el suelo; está jugando a "voltear el vaso" en la mesa ratona.

—Dame solo un segundo —me dice Ana mientras saluda a su amiga—. Voy a saludar.

—Seguro.

Me abro camino por la casa, pasando por la cocina y saludando con la mano y con la cabeza a las personas que dicen mi nombre, agradecido de que la música esté tan fuerte. Si estuviera más baja, no sabría qué decir. Afuera hay un patio trasero con vista a un lago y antorchas de jardín clavadas en el césped. Algunos barriles de cerveza quedaron abandonados en el jardín, y una chica está de cabeza con una minifalda de jean, bebiendo directamente del barril. Recorro el parque en busca de Bridge, porque no puedo evitarlo.

Está al otro lado del parque, unos pocos cuerpos entre nosotros, colgada en los hombros de Leigh. Mis ojos se adaptan a la penumbra y la observo. Su cuerpo no parece su cuerpo, luce como si estuviera aprendiendo a caminar por primera vez: esos movimientos temblorosos e inseguros de un pequeño cordero. Nunca había visto a Bridge tan ebria. El cielo debe estar dando vueltas para ella.

—Lo tengo, lo tengo —balbucea empujando a Leigh y tratando de pararse sin su ayuda. Sus ojos analizan el parque, me pasan por alto y luego regresan a mí.

—*AyporDiosWil* —da un paso y acaba tropezando, cae de rodillas en el césped. Me encuentro inclinado a su lado sin siquiera pensarlo.

»¡No! —las palabras brotan de sus labios—. No. Estoy bien.

Mi corazón está por explotar. Quiero sacarla de aquí: llevarla a casa y arroparla.

—La tengo —Leigh se arrodilla junto a nosotros y apoya a Bridge sobre sus piernas. La falda de Bridge se levanta sobre sus muslos; yo aparto la vista.

—Voy a llevarla al auto, o algo —le digo a Leigh—. ¿Tú la llevarás a su casa?

—Más tarde. Necesita recostarse un rato.

—*Tú* necesitas recostarte un rato —Bridge trata de abrir los ojos.

—Vamos —la levanto del suelo, sosteniendo su cabeza contra mi pecho mientras sus piernas se mecen bajo mi codo. Quiero gritarle: "¡Es por esto! ¡Es por esto que quería que nos viéramos en el taller con las malditas luces!".

La llevo de vuelta dentro de la casa, subiendo por las escaleras alfombradas con Leigh siguiendo mis pasos. Y sé que todos están mirándonos, pero me importa un cuerno.

Bridge lucha todo el camino, empujando mi pecho, diciéndome que la deje, que la deje, está bien sin mí. Aprieto los dientes con tanta fuerza que mi cráneo podría colapsar en cualquier momento. Leigh registra las habitaciones hasta encontrar una decorada con demasiados detalles rosados. Definitivamente, no es la habitación de Buck.

En la oscuridad, dejo a Bridge en una cama de una plaza, con almohadas adornadas con encaje y osos de felpa apilados en la cabecera. Aparto el cabello de su rostro mientras Leigh busca un cesto de basura en el baño.

—*Ven aquíííííííí* —me ordena Bridge enlazando sus brazos alrededor de mi cuello. Me sostiene con la desconcertante fuerza de una chica ebria–. Lo siento, Wil. Lo arruiné y lo siento y *lo arruiné*.

Me libero de ella.

—No la dejes —le indico a Leigh bruscamente–. No la dejes aquí sola, ¿entendiste?

—Entendido —asiente.

Cierro la puerta al salir y bajo las escaleras de prisa, de a tres o cuatro escalones por vez, volviendo a sumergirme en la confusión de la fiesta, a la que nunca quise venir en primer lugar. Casi derribo a Ana en el último escalón.

—¡*Aaah*! Aquí estás —se aferra a mí para mantener el equilibrio y no se suelta–. ¿Qué hacías arriba…?

—Tenemos que irnos —le digo en respuesta.

—¿Estás bien? Estás sudando —comenta deslizando su mano por mi camiseta húmeda.

—Sí. Estoy bien. Solo necesito salir de aquí. ¿Quieres ir por algo de comer? ¿A Nina o algún lugar?

—¿Nina? Sí, supongo que sí —responde sonriendo.

—O donde tú quieras. Solo… donde sea menos aquí.

—Ok —dice y toma mi mano, algo humillante porque la mía está cubierta de sudor. Aun así no la suelta. Odio dejar a Bridge aquí, porque ella no está bien. Es tan evidente que no está bien. Pero no puedo ayudarla. No puedo salvarla de ahogarse en un cielo arremolinado.

Primavera, último año

—*L*eigh –digo al teléfono. Estoy hecha pedazos, soy un despojo en la acera al frente de la Cafetería Nina. El sol es fuerte, el aire salado y pesado, a pesar de que apenas es abril–. Leigh.

Dentro, Leonard me saluda con la mano.

–Uh, querida. Escucho un chakra del corazón bloqueado.

–Él me odia –siento el rostro hinchado y caliente, pero no puedo llorar. Llorar se sentiría tan bien. Recorro los ladrillos del camino, intentando ignorar el de KYLIE MITCHELL o el de DAN Y NATALIA. Camino desde Nina, pasando por la tienda de surf hasta Big Mike, y regreso. Las personas pasan, con sus cafés, sus perros y sus hijos, y saben la clase de persona que soy, de alguna forma–. Tuvimos una pelea y es tan obvio… él aún me odia.

–Está herido –responde simplemente, y recuerdo las millones de razones por las que lo amo, todas al mismo tiempo. Leigh no quiere preguntar lo que pasó o lo que dije o lo que él respondió. No necesita detalles. Ella sabe que no son importantes.

–Sí –murmuro. Me detengo frente a Big Mike. Alguien pegó un póster de una banda que toca música de Bob Marley en la entrada. Los anuncios de cerveza de neón en las ventanas resplandecen en rojo y azul–. Podría tomarme un trago.

–No –responde–. Tenemos otros planes. No te muevas.

Corto la llamada y me instalo en la puerta del bar. Si realmente lo necesito, podría entrar en dos segundos. Dentro está oscuro, probablemente podría pedir una cerveza sin llamar la atención.

Me encontré con Wilson en este preciso lugar, hace poco más de un año. No en el bar, afuera. El cielo tenía un color púrpura oscuro. El rostro de Wilson parecía una caricatura bajo las luces de neón. Yo lo vi antes de que él me viera a mí.

"¿Wilson?", saludé.

"Mackinac", dijo él, como siempre hacía, llamándome con distintos nombres de puentes. Pero se enredó al pronunciar la palabra y me sonó totalmente mal, ambos nos reímos. Wilson echó un vistazo a las luces de la calle sobre nosotros. "¿Qué estás haciendo aquí?", preguntó.

"Compré comida en Nina. Mamá está trabajando hasta tarde", respondí.

"Uh", él balaceó su cabeza. "¿Vas a pasar por el taller algún día de estos? Tengo un nuevo cliente. Comienzo el trabajo la próxima semana".

"Me gustaría, es solo que…". No supe cómo terminar esa frase. ¿Es solo que lo arruiné todo? ¿Es solo que el alcohol me pone estúpida? ¿Es solo que estoy cansada de que Wil no quiera que volvamos a estar juntos tanto como yo?

"¿Cómo está él?", le pregunté.

No quería hacerlo. Wilson suspiró y se apoyó contra la puerta del bar.

"Estudiando para algún examen en... la casa de alguien".

"Ah". La forma en que lo dijo, explicó todo lo que necesitaba saber.

"Sabes, Bridge, no somos las cosas que hacemos", comentó. Había tanto peso en su voz que podría haberlo hundido. "Nuestros errores no nos definen. Somos más que eso".

"Dile eso a tu hijo".

"Créeme", agregó aclarándose la garganta.

Esperé a que terminara la frase, pero no lo hizo. Se veía demasiado cansado para hablar, envejecido bajo focos sucios de luz amarilla.

"Bueno, mi orden debe estar enfriándose. ¿A dónde fuiste tú?", cambié de tema.

"A Nina, también", respondió con una sonrisa forzada. Su piel estaba pálida y quebradiza; me recordó a uno de los bocetos de Leigh hecho con pasteles. Parecía que podría ser borrado de una sola vez. Me siguió hasta la cafetería y esperó en el mostrador hasta que Leonard puso algunos sobres de kétchup extra en mi bolsa para llevar. No había ningún pedido esperando para Wilson. No lo mencioné.

–Ah, qué bien. Todavía no estás ebria –Leigh aparece de pie junto a mí, huele a aceite de coco y ligeramente como el lugar de incienso de la esquina. Me ofrece una malteada de Big Gulp con un sorbete de un color rosa intenso–. Bebe.

Doy un largo sorbo.

–Este es el plan –presiona su mano en mi espalda y me guía hacia Iz, que está holgazaneando en medio de la calle–. Vamos a ir a la escuela.

–¿Un sábado? Leigh...

–*Vamos a ir a la escuela*, y vas a ayudarme con los primeros pasos de mi proyecto de arte, que tiene que estar terminado para el lunes. Puedes tomarlo como terapia gratuita. Y vas a contarme lo que pasó, o no –abre la puerta del acompañante de un tirón– Después de ti, mi lady.

–Supongo que decidiste no pintar el paso subterráneo –entro, y el cobertor del asiento de Iz, bordado de cuentas, pincha mis muslos.

–No, tenías razón –se mete en el auto mirando por encima de sus gafas de sol espejadas y cierra la puerta de un golpe–. El director le dio el ok al proyecto de la escuela y decidí que aún no quiero terminar en la correccional.

–¿Aún? –bajo el parasol de Iz. Mi reflejo distorsionado es pálido y sudoroso en el espejo quebrado, un Picasso patético.

Leigh conduce a Iz hacia la escuela. Wil está en todos los detalles de esta ciudad: en la palmera que trepó por un reto en sexto año, y en el estacionamiento de la playa en el que su papá nos sorprendió besándonos en segundo año de secundaria. Cierro los ojos, pero él también está ahí. Está en todos lados, menos aquí.

–Hay algo que él no me está contando –limpio una delgada capa de sudor de mi frente con la palma de mi mano, queda otra capa debajo.

–¿Alguna idea de qué pueda ser? –entra en la conversación perfectamente. Me gusta poder comenzar por la mitad con Leigh y continuar con los extremos raídos.

–Solo repite que había cosas de las que quería hablar conmigo, cosas importantes, pero no podía –respondo negando con la cabeza.

–¿Porque ustedes no se hablaban en ese entonces?

–Supongo.

–Entonces es por eso que está molesto. No por la palabra con B –golpetea el volante con un ritmo original y luego gira hacia el estacionamiento de la escuela en el último segundo, como si fuera una idea de último momento. El estacionamiento está vacío, excepto por un padre que corre detrás de su hija en bicicleta. Leigh lleva a Iz hasta la acera frente a la escuela y apaga el motor.

–Puedes decirlo. Buck –le digo poniendo los ojos en blanco. Siento el sabor de la malteada caliente en mi boca.

–Elijo no hacerlo –le da una palmadita al tablero de Iz y me pide que tome todo lo que pueda del asiento trasero. Elijo una cubeta, una escoba y unos cepillos para fregar. Leigh toma un detergente, un rodillo y algunas latas de pintura–. Al patio.

Cuando llegamos me desplomo en uno de los bancos y Leigh se sienta conmigo, me toma de la mano, presionando sus dedos entre los míos. Una lágrima rueda por mi mejilla, y siento que la extraño tanto, aunque no se haya ido todavía. Miro el cielo, la nube blanca de cristal hecho pedazos que ensucia el azul.

–Él me dijo que parara, el año pasado. Me dijo que lo dejara, que ya no me disculpara. Así que lo hice –apoyo la cabeza en el hombro huesudo de Leigh.

–Lo recuerdo.

–Y está tan… *enojado*, porque lo hice. Cuando en realidad pensé que estaba haciendo lo que él quería. Pensé que si hacía lo que él me estaba pidiendo, tal vez nos daría otra oportunidad más adelante, ¿sabes? Porque lo escuché y le di espacio.

–El espacio apesta –dice descansando su cabeza sobre la mía.

–Y ahora volvió a pedirme que me fuera, y me fui otra vez. Pero en este caso se siente diferente.

–¿Cómo?

–Si no me iba… –me detengo, no estoy segura de cómo terminar la oración. No sé qué hubiera pasado. Se podría haber lastimado a sí mismo, podría haber destruido la pared o los recuerdos de su papá.

–Si no te ibas, ¿qué? –me mira inquisitiva.

—No lo sé –me encojo de hombros.

—Vamos. Conoces mejor a Wil Hines de lo que te conoces a ti misma.

—La cosa es que no es así. Ya no. Desde que… Ya no puedo descifrarlo como lo hacía antes. Él está… no lo sé, difuso.

—Lo descubrirás. Sigue dándole a esa bola ocho.

Pero no estoy segura. Sé una cosa: la tristeza puede hacer que una persona se vuelva extraña, irreconocible. Cuando el papá de Micah abandonó a mamá, la destruyó, literalmente; se abrieron líneas en la piel alrededor de sus ojos por tanto llorar, sus hombros se contracturaron. Su mente olvidó los detalles importantes, como que el papá de Micah era un bastardo que solo tenía trabajo ocasionalmente y al que no le agradaba mucho ninguno de nosotros.

No la culpé. Tenía apenas veinticuatro años y se había quedado sola por segunda vez. Estaba triste y enfadada, y sentía pena de sí misma y de nosotros. Dos niños, dos padres, y al parecer no podía elegir uno bueno. La escuché decir algunas veces, en voz baja, cuando pensaba que nadie la estaba escuchando: "¿Cuál es el problema conmigo?", y sentí que me acababan de arrancar las entrañas.

En ese entonces tenía un sueño recurrente: mi Yo Adulto vestido en una bata blanca, extrayendo su dolor con una cirugía. Era una burbuja de un color negro brillante que intentaba volver a meterse en su cuerpo una y otra vez, pero yo era implacable.

Desearía poder hacer eso por Wil.

Tras un largo tiempo, Leigh se levanta y se estira.

—Interrumpamos este plan deprimente para ponerte a trabajar duro en pos de un buen promedio de graduación –me ordena, y me da una escoba para que barra.

Mientras yo empujo hojas secas y colillas de cigarrillos a las esquinas de la losa de concreto, Leigh lleva la piscina inflable al césped. Tenemos que trabajar las dos para mover los bancos de piedra. Leigh va a llenar la cubeta con agua de un grifo atrás del edificio y yo me encargo del espray con el detergente. Sumergimos los cepillos en el balde y los colores dibujan remolinos en el agua jabonosa: malva, amarillo y turquesa, el color de los ojos de Wil.

–Vamos a fregar la losa primero –dice Leigh remangando su camiseta–. La imprimaremos antes de que se seque y mañana comienzo con la pintura. Puedes venir también, si eso te mantendrá fuera de los bares.

Nos arrodillamos una junto a la otra y ella esparce agua por el concreto. Yo friego tan fuerte como puedo, tan enfadada como puedo, tan triste como puedo.

–Creo que esto podría ser todo –mis músculos queman, y friego con más fuerza–. Para nosotros. Entre nosotros.

–Ok –Leigh deja de fregar y aparta las rastas de sus ojos–. ¿Y qué si esto es todo?

–¿Qué quieres decir? –me siento sobre mis talones. Escucharlo de su boca es diez veces peor que decirlo yo misma.

–Quiero decir, ¿qué si realmente esto es todo entre Wil y tú? ¿Qué si este es el final de su historia? ¿Y qué si ustedes solo estaban destinados a estar en la vida del otro por un cierto período de tiempo?

–Tonterías –mi voz se quiebra–. Si estuviéramos destinados a estar en la vida del otro por alguna razón del karma, *esta* sería la razón. En este momento, *ahora*. Él me necesita ahora, necesita a alguien que lo ayude a empacar las cosas de su papá… sus libros… sus monedas. Y alguien que lo ayude a cuidar de su mamá. Él necesita…

–A ti –interrumpe Leigh.

–A mí. Lo amo –tomo aire. Mis labios forman las palabras en silencio, una y otra vez, una plegaria al agua y al cielo–. Intenté evitarlo, pero es inútil.

Espero su reacción de sorpresa, pero no llega. Siempre amé a Wil Hines, y siempre lo haré. Y eso no es una sorpresa para nadie.

–Claro que lo es –Leigh suspira y se desploma de espaldas contra el concreto brillante y húmedo. Yo me recuesto a su lado, el agua caliente moja la espalda de mi camiseta y me pone la piel de gallina–. Condenadamente inútil. ¿Y tú dices que quieres que vuelvan a ser amigos? ¿O quieres que vuelvan a estar juntos?

–No lo sé –respondo, aunque sí lo sé–. Él tiene novia. Una buena.

–Es un hecho.

–¿Qué se supone que haga? –miro directo al sol, hasta que no puedo ver más que dorado a mi alrededor.

–Puedes amarlo desde lejos –dice girando sobre un costado.

–No quiero hacerlo.

–Tendrás que hacerlo de todas formas.

Tiene razón. Sé que tiene razón. Pero también sé esto: Wil y yo somos más que una noche en un muelle. Sé que somos más que algunos buenos años. Vamos más allá, más lejos, más profundo. Aún no hemos terminado. No puede ser.

BRIDGE

Primavera, último año

E sa noche no logré dormir hasta que el sol comenzó a asomar por el agua. Soñé con Wil, nadando muy rápido más allá de la rompiente conmigo siguiéndolo, gritando su nombre, suplicándole que regresara. Pero él continuó nadando, hasta que no fue más que un punto, o un trozo de madera de un naufragio o una gaviota perdida.

Cuando despierto, la casa está en silencio. Mi piel, húmeda. Hace calor en mi habitación y el sol está demasiado bajo. Miro el reloj. Es domingo, casi las cuatro de la tarde.

–Ay, Dios –me siento en la cama y presiono los pies contra el suelo–. ¿Mamá? ¿Micah?

Silencio.

Abajo, la luz de la cafetera sigue encendida. Le dije a mamá un millón de veces que va a acabar incendiando la casa uno de estos días. Me sirvo una taza.

Voy con mi café a la escalera de la entrada y miro cómo algunas chicas de la escuela pasean descalzas en sus bicicletas, vestidas con pantalones cortos y bikinis. El aire a su paso huele a goma de mascar de fresa y tatuajes temporales.

Instintivamente, busco mi celular. Nada de Wil: ni mensajes de disculpa, ni llamadas.

—¡Ey, bella durmiente!

Leigh está apoyada en la cerca, viste una bikini negra y un caftán largo de gasa. Sus rastas vuelan justo sobre sus hombros; se puso unas gafas hippies color púrpura y trae una enorme bolsa de paja. Se la ve sonriente y un tanto colocada.

—Acabo de levantarme —admito.

—Ya veo —lucha con la cerca hasta que logra abrirla y se acomoda en la escalera conmigo—. Mamá me hizo jugar simples con ella esta mañana. Reservó una cancha en el club a las ocho. Al parecer, era una buena oportunidad de que pasáramos tiempo de calidad juntas antes de que abandone a mi familia para ir a la inaccesible y distante Georgia. Y terminé de imprimir la losa antes del mediodía, no gracias a ti.

—Lo siento. ¿Qué planes tienes para esta noche? —pregunto frotándome la sien.

—Querrás decir, ¿qué planes *tenemos*? Vamos a salir. Es el reventón obligado de olvida-a-ese-hombre.

Considero la posibilidad de discutirlo, pero decido evitarlo. Necesito eso, y Leigh lo sabe. Cualquier cosa para sacarme a Wil de la cabeza. Cualquier cosa para dejar de pensar.

—¿Debería preguntar a dónde vamos? —bebo lo que queda de mi café.

—Foga…

–No –la interrumpo negando con la cabeza–. Nada relacionado con la escuela.

–No tienes que beber, pero sí tienes que ir –dice con firmeza–. Wil Hines la está pasando mal, y lo sentimos, pero no vamos a detener nuestras vidas por él.

–¿No? –me quejo. El espacio entre las sábanas me llama.

–Ponte en movimiento –sus ojos brillan como rocas en el río.

✦ ✸ ✦

Me doy una ducha y rasuro mis piernas mientras Leigh elige un atuendo adecuado para la fogata: mis mejores pantalones cortos, mi bikini rosa y una camiseta negra que encontró en el armario de mamá. Dejo que mi cabello se seque solo y escribo una nota para mamá avisándole que voy a salir.

Las dos cruzamos la calle para tomar el camino a la playa. Una de las preadolescentes casi atropella a Leigh con su bicicleta y ella le grita "¡Mira por dónde vas, Miley!", y la chica responde con una maldición. De cerca, las chicas no huelen a fresa y verano. Huelen a cigarrillos apagados y a chicos mayores. Las miro lanzando una idea en su dirección: *Tu chico no vale la pena,* pero ya están demasiado lejos. La idea se estrella contra el concreto y desaparece.

Es el horario estelar en la playa. Debemos abrirnos camino entre los perros que persiguen surfistas, niños construyendo castillos de arena y tatuajes feos. El agua está calma y aterciopelada, de un color azul francia claro. Sobre ella asoma la luna en el cielo del atardecer. Mis nervios van creciendo mientras caminamos. No sé cómo mantenerme sobria en una fogata. ¿Y si necesito algo para hacer los límites más difusos, para relajarme un poco? ¿Y si aparece Wil? ¿O si Ana…?, ¿o Buck…?

Aprieto el brazo de Leigh y niego con la cabeza.

–No creo que pueda hacer esto.

–Tú puedes. Y si decides que te quieres ir, no tienes más que darme la señal y nos vamos.

–¿Cuál es la señal? –mi boca sabe a arena.

–¿Qué te parece "Sácame de este maldito lugar"?

–Increíble.

La fogata es en la casa con frente a la playa de una chica de nuestro año llamada Loren. Sus padres salieron de la ciudad por negocios. La casa es pequeña y está alejada de la costa. Es una cabaña con techo de tejas, pisos de color arena y sofás de cuero sintético dispuestos contra las paredes blancas. La cocina luce deteriorada bajo una iluminación incandescente: encimeras rayadas, gabinetes marcados. El lugar está maltratado, pero es cómodo, y me recuerda a mi casa. Alguien puso a los Allman Brothers en el estéreo, una canción de pelea. Saludo con la cabeza a una chica que está sirviendo vodka en una taza de café que dice EL MEJOR PAPÁ DEL MUNDO.

–Supongo que no quieres una cerveza –comenta Leigh.

–No –la sigo hacia afuera. Hay fogatas encendidas alrededor de un patio raído y una de las llamas distingue a Ned Reilly; en una votación informal fue elegido como el Chico con más Posibilidades de Morir Virgen del tercer año. Está hablando con Susan, una chica morena atractiva que fue mi compañera en Matemáticas de primer año. Ella ríe con fuerza y acerca a él. Al parecer, le dedicó mucho tiempo a su maquillaje, y se ve bien. Y, a pesar de su camisa a cuadros de mangas cortas, parece que Ned tiene una buena posibilidad de deshacerse de ese rótulo.

–Ya regreso –Leigh se va en un camino zigzagueante hasta el barril de cerveza y la adrenalina se apodera de mí. *Cálmate*, me digo a mí misma, *es solo una fiesta*.

–¡Bridge! ¡Ey! –Ned me saluda y Susan me escanea, insegura, pero me ofrece una brillante sonrisa.

–Ey, chicos. ¿Qué hay? –me aseguro de no acercarme demasiado a Ned y saludo con un abrazo a Susan, algo extraño dado que no nos conocemos.

–No te vi salir mucho este año –dice él–. Vi a tu hermano hace un tiempo. En una fogata.

–Me enteré de eso –protesto–. Si logro terminar este año sin asesinarlo, será todo un logro.

–¿Qué harás el próximo año? –Susan cambia de tema, me agrada.

–Iré a la Universidad de Florida –respondo poniendo las manos en los bolsillos–. En Miami. Suponiendo que no sea arrestada otra vez.

–Tengo un amigo que va a esa universidad, le encanta, qué bien por ti. Supongo que no les importa que seas arrestada, lo que es genial. Así que... –comenta Ned y su rostro se pone del color de una quemadura del sol de pleno verano.

–Ned, ¿por qué no le traes una bebida a Bridge? –sugiere Susan con los ojos bien abiertos.

–Sí, claro –Ned parece aliviado–. ¿Cerveza? Te gusta la cerveza, ¿no?

–Lo has oído, ¿eh? –bromeo alzando las cejas.

–No, no. Definitivamente no.

–¿Qué tal una Coca, Ned? –le tengo piedad.

–Hecho –se apresura a cruzar el patio y entrar en la cocina.

–Por Dios –dice Susan sacudiendo la cabeza–. ¡Podría jurar que la parte de su cerebro que controla la interacción social necesita un reinicio o algo! Lo imagino como si fueran cables gastados, que están colgando por ahí, chisporroteando, desconectados.

–Pero es tan dulce. ¿Ustedes están...? –me hizo reír.

–Lo es, ¿cierto? –mira más allá de mí, sonriente–. Algo así. No lo sé.

Escucho la risa de Ana, seguida al instante por la de Thea.

Mi estómago da un brinco.

–Nuestra líder elegida democráticamente decidió honrarnos con su presencia –Leigh aparece a mi lado y saluda a Susan con la cabeza.

–*Elegida democráticamente* –repite Susan–. ¿Alguna vez miras a tu alrededor mientras estás en la escuela, pensando "estoy viviendo en una parodia de una secundaria infernal y soy la única que lo sabe"?

–¡Sí! –dice Leigh–. ¿No es muy deprimente? Pero ¿sabes qué ayuda?

–¿Saber que ya casi acaba? –arriesga Susan mientras termina su cerveza.

–Hierba.

–*Yyyyy* una Coca. Sola, o virgen, o lo que sea –Ned se ahoga un poco con la palabra "virgen".

–*Ned* –suspira Susan.

Decidimos seguir hasta la playa. Termino mi Coca y me siento en una agradable combinación de relajada y despierta. En la arena, Leigh juega con mi cabello mientras Susan nos cuenta del año libre que se va a tomar antes de inscribirse a la universidad. Es una tradición en su familia tomarse un año para hacer servicio comunitario en Costa Rica.

–La verdad es que no sé qué es lo que quiero hacer –dice–. Tal vez eso me hace poco interesante o sin motivación.

–Yo creo que eres interesante –comenta Ned con dulzura colocando su mano sobre la rodilla de ella. Susan lo deja hacerlo–. E inteligente.

–No me importaría si fuera solo yo, como en el vacío. Tengo apenas dieciocho, ¿no? ¿Quién sabe lo que quiere a los dieciocho? –entierra sus dedos en la arena–. Pero comparando, cuando todo el resto del mundo al parecer ya tiene el plan para una gran vida, es como, *mierda*. Me quedé atrás en una enorme carrera que ni siquiera sabía que estaba corriendo.

Asentimos todos. Estamos cansados, desanimados, y ni siquiera hemos empezado aún.

Leigh se levanta a buscar otra ronda de cervezas, y otra Coca para mí; desaparece entre la gente de la fiesta. Está oscureciendo. Susan se acerca a Ned hasta que forman una sola sombra. Podría relajarme aquí, con estas personas conocidas a las que en realidad no conozco en absoluto. Quizás es solo nostalgia, pero de pronto siento un poco de remordimiento. Decepción por no haber llegado a conocer a Susan y a Ned, de la escuela secundaria, cuando tuve la oportunidad. Me pasé toda la secundaria ebria con Leigh o enredada con Wil.

–Aquí vamos –anuncia Leigh al regresar. Se apoya de rodillas en la arena y distribuye los vasos.

Bebo un trago de mi Coca y vuelvo a desplomarme en la arena a mirar el cielo, con el líquido dulce revolviéndose en mi estómago. Deslizo los dedos de mis manos y pies entre los frescos granos de arena y observo el azul desplazándose sobre mí. Leigh se recuesta a mi lado.

–No enloquezcas –murmura–. Pero tengo que decirte algo.

–¿Eh?

–En unos segundos, por favor recuerda que yo no quería decírtelo, porque la estamos pasando tan bien y todo. Pero creo que querrías saberlo.

–*Leigh* –insisto. Me siento y la arena se desliza dentro de mi sostén.

–Está bien, está bien –se resigna, mirando la arena–. Wil está aquí, con Ana.

Un sabor dulce sube por mi garganta. Me levanto de un salto. Está muy oscuro para ver, pero reconocería a Wil en donde sea. Está junto a Ana, tomando una cerveza. Ella tiene un brazo alrededor de su cuello. Aparto la vista.

–Están juntos –afirma Leigh en voz baja.

–Mataría por una cerveza –le digo sin mover la vista–. Dos, mientras tú estás por ahí.

–Bridge –me dice en tono de súplica–. Deberíamos irnos. No creo que beber alcohol sea una buena idea.

–No me iré –respondo con firmeza–. Tengo tanto derecho de estar aquí como ellos.

–Ok, ok –sus ojos recorren a Ned y Susan, algo innecesario.

–Está bien cuando está con ella –lloriqueo–. Solo que no puede estar cerca de mí sin dejar de estarlo.

–¿Me estoy perdiendo de algo? –pregunta Ned.

–No te estás perdiendo de nada. Simplemente soy tóxica. Soy una persona tóxica y terrible, y los demás no pueden soportar estar conmigo –mis ojos están ardiendo.

–Bridge, querida, amor de mi vida, vamos a casa –sugiere Leigh mirando su celular–. Es como siempre dice mamá: nada bueno sucede después de las 9:27 p.m.

–Bien –no puedo apartar los ojos de él. De ellos. Wil me ve también. Hay una historia de magnetismo entre nosotros, es por eso que siempre nos encontramos el uno al otro. Wil alza la mano con un gesto que dice "¿Podrías venir un momento?", y yo miro hacia otro lado. Leigh se acerca para hablarme al oído.

–Habla con él. Va a acabar contigo si no lo haces. Te encuentro más tarde –dice y desaparece en la multitud.

Encuentro los ojos de Wil, aún me está mirando. "Ven", le digo en silencio. Inclina la cabeza, en señal de entendimiento. Camino por la casa hasta el jardín delantero, donde finalmente hay silencio y puedo esperarlo. El césped se siente bien bajo mis pies.

–Ey –dice a mis espaldas, yo no volteo a verlo.

–Ey –está matándome que seamos del tipo de personas que se dicen "Ey". Los extraños se dicen "Ey"; nosotros no.

–Tenemos que hablar –continúa.

–No es justo lo que estás haciendo –respondo.

–¿Lo qué *yo* estoy haciendo? –lo escucho hablar detrás de mí, siento sus manos sobre mí, cálidas y fuertes. Me gira hacia él con delicadeza; estamos tan cerca. Se siente correcto, él y yo, los dos, y él no lo ve.

–¡Sí! –lo empujo, con fuerza–. Lo que *tú estás haciendo*. Alejándome, una y otra vez. Sin dejarme estar ahí para ti. ¡No estando ahí para *mí*! Yo también perdí a alguien cuando tu papá murió. Sea que lo consideres importante o no. Yo lo quería también. Yo lo extraño también. Pienso en él y en ti todo el tiempo.

Presiono la mandíbula con tanta fuerza que mi cabeza comienza a dar vueltas.

–Ese es el punto, Bridge. Tú piensas que lo querías. Piensas que quieres a una persona y resulta que... –su rostro se enciende, se inclina y escupe en el césped–. Resulta que no la conocías en absoluto.

–No vuelvas a decirme eso, Wil. Estoy harta de escucharlo. Me voy a casa –comienzo a caminar por la calle. El calor sube por el concreto. El aire huele a alquitrán. Creo que estoy caminado hacia el agua, pero todas las casas son iguales. Wil lo sabría. Es como una brújula humana que siempre encuentra el agua.

–Ey, ey –corre tras de mí hasta que llega a caminar a mi ritmo. Su voz se quiebra como madera seca–. Lo estoy diciendo porque es verdad. No lo conocías. Y yo no lo conocía tampoco.

–¿De qué estás hablando, Wil? –dejo de caminar. Lo miro, trato de leer los colores revueltos en sus ojos y el pulso acelerado bajo su barbilla.

–Nada. Te acompaño a tu casa.

–No, dime. No iré a ningún lado hasta que tú...

–Él golpeó a mi mamá, ¿ok? –se aleja de mí. Las palabras salen de él como una explosión, vuelan al cielo como fuegos artificiales–. Estaba completamente ebrio y golpeó a mi mamá.

Todo se detiene.

No, está mintiendo.

Wilson no.

No.

Cierro los ojos y me aferro a la imagen del Wilson que conocía. El hombre que servía bocadillos de manzana y mantequilla de maní con sus manos callosas. El hombre con tulipanes y donas Cinotti. Wil está diciéndome que todos esos recuerdos son una mentira. Todo lo que sabía sobre Wilson era mentira.

—Wil, no —le suplico. Lagrimas calientes se acumulan bajo mis párpados. No es justo lo que le estoy pidiendo. Cierro los ojos e imagino a su padre detrás de las nubes, trato de alcanzarlo, a la persona que pensaba que era—. Por favor, no digas eso. Él no habría...

—¡Él lo hizo! Golpeó... a mi mamá... y, algunas veces, el primer pensamiento que tengo cuando despierto es *me alegra que haya muerto.* ¿Puedes creer eso? ¿Puedes? —deja de hablar y se le escapa una risa de amargura. Su rostro se quiebra en mil pedazos, y está llorando. Y sé que es cierto. Ha sido cierto no sé por cuánto tiempo, y yo no estuve ahí. Era cierto cuando lo vi en Publix sosteniendo los tulipanes. Y era cierto cuando él me sostuvo la puerta de Nina. Tal vez ha sido cierto por siempre.

El Wilson que conocía se desvanece, así nada más.

Debí haber estado ahí.

Debí haber tenido a Wil cerca de mí, y fallé.

—Wil —murmuro—. Lo siento. Lo siento mucho.

—No es tu culpa, era suya —responde, encorvándose hacia delante, como un bote buscando refugio, y lo atraigo hacia mí. Elimino todo el espacio que quedaba entre los dos. Ignoro la piel y los huesos que nos mantienen tan alejados. Lo abrazo, cerca y con fuerza, y seco las lágrimas de sus mejillas–. Tendría que habértelo dicho –susurra con la fuerza suficiente para que lo escuche–. Te necesitaba.

–Me lo estás diciendo ahora. Y estoy aquí ahora. Me tienes aquí –le digo sosteniéndolo con más fuerza.

WIL

Verano, tercer año

Está terminando agosto y comencé a salir a correr. Salgo temprano por la mañana, antes de que mis padres se levanten. Necesito sudar para eliminar la ira que está hirviendo en mi sangre. Y ya no puedo soportar estar en casa. Papá tiene dos estados ahora: silencioso o a los gritos. Es uno o el otro; uno detrás del otro; y no importa en cuál esté, siempre deseo que presione el interruptor.

Él quebró a mamá en dos. Ella ahora es dos personas diferentes: Mamá de Adentro y Mamá de Afuera. Mamá de Afuera usa su lápiz labial de colores brillantes y cubre los magullones con maquillaje del color de una mujer feliz. Mamá de Afuera les cuenta a los extraños en la tienda que se acerca su aniversario: veinticinco años, mientras sonríe con los labios cerrados como si escondiera detrás de ellos los secretos para tener un matrimonio feliz. Mamá de Afuera se unió a un club de lectura con la señora Wilkerson, que vive a tres casas de la nuestra. Llega a casa oliendo a vino blanco.

Mamá de Adentro es como un globo desinflado. Mamá de Adentro dejó de gritar, discutir o interesarse por nada. Merodea por la casa, evitando mirarme.

Esta mañana me encuentro en la playa temprano. Estoy solo con el agua, que es justo como me gusta. Me pongo los auriculares y subo el volumen de mi iPhone lo más alto que puedo soportarlo. No reconozco la banda ni la canción, pero no lo necesito. Lo que necesito es ruido, un ruido diferente del de papá gritándole a mamá, o de cosas rompiéndose. Comienzo a correr, siguiendo la línea plateada de las olas; el sol está subiendo en el cielo. No pasa mucho tiempo hasta que mi cuerpo está temblando.

Para ser honesto, no es solo enojo lo que mi papá despertó en mí; es miedo. Siempre creí que el Verdadero Yo y el Verdadero Él eran la misma cosa. Éramos de la costa, con sal y arena en nuestras venas. No nos importaba la universidad ni tener una vida mejor, ni Otras Personas como a mi mamá. Nos interesábamos por cosas reales: barniz, aserrín y un día de trabajo duro.

Tal vez somos lo mismo, pienso mientras corro más rápido con el sudor empañándome la vista. El día está húmedo, pero hay una brisa fresca; levanto el rostro hacia el cielo para sentirla. *Apostaría a que estoy tan enojado como él.* Destruí su bote en el taller hace unos meses. ¿Y si también está en mí lastimar a otras personas? Tendría sentido; una parte de mí es él. Tenemos el mismo cabello y los mismos ojos. No estoy seguro de cómo es que funciona científicamente, pero quizás tenemos el mismo enojo codificado en nuestros ADN. Y si eso es cierto, no podré escapar. No importa qué tan rápido corra.

Al llegar a casa me detengo con el oído presionado contra la puerta trasera. El sudor se desliza en mis ojos, por mis sienes y dentro de mis orejas. Mi corazón aún está galopando en mi pecho.

—Él no está —dice mamá desde el desayunador.

—Bien.

Al entrar, la encuentro sentada en la mesa de la cocina, tomando un té que huele demasiado fuerte. Aún lleva puesta su bata de baño, a pesar de que son casi las once. Su cabello está revuelto y sigue teniendo la sombra del maquillaje de ayer. Frente a ella la mesa está cubierta de fotografías, en papel. Yo soy pequeño en todas ellas. Papá y yo en el océano. Papá y yo en el taller. Papá y yo. Me imagino que mamá pasó toda su vida observándonos. Alejada de nosotros.

—¿Dónde está? —muevo la silla junto a la suya y me relajo. Y respiro realmente por primera vez. Los minutos sin mi papá son como grandes bocanadas de aire del océano

—No sé adónde fue, me levanté y... —su voz se desvanece. Sigue bebiendo su té.

—Ey —dejo descansar una mano sobre la de ella. No es algo que hagamos en realidad, pero de pronto siento el impulso de deslizar mis brazos a su alrededor y abrazarla con tanta fuerza hasta que se convierta en una persona completa otra vez.

—¿Qué, Wil? —se sobresalta cuando la toco.

—Nada, mamá —trato de que mi voz sea como el aire—. Nada, lo siento.

Quiero hacerle la misma pregunta que le hice justo luego de que ocurrió por primera vez, la pregunta que nunca respondió: "¿Crees que soy como él? ¿Crees que somos lo mismo?". No necesito preguntar. Ella me responde cada vez que se sobresalta ante el sonido de mi voz.

—Lo siento, cariño. Es solo que... ya no sé lo que soy —dice y deja salir un suspiro que ha estado acumulando por años. Su voz suena diluida.

—No digas eso.

—Es cierto —responde, acariciando las fotografías con nostalgia; recorre mi rostro de niño con sus dedos.

—Mamá. Tú eres… tú eres mi mamá —le digo seriamente, pero suena algo débil.

—¿Alguna vez te dije que pensé en ir a la universidad y estudiar odontología? —sonríe al decirlo, y la piel de sus ojos se arruga como un pañuelo de papel.

—¿Qué, querías ser odontóloga? —respondo sorprendido.

—No lo sé. Tal vez era estúpido —me está mirando directamente por primera vez en semanas. Su rostro se vuelve a apagar.

—No, mamá, no. ¿Eso es lo que querías hacer? —pregunto.

—Lo consideré. Mi jefe dijo que pensaba que era lo suficientemente inteligente —las nubes de tormenta se van de sus ojos—. Fue lindo escuchar que alguien inteligente te diga que piensa que también eres inteligente.

—Sí, seguro —repentinamente deseo que mi papá le hubiera dicho esas palabras a ella. Quizás todo en el universo sería diferente si él lo hubiera hecho—. Yo pienso que eres inteligente, mamá. Lo hago.

Pero mis palabras son como plumas y no llegan a tierra.

—Pero la universidad es muy costosa, y nos arreglábamos bien, y el tiempo pasó más rápido de lo que esperaba —su rostro dice "Toda mi vida habría sido diferente".

Quiero expresarle cuánto lo siento.

—No quiero que te sientas como… —estoy buscando las palabras, enredándome con ellas, sin decir nada bien—. Quiero que estés feliz.

—¿Sabes lo que quiero para ti, Wil? —sujeta mi mano con tanta fuerza que me causa dolor—. Dentro de diez años, veinte o treinta, espero que quieras exactamente la clase de vida que quieres ahora —su voz se vuelve más firme—. Mírame.

Sus ojos son como lagunas profundas y claras, y puedo ver hasta su lecho arenoso.

—Pero, si alguna vez llegas a desear tener una vida diferente, quiero que seas capaz de ir por ella. No quiero que nada se interponga en tu camino. Moriría antes de dejar que algo se meta en tu camino, ¿me escuchas?

—Te escucho —carraspeo.

No me había dado cuenta. Creía que ella quería que yo fuera a la universidad por las apariencias. Pensé que se trataba de contarle a la señora Wilkerson dónde me habían admitido. O de ser Tan Bueno Como los hijos de los demás.

—Bien.

Hay una fuerza en ella, más fuerte que cualquier cosa que haya sentido antes. Más fuerte que la gravedad o las tormentas de viento. Ni siquiera en sus momentos de gritos o de silencios largos y filosos la había sentido así. Me pregunto quién es mi mamá realmente. Me pregunto si nunca la había visto hasta hoy.

Los dos saltamos de nuestras sillas ante el golpe de la puerta de la cocina. Mamá se aclara la garganta y puedo asegurarlo: los dos sentimos lo mismo.

—¿Eres tú, Wilson? —pregunta, pero no tan fuerte como para que él pueda oírla. Ella desapareció otra vez. Lo odio por hacerle esto.

—*Papá* —digo más fuerte—. ¿Eres tú?

—¿Y quién demonios podría ser? —su voz se escucha nasal mientras entra tropezando a la cocina—. ¿Las damas están tomando el té?

Se ríe, como si creyera que fue el comentario más gracioso que alguien podría hacer.

—Volví para trabajar en el esquife —mi mano se mueve sin pensarlo hasta el brazo de mamá—, ¿dónde estabas?

—Eso no es asunto tuyo. Y tampoco tuyo —lanza mirando a mamá y se limpia su boca sucia con el dorso de la mano. Su enorme cuerpo de ogro proyecta una sombra sobre la mesa. No nota las fotografías.

—Ella no preguntó —digo entre dientes—. Además, es bastante obvio dónde has estado.

—Wil —murmura mamá—. No seas estúpido.

—¿Qué? —da un paso hacia nosotros, luego un paso atrás—. ¿Qué acabas de decirme?

Si pudiera hacer foco estaría mirándome. Pero su cabeza se tambalea como un bote en aguas agitadas.

—Nada —lo miro directo. No me asusta. No voy a dejarlo que lo haga.

Mi estómago se revuelve y mi boca sabe a bilis. Verlo me está enfermando, literalmente.

—¿Está listo el almuerzo? —pregunta con la cabeza tambaleante en dirección a mamá.

—Deberías despabilarte antes —responde ella mirando a la mesa.

Sus fosas nasales se expanden; es un toro, listo para atacar.

—No me digas qué rayos tengo que hacer antes, Henney —bufa y se acerca hacia ella, pero no voy a dejar que la toque. No esta vez. Ella está cansada, necesita descansar. ¿No puede ver eso? ¿No puede vernos?

—Estás ebrio, papá —acomodo mi cabello hacia atrás y me pongo de pie frente a él. Soy casi tan grande como él. Casi. Podría enfrentarlo un buen día—. Ve a dormir para que se te pase. Déjala en paz.

El aire desapareció de mi cuerpo sin que me diera cuenta. Estoy en el suelo antes de notarlo, mirando un techo blanco, mi pecho palpitando.

Él me golpeó, me doy cuenta, el pensamiento llega de un lugar lejano. Giro sobre un costado, me enrosco en mí mismo como un bebé y veo sus botas de trabajo retumbando contra el suelo de la cocina, haciendo temblar los vidrios y mi interior una vez más.

—Wil —mamá está de rodillas a mi lado, acariciando mi rostro caliente y avergonzado con sus manos. Se inclina sobre mí besándome en la frente y las mejillas, y yo finjo querer alejarla—. Cariño, Wil.

—Estoy bien —fuerzo las palabras, evitando mirarla a los ojos.

—Él no quiso hacerlo, Wil. Está ebrio. No era su intención —su voz suena áspera.

Vuelvo a girar sobre mi espalda. Desde aquí puedo ver las letras talladas en la mesa de la cocina. *Irás, iremos juntos por las aguas del tiempo.* Cierro los ojos y dejo que mamá acaricie mi cabello. No siento dolor, lo peor fue la sorpresa. Incluso sabiendo quién es, lo que es capaz de hacer, lo cierto es que nunca pensé que me lo haría a mí.

BRIDGE

Primavera, último año

E sta mañana desperté con secretos guardados en mi boca. La terrible verdad sobre Wilson; el largo abrazo entre Wil y yo anoche en la calle frente a la casa de Buck. Los secretos hacen que el mundo parezca de cabeza y de espaldas. No sé qué hacer con ninguno de ellos. Parecen tan grandes e incontrolables que es más seguro guardarlos hasta que los pueda comprender mejor. Dejarlos bajo llave para que nadie los vea, ni siquiera Leigh. Y especialmente mi mamá.

De algún modo logro pasar el día de escuela sin decir una palabra. Wil y yo evitamos mirarnos, y yo intento no preguntarme qué significa eso.

Para cuando llego a poner la llave en la cerradura de mi casa, mis huesos ya están cansados de mantenerme en pie. Ruidos de guerra se escurren por las ventanas y la puerta de entrada. Hombres matando hombres; botas en el suelo.

–Micah, baja el volumen –le pido mientras atravieso la puerta. Dejo caer mi mochila y mis llaves y paso sobre ellas. El aire en casa está quieto y pegajoso.

Él sigue encorvado sobre el control de su videojuego.

–Micah –baja el volumen, pero su vista sigue fija en la pantalla.

»¿Qué haces en casa tan temprano? –me dejo caer en el sofá con él–. ¿No tienes grandes planes con tu novia?

No quería decirlo, solo se escapó de mis labios.

–Ella no es mi novia –responde frunciendo el ceño.

–Ah, entonces lo que vi el otro día fue solo un encuentro casual. Elegante.

–Vete al diablo –vuelve a subir el volumen. En la pantalla se ve cómo un soldado animado es cortado a la mitad. Busco el control y le quito el volumen al juego.

–Vamos, apágalo. Tuve una noche rara, y si me siento aquí frente al televisor voy a obsesionarme con ella –pensaría en Wil, preguntándome si él habrá sentido lo mismo que yo cuando nos abrazamos. ¿Solo estaría buscando a alguien que le fuera familiar, o estaríamos convirtiéndonos en algo totalmente nuevo?

–Yo también, algo así –dice Micah, y arroja el control al otro lado del sofá–. ¿Qué clases de rareza?

Es la primera vez que me hace una verdadera pregunta, no puedo recordar en cuánto tiempo.

–Es que... supe algunas cosas sobre el papá de Wil anoche. Cosas en las que me entristece pensar. Así que trato de no hacerlo –enrosco mi cabello en un rodete a la altura de la nuca, tan ajustado que me da dolor de cabeza.

–Al menos Wil tuvo un padre por un tiempo –comenta pateando la mesa ratona.

–Micah.

–Hablo en serio, Bridge. ¿No preferirías tener un padre no tan bueno a uno que nunca ha estado? –cuando voltea a verme, su rostro luce como el de un niño bajo la luz del atardecer.

–No lo sé –me encojo de hombros.

Pero sí me sentí como Micah antes. Una vez, en la escuela primaria, Wil, Wilson y yo habíamos estado trabajando en el taller. Cuando Wil se fue a buscar agua, su papá dejó de lijar para preguntarme: "¿Qué hay de tu padre?".

Lo dijo solo así, sin más.

Yo apreté la tapa de plástico de la lata de barniz tan fuerte que se borraron mis huellas digitales.

"¿Qué pasa con él?".

"¿Alguna vez hablas con él?", preguntó.

"No sé dónde está en realidad. Tampoco mi mamá, ella me lo diría", respondí negando con la cabeza. Desde que puedo recordar, revisé las gavetas de mamá, su calendario, su celular, buscando desesperada una pista sobre mi papá. Nada. No me importaban las grandes preguntas: por qué se había ido, dónde estaba, si tenía una familia real o no. Eran las pequeñas cosas las que me interesaban. ¿Pensaría que el primer trago de un batido de Coca era el mejor, o el último? (El último, porque ya no queda más que esperar así que lo disfrutas más). ¿Lo marearán las montañas rusas? ¿Subiría de todas formas, porque quería ser la clase de persona que ama las montañas rusas?

Wilson dejó su pincel en una esquina y se acercó para sentarse en el suelo conmigo. El concreto estaba limpio y fresco, y de fondo sonaba James Taylor en la radio. La luz del sol se filtraba por las paredes dibujando patrones en el suelo. *Estoy teniendo un momento paternal,* pensé, aunque había tenido muchos momentos como ese con Wilson antes. Y estaba tan celosa de Wil. Pensé *¿qué hizo él para merecer esto?*

Ahora sé la respuesta: *absolutamente nada.* Wil siempre fue una buena persona, decente. No hay nada que él pueda haber hecho para merecer el padre que le tocó. El enojo que no pude ver entonces.

Sacudo la cabeza para borrar el recuerdo y alboroto el cabello de mi hermano.

—Ey, hagamos algo esta tarde. Solo tú y yo. Salgamos como lo hacíamos antes.

—¿Antes de que te volvieras tan condenadamente mandona? —dice alzando una ceja.

—Antes de que tú comenzaras a revolcarte con mujeres mayores.

Él hace un sonido de disgusto y promete salir conmigo si dejo de usar la expresión *revolcarse.*

—Aún nos quedan algunas buenas horas de playa —tiro de mi cabello enroscado y lo dejo caer—. O podríamos jugar Putt-Putt.

—¿*Putt-Putt?* ¿Qué somos, niños de séptimo año en nuestra segunda cita? —dice frunciendo el ceño. Luego su rostro se ilumina—. ¿Sabes lo que no hemos hecho en mucho tiempo? No te rías.

—No lo haré. Lo prometo —ya sé lo que va a decir.

—Eleanor y Alastair —dice avergonzado y animado al mismo tiempo.

—¡Eleanor y Alastair! —grito—. Diez minutos.

Eleanor y Alastair era un juego que inventamos cuando yo estaba en cuarto año y Micah en primero, y acabábamos de mudarnos a la playa desde Alabama. Mamá recién comenzaba a trabajar en el resort y su jefe le dijo que podíamos usar la piscina e ir al bar por bocadillos de vez en cuando si no molestábamos a los verdaderos huéspedes. Todo era tan lujoso: mármol color crema y limonadas heladas, tan frías que te quemaban el cerebro, y toallas en las que una persona se podía perder. Y ahí estábamos Micah y yo, remojando los dedos de nuestros pies en la piscina infinita, incómodos y fuera de lugar en nuestros trajes de baño desgastados y nuestros nuevos bronceados de Florida. Así que fingíamos para encajar con los chicos que estaban vacacionando. Decidimos escoger nuevos nombres, los más elegantes que se nos ocurrieron. Yo escogí Eleanor. Micah escogió Alastair, y aún no tengo idea de dónde lo sacó. Eleanor y Alastair nadaban todo el día, como si el mundo les perteneciera. Bebían tantas limonadas heladas como quisieran, y nunca se sentían fuera de lugar. Eleanor y Alastair pertenecían a todos lados.

✦ ✳ ✦

El lobby es uno de mis lugares preferidos en todo el resort, después de la piscina. El suelo es de infinito mármol blanco con vetas grises y hay orquídeas en casi todas las superficies. En la recepción, mamá está ofreciéndole una sonrisa forzada a un fanfarrón vestido de traje y calzado de Birkenstock.

—No es una pregunta difícil. ¿Cómo es posible pagar unos precios tan desorbitantes y no tener acceso a un masaje en la habitación? —dice con voz nasal. Formula la pregunta lentamente, como si no hablara el idioma.

Le doy un codazo en el estómago a Micah cuando él intenta hacer reír a mamá poniéndose bizco y sacando la lengua.

—No tengo una respuesta para usted, señor —suspira mamá—. Pero me gustaría sugerirle el club de caballeros que está como a un kilómetro por Atlántico.

El hombre se da por vencido y se marcha.

—¿No hay masaje en la habitación? —digo jadeando—. ¿Cómo es *posible*?

–Porque no somos un prostíbulo, bromistas –dice mamá, en voz baja y frunce el ceño–. ¿Están bien? No incendiaron la casa o algo así, ¿no?

–Hace mucho que no pasamos a decirle a nuestra madre lo hermosa y comprensiva… –Micah usa su voz de *perfecto angelito*.

–¿Eleanor y Alastair? –mamá pone un dedo en alto para que hagamos silencio y contesta el teléfono.

Micah y yo la saludamos y nos deslizamos a través del lobby con suelo de mármol completamente blanco en sandalias de goma. La piscina está justo del otro lado de los muros de vidrio: una piscina infinita de agua salada que se extiende por todo el ancho del hotel, con vista al océano. El lugar está casi vacío. Dejamos nuestros bolsos en las mejores reposeras, las que tienen la mejor vista del océano y sombrillas. Me quito el vestido de playa y corro a zambullirme. Micah se apresura a seguirme. Si pudiera congelarnos en este momento, lo haría.

El agua es refrescante y el frío azul pasa a través de mí. Me sumerjo hasta el fondo y recorro los bellos azulejos de vidrio azul con mis dedos. Me impulso hasta la superficie y encuentro a Micah haciendo un clavado en la parte más profunda.

–Alastair, querido, ¿no es este el resort más *divino* en el que hemos estado? ¿Incluyendo ese maravilloso lugar en Saint-Tropez?

–Magnífico, Eleanor –dice Micah apuntando su nariz hacia el cielo–. Aunque, debo decir que las chicas europeas saben divertirse.

–Sí, bien. No hay necesidad de detalles, Alastair.

Nadamos hasta que nuestra piel está arrugada y luego ordenamos limonadas mientras Micah tiende nuestras toallas. La limonada está fresca, mezclada con helado de vainilla. Tomo un largo trago y mi lengua se estremece por la acidez.

–Ey –dice Micah mientras estamos mirando el agua.

–¿Qué ocurre?

–Quería decirte que lo siento. Por todo el asunto de Emilie del otro día. No deberíamos haber… Solo, lo siento –dice con la vista en el agua.

–Mírate, con tus maduras disculpas –sonrío.

–Es en serio, Bridge. Fue algo estúpido.

–Solo asegúrate de que no suceda otra vez.

Micah se queda en silencio por un momento. Luego agrega:

–Aún no sé si estamos juntos, en realidad.

–¿Qué quieres decir? –insisto con cuidado.

–Escuché un rumor sobre Emilie Simpson.

–¿Qué clase de rumor?

–Escuché que estaba saliendo con un chico de la universidad, que tiene un tatuaje de un escorpión –parpadea para sacar agua de la piscina de sus ojos–. No escuchaste nada de eso, ¿o sí?

–Que la gente lo esté diciendo no hace que sea cierto –niego con la cabeza.

–Tampoco lo hace una mentira –su mandíbula tiembla.

–Eso también es cierto –le concedo.

Él suspira y se hunde en la silla. Cruza los brazos sobre su pecho, como si apretando con la fuerza suficiente pudiera mantenerla fuera de su corazón.

–No es que hayamos quedado en que somos exclusivos ni nada. Tal vez ella siempre ha estado buscando a alguien mejor.

–Micah –mi corazón se estremece.

–Me gusta –lanza–. Sé que tú no crees que sea muy buena, pero ella es realmente divertida, Bridge. Lo es. Lo verías si llegaras a conocerla. Y yo soy, como…

–Tú eres un chico increíble –insisto mientras me siento.

–Mi papá se fue con alguien mejor que nosotros. El tuyo también, probablemente –su rostro está cubierto de manchas rojas.

–Eso no tuvo nada que ver con nosotros –le digo con furia–. Y si Emilie Simpson está con un chico de la universidad, es cosa suya. No es tu problema.

–Sí –se deja caer sobre su espalda y mira el cielo–. Quizás le envíe un mensaje más tarde, si ella responde...

–Eres tan... quinceañero –gruño.

–Como sea.

–Ey. Micah –me siento y espero hasta asegurarme de que él me está mirando, hasta que estamos tan quietos que puedo ver los diminutos puntos de luz brillando en sus ojos–. Tú mereces cosas buenas.

Me mira, y está deseoso de creerme. Pero luego su mirada se empaña y dice que está cansado. "Ya somos grandes para juegos como este", dice, "deberíamos ir a casa". Lo entiendo. Así es más fácil. Pero está rompiendo mi corazón de una forma totalmente nueva.

Primavera, último año

Después de nadar, Micah se va a casa. Yo decido darme un baño en el resort, bajo una densa ducha, porque el agua de allí se siente como terciopelo. La ducha tiene azulejos nacarados y el shampoo me provoca un hormigueo en el cuero cabelludo. Observo cómo la espuma forma una espiral alrededor del desagüe y desaparece. Luego me envuelvo en una suave bata y seco mi cabello. Me visto con unos pantalones de jean y una camiseta y me pongo la gorra de MAMÁ P; usarla me hace sentir más cerca de Wil.

En el lobby robo unos chocolates con caramelo.

–¿Cuáles son tu planes para la cena? –murmura mamá mientras revisa la pantalla de su computadora–. Creo que hay algo de dinero en mi cartera, si quieren pizza.

–Seguramente pase a comprar algo en Nina –respondo encogiéndome de hombros. *Y me sentaré en el sofá preguntándome el significado de todo y por qué Wil no me ha llamado o enviado un mensaje, o una paloma mensajera con una nota explicando cómo se siente con todo esto y conmigo.*

–Recepción, habla Christine –dice mamá cuando suena el teléfono. Levanta las cejas y me indica con un dedo que me dé la vuelta. En el centro del lobby, vistiendo unos pantalones de jean y una camiseta que combina con sus ojos, veo a Wil.

Sin advertirlo, mi cuerpo está cálido y suave, hecho de cera fundida. Por más terrible que haya sido la situación anoche, quiero abrazarlo así otra vez.

–Ey –le digo con cuidado.

–Ey –responde él. Su nuez de Adán oscila en su garganta–. Tenemos que hablar.

–Sí, está bien –para ser un chico al que solía conocer por dentro y por fuera, él es indescifrable. Su mirada está caída, pero su cuerpo está ligero, relajado. Da unos pasos y le da un golpecito a la visera de mi gorra. Mi cuerpo se llena de alivio.

–Vamos –dice–. Quiero mostrarte algo.

Lo sigo hasta afuera. La camioneta de Wil está en el estacionamiento con una canoa en la parte trasera, dada vuelta. Es larga, lisa, hecha completamente de madera que varía de diferentes tonos de ámbar con el movimiento de la luz rosada.

–Guau –subo a la camioneta y paso la mano sobre las curvas de la madera–. Hermosa, ¿ya la has sacado?

–No, recién la termino.

–¿Tú la hiciste? *Wil*.

–¿Te gustaría, eh… quieres probarla? –pregunta apartando el cabello de sus ojos.

✦ ✦ ✦

No hablamos durante el camino a la playa. Yo observo cómo las líneas de su mandíbula palpitan en un ritmo extraño, veo sus labios moverse ligeramente. Él está muy lejos, en algún lugar que yo tal vez nunca podré alcanzar. Al llegar a la entrada de la playa cargamos juntos la canoa por la arena. Es más liviana de lo que esperaba. Wil se apoya la canoa sobre un hombro y dos remos en el otro. Casi no hay olas, y el sol está descendiendo con un tono rojizo junto a nosotros.

–Uno, dos, tres –cuenta, y la dejamos sobre la arena húmeda. Me quito mis sandalias y levanto mis pantalones. Me meto en el agua hasta que me llega a la mitad de las pantorrillas, arrastrando la canoa conmigo.

Salto a la canoa, Wil la lleva un poco más adentro y luego salta también. Estamos en silencio. Hice esto las veces suficientes como para saber que la primera vez que un bote sale al agua es sagrada. Wil me pasa un remo y se acomoda detrás de mí. Desearía poder ver su rostro. Pero lo imagino. Lo imagino suave, sin líneas rígidas. Pienso que no tiene nada de qué preocuparse a excepción de un cuestionario de Ciencias o una madre que quiere que vaya a la universidad más de lo que él desea ir. Entramos en ritmo, deslizándonos por el agua. No cuesta mucho que todo en mí se sincronice con el ritmo de nuestros remos. Mi respiración, los latidos de mi corazón. Nos dirigimos hacia el norte.

Wil es el primero en hablar, con la voz como concreto irregular.

–Tú, ¿tú me odias?

–¿Qué? ¡Wil! –sé que es mejor no voltear–. Por supuesto que no. ¿Cómo puedes pensar eso?

–Por lo que te dije sobre mi papá. Es vergonzoso, Bridge –hace una pausa–. No es solo decirlo. Es humillante la clase de persona que era.

–Eso no tiene nada que ver contigo. Es algo de él –le digo.

–Tiene todo que ver conmigo –la canoa sigue avanzando–. Yo soy en parte él, lo tengo en mí. Y no quiero que pienses… Me importa lo que piensas, Bridge.

–Escúchame. Eso no quiere decir nada sobre ti –la brisa lleva mis palabras hasta él–. No importa la clase de persona que era. Tú eres diferente. Tú no eres tu papá.

–¿De verdad lo crees? –su risa tiene un matiz. Empuja el agua con su remo y nos hace girar en un círculo perfecto. La playa toma el lugar del horizonte. Mi estómago da un brinco.

–De verdad.

–Mira, no estoy seguro. Tengo parte de él, o él tiene parte de mí, o como sea que eso funcione.

–Pero tú no eres las cosas que tu papá *hizo* –le digo con firmeza.

–Tal vez un hombre no puede separar quién es de lo que hace. Al parecer, yo soy la clase de chico que le da un puñetazo a una pared, ¿cierto? Tú lo viste. Dime que no soy otro maldito Hines lleno de ira.

Giro hasta que nuestras rodillas están en contacto. El color desapareció de su rostro.

–No, demonios, no –le digo con énfasis. Tomo sus manos entre las mías, están húmedas–. Yo creo que estás molesto porque tu papá no era quien tú querías que fuera, y luego él murió.

La expresión de su rostro se desploma y lleva la vista al agua. No hay dudas de que desearía deslizarse bajo la superficie y dejar salir el océano que espera bajo sus ojos

–¿Cuáles son las probabilidades?

–¿A qué te refieres?

–Las probabilidades matemáticas de que algo así le ocurra a la familia de alguien.

—No puedes pensar en eso de esa forma —aferro sus manos con más fuerza. Está temblando.

—Hay otros millones de personas en el mundo, miles de millones, ¿no es así?

—Siete mil millones.

—Siete mil millones de personas, y esto, esta cosa que arruinó mi vida para siempre, pasó en mi casa. A mí, y no a alguien más. ¿Cómo es eso posible? Soy solo este mínimo punto en el universo y nunca quise ser más que un punto. Solo quería ser feliz, eso es todo. Simple, ¿no es cierto? —sacude la cabeza y me aparta de él.

Recuerdo un letrero en la cartelera cuando estaba en quinto año. La señora Gilkey había escrito en la parte superior con letras brillantes "¡Los del quinto año vuelan alto!". Hizo ramilletes de paletas saliendo de canastas de cartulina, y nosotros teníamos que escribir nuestros sueños en los globos aerostáticos de dulce. ¿Dónde nos gustaría vivir? ¿Quién nos gustaría ser? Creo que yo escribí: "En algún lugar exótico" y "La mujer que acabe con el hambre en el mundo". La canasta de Wil tenía dos palabras.

Aquí. Yo.

—Simple —repito.

—Pero ya no soy simple. No después de esto —Wil sacude la cabeza, de repente, violentamente, como si tratara de espantar el recuerdo de esa noche de lo profundo de su mente.

—Mírame —le digo.

Sus ojos son dos mundos verdes sin fondo. Tienen todo lo que he extrañado. *Dime. Cuéntame lo que pasó esa noche.* Desearía poder abrir su cabeza y extraer el parásito de la memoria enroscado en densas espirales. Sacarlo de su cuerpo. Lo pondría dentro de mí, si eso pudiera darle un poco de alivio.

–Lo siento. Lo siento –mi cuerpo está compuesto por millones de diminutos imanes, con fuerzas opuestas; algunos me atraen hacia él y otros me mantienen alejada–. Tú no mereces esto. Desearía poder borrarlo. Desearía…

Mis ojos se llenan de lágrimas. Wil deja caer su cabeza.

Hay un silencio demasiado pesado entre los dos. No puedo retener el sentimiento en mi interior por un segundo más.

–*Te extraño*. Te extrañé, Wil. Te extraño –decir esas palabras en voz alta producen un estallido de fuegos artificiales en mi interior: turquesa, dorado y rojo volando dentro de mí.

Wil se pega contra mí, desliza sus brazos alrededor de mi cintura, hunde su rostro en mi cuello y comienza a sollozar. Mis ojos están ardiendo y llenos de lágrimas. Si es que hay una bocanada de aire en algún sitio, una plena y profunda en algún lugar de la Tierra, yo no logro encontrarla.

Él retrocede, y el espacio entre nosotros es insoportable; y, antes de que pueda reaccionar, él cubre mis labios con los suyos.

Sabe a chico y a sal, a Wil. Estuve deseosa de él, de la forma en que su boca encaja con la mía, de sus manos en mis brazos, en mi cintura, en mi cabello. Mis manos lo recorren, recordando cada pequeño detalle, cada centímetro conocido. Wil Hines es una historia que conozco de memoria, una historia que llega rápidamente de vuelta a mí, toda al mismo tiempo. Ahora que él está cerca otra vez, nunca lo dejaré ir.

Primavera, último año

A la mañana siguiente, mi piel aún está temblando por ese beso. Corro por el campo de tenis durante la clase de Deportes, deseando gritarle las novedades a Leigh. Pero no puedo. No hasta saber lo que somos.

–Así que, ¿qué hiciste anoche? –Leigh lanza una bola fácil hacia mí, un sol incandescente atravesando la red. A pesar de tener una política en contra de un ritmo cardíaco mayor a 130, Leigh es bastante buena en el tenis.

–Salí con Micah. Y, eh… –golpeo la bola lo más fuerte que puedo, choca contra la cerca detrás de Leigh y sigue rodando por otras canchas–. Lo siento.

Ella espera hasta que la profesora no esté mirando y me enseña el dedo del medio. Luego se toma todo su tiempo para interrumpir el juego de al lado (dos adictas de segundo año), y el siguiente: Ana y Thea.

Veo a Ana inclinarse para levantar mi bola y todo mi cuerpo se estremece como si hubiera estado bajo el sol durante días. La veo reír y arrojarle la bola a Leigh y mi cerebro cambia a máxima velocidad. *No son una buena pareja Wil y Ana, no como nosotros. Ella encontrará a alguien el próximo año, alguien que quiera ir a la universidad, que tenga una colección de corbatas y una membresía de golf. Él me necesita.* Pero mis excusas son débiles, y debajo de ellas siento una profunda culpa. El sentimiento de que le he hecho algo malo.

Miro hacia otro lado. Finjo estar estirándome. Estoy cubierta de sudor bajo las densas nubes.

–Setenta y seis, querida –anuncia Leigh desde la zona de saque. Ha estado inventando el marcador todo el día.

Seguimos pasándonos la bola de un lado al otro, hasta que Leigh se aburre y decide terminar el juego, abatiéndome, punto por punto. Nos encontramos en la red y bebemos del vaso de Big Gulp que Leigh llenó de café helado en la gasolinera de camino a casa.

–¿Qué sucede contigo? –pregunta mientras limpia el sudor de sus ojos.

–Nada, ¿qué quieres decir?

–Estás sonriente. Es extraño.

–¿No puedo sonreír?

–Últimamente no, no puedes.

–Tal vez solo tengo una buena mañana –tomo el vaso y bebo los últimos restos de café por la pajilla.

–Estamos en la estúpida clase de Deportes –Leigh niega con la cabeza y luego aparece una ligera sonrisa en su rostro–. Nadie en el mundo es feliz tan temprano en la mañana, a menos que…

–Leigh –bajo la vista a la cancha–. Cállate.

–*AyporDios* –dice apretando mi brazo, con fuerza.

–*Leigh.*

–¡Te acostaste! ¡La primera vez en como un año! –exclama tan fuerte que las chicas de la cancha de al lado se echan a reír. Ana y Thea nos miran.

–No-lo-hice –la tomo del brazo y la arrastro a través de la cancha, hacia los vestuarios.

–¿Señoritas? –grita la profesora.

–¡Asuntos femeninos! –le grito en repuesta. Nos apresuramos a salir de las canchas, con Leigh chillando todo el camino. Cuando llegamos a los vestidores, atravieso las puertas dobles y reviso bajo las puertas de los baños antes de volver a hablar–. Ok, *no* me acosté con nadie.

–*Peeeerooo...* –Leigh me empuja a sentarme en el banco frente a mi casillero–. Suéltalo, Hawking.

–Besé a Wil. Anoche –suelto.

–Besaste a Wil, a *tu* Wil. Besaste a tu Wil –me mira con los ojos bien abiertos.

Yo sacudo la cabeza.

–Quien resulta ser el Wil de Ana, por el momento –agrega frunciendo el ceño.

–No me lo recuerdes –me quito los zapatos deportivos con los pies y luego los calcetines.

Leigh se queda sentada, con la boca ligeramente abierta, en silencio.

–Di algo –le ordeno.

–No, es decir, esto es... ¿Van a volver a estar juntos? –pregunta con marcado gesto de desaprobación.

–No lo sé. No hemos hablado de eso. Iba a encontrarlo después de la clase de Español para que pudiéramos hablar.

—Esto es tremendo —comenta mientras enrosca una de sus rastas en su dedo índice, con la mirada más allá de mí.

—Lo *sé*, Leigh. Eso es lo que te estoy diciendo —analizo su rostro. Una mirada atormentada no es lo que esperaba—. ¿Podrías mirarme? ¿Estás enfadada?

—No. Para nada —responde negando con la cabeza.

—¿Y entonces? ¿No vas a decirme: "Haz lo que tengas que hacer, lo que sea que te haga sentir bien", alguna cosa sobre los malditos chakras del corazón? —mi estómago se retuerce.

—No. Esto es asunto suyo.

—¿Entonces? —hay un matiz en mi voz.

—Entonces… —deja caer su cabeza contra el casillero con un ligero golpe—. Si fuera cualquier chico, y ustedes solo tuvieran una aventura, entonces sí, al demonio, haz lo que te haga sentir bien. Pero tú y Wil…

—¿Y qué se supone que deba hacer entonces?

—Se supone que pienses, Bridge. Es decir, ¿ahora? ¿Con todo lo que él está pasando? ¿Con Ana?

—¿Podríamos no hablar sobre Ana? —me estiro en el banco y miro las luces incandescentes del techo.

—No en realidad —ella se acerca y acaricia mi tobillo—. Ella es una parte importante en esto.

—Sí, lo sé —presiono las palmas de mis manos sobre mis ojos hasta que todo está negro.

—Bridge. Yo no…

Las puertas del vestidor se vuelven a abrir, yo me vuelvo a sentar y limpio las gotas de mis ojos. Ana y Thea entran y dejan sus raquetas contra la pared.

—Hola —el rostro de Ana se pone tenso cuando me ve.

—Hola —respondo con un gesto.

–Solo quiero decir… tú has estado ahí para él –Thea le dice a Ana. Ella se inclina sobre uno de los lavabos y arroja agua sobre su rostro–. Y sé que él está triste y todo, pero eso no le da derecho a olvidarse completamente de ti.

–¿Están hablando de Wil? –les pregunto antes de poder pensarlo y detenerme. El nudo en mi estómago me da la respuesta.

Thea voltea del lavabo y parpadea, con el rostro mojado, como si me viera por primera vez.

–Solo desearía que todo este asunto terminara, ¿sabes? –dice Ana en voz baja mientras entran unas chicas de primer año–. Sé que es duro y sé que es egoísta o lo que sea. Pero Wil simplemente ya no está… ahí.

Thea suspira, dejando la marca de su aliento en el espejo.

–No va a terminar, ¿sabes? –no pude detenerme.

–¿Qué? –Ana voltea y dirige la palabra directo hacia mí con firmeza.

–No creo que alguna vez hayas pasado por ya no tener un padre.

–Sí. Obviamente, sé eso, Bridge –el rostro de Ana está encendido, mira a Thea–. Tú no eres la única que…

El sonido de la campana resuena por el vestuario. Con la cabeza baja sigo a Leigh a través de la puerta doble. No esperaba ver a Wil al otro lado del pasillo. Así nada más, la tristeza y la decepción en la reacción de Leigh desaparecen de mi cuerpo.

Él abre la boca, como si fuera a gritar algo a través de la habitación, pero luego ve a Ana. Atraviesa la multitud y se acerca a ella de una forma que puedo comprender, de una forma que me mata. Ella se anima. Yo miro los labios de él.

"Tenemos que hablar", le dice.

✦ ✸ ✦

Wil no llega a la clase de Español hasta que solo quedan *doce minutos* de clase. Al entrar, mira a la señora Thompson, todos miramos a la señora Thompson, ella lo mira con esa expresión de *pobrecillo* y continúa con la lección, pero ahora suena como si tuviera algo atorado en la garganta. Si hubiera sido otra persona, la habría enviado de inmediato a la oficina del director.

Wil se desliza en su lugar sin mirar atrás. Yo quiero mirar en su interior, a través de sus pupilas, por los cables que hacen funcionar la máquina Wil, y leer su mente. Saber qué está pensando, y dónde estamos.

–Lamento haber llegado, em, *tardes, señora* –dice Wil luego de que todos salieran del salón al sonar la campana.

Desearía abrazarlo y decirle: "Dios, eres tan malo con el español".

–Estoy segura de que tuviste una buena razón, Wil. Intenta llegar a horario mañana –responde ella.

–*Gracias.*

En el pasillo, él me guía hasta el rincón junto a las escaleras. Un grupo de chicos de segundo dejan de empujarse unos a otros junto a los casilleros más cercanos para mirarnos. Me acerco más a Wil. Muero por besarlo otra vez, pero no lo haré. Sus ojos están más brillantes de lo que los había visto jamás.

–Ey –dice.

–Ey –respondo.

Pone sus manos sobre mis caderas, pero titubea, como si no estuviera seguro. Yo le envío señales de que sí. Tomo sus manos en las mías. Nuestros movimientos son vacilantes, como el sonido de una canción que se escucha desde una radio lejana.

–Terminé con Ana –dice.

–Ah, Wil –me pego contra él, deslizo mis manos por su pecho cálido y sólido, y descanso mi cabeza sobre su clavícula. Extrañé el sonido de sus latidos, el aroma de su piel. Absorbo todo de él. Quiero todo de él. Quiero recuperar el tiempo perdido.

»¿Ella está bien? —murmuro enlazando mis dedos con los suyos.

—No —dice negando con la cabeza.

—¿Qué le dijiste? —pregunto apartándome.

—Que no estaba funcionando. Que terminaríamos antes de la universidad de todas formas. Lo que es cierto —su vista luce empañada.

—Ah, está bien —me pregunto si él habrá mencionado mi nombre, o ella. Si Ana Acevedo habrá perdido algo preciado alguna vez. Parece la clase de persona capaz de dar todos los giros correctos en el laberinto de la vida. Que podría atravesarlo sin que le queden marcas. Espero que así sea. Las verdaderas pérdidas son como el agua: causa erosión con el paso de los años. Lentamente abre huecos en objetos sólidos.

Lo siento en verdad, le digo con el pensamiento.

—No mencioné nada sobre… sobre lo de anoche —admite—. No quise empeorar las cosas para Ana.

—¡Sí! Sí, claro —lo miro, y él me mira a mí. El nombre de Ana queda flotando entre los dos.

—Quiero ir a un lugar contigo —dice, leyéndome la mente.

—A donde sea —respondo.

BRIDGE

Primavera, último año

Nos lanzamos a través de todas las puertas, cruzando la barrera entre la escuela y el mundo exterior. Nos apresuramos a bajar la escalera del frente y, cuando nuestros pies tocan el concreto, comenzamos a correr a toda velocidad, con mi cabello volando detrás de nosotros. Dejamos el dolor de Ana, el ceño fruncido de Leigh y las miradas curiosas de los chicos atrás. Corremos hacia nosotros.

–¡Nunca escapé de la escuela! –grito, esquivando por poco un Vespa–. Si me atrapan por esto, usted está muerto, señor.

–La camioneta está por aquí –Wil me toma de la mano y me lleva hasta la camioneta de su papá con urgencia. Los dos vamos al lado del acompañante y él me abre la puerta–. Hecho –su cuerpo se aproxima al mío, Wil me atrae hacia él. Presionamos nuestras narices y respiramos el aire del otro hasta que nuestros labios se tocan, encendiendo el fuego entre nosotros.

Él me besa una vez más, rápido, y cierra la puerta de un golpe.

Me recuesto en mi asiento con los ojos cerrados. Mi celular suena, lo ignoro. Probablemente sea Leigh enviándome mensajes del tipo *¿Crees que deberías?*

–¿A dónde vamos? –le pregunto cuando se acomoda en el lugar del conductor.

–No lo sé –pone reversa y conduce la camioneta fuera del estacionamiento. En menos de un minuto estamos avanzando por la avenida Atlántico, con las ventanillas bajas. Esperaba que fuéramos a la playa, pero nos dirigimos al oeste, alejándonos del agua. El viento se filtra en la camioneta y provoca un cosquilleo en mi piel húmeda. Aquí, con sus dedos enlazados con los míos sobre el tablero, estamos a salvo.

Vamos de prisa por Atlántico y, en el último minuto, gira en el camino arbolado y estamos andando por su calle. Sube a la entrada de su casa y apaga el motor.

Abro la puerta de un empujón y bajo con las piernas temblorosas. Aún quedan algunas cajas en la entrada, cuidadosamente etiquetadas.

–Más de sus cosas –aclara Wil antes de que pregunte.

No puedo imaginar cómo debe ser vivir en una casa con el fantasma de Wilson. Tomo su mano y él me lleva por el corredor y detrás de la barra del desayunador. El único sonido es la vibración del viejo refrigerador, el que Wilson se rehusó a reemplazar. Wil me contó una vez que su mamá quería uno de esos refrigeradores plateados brillantes, los que tienen expendedor de hielo y gavetas especiales para cosas como el repollo.

Doy vueltas por la cocina. Hay una lista de compras pegada en el congelador, escrita con la letra pequeña y cuadrada de Wilson. Reconozco la letra por las notas escritas en servilletas que solía dejar en la lonchera de Wil: *Esto es lo último que queda de los dulces de Halloween. Hazlos durar al menos otros seis días hasta el verano, amigo.*

–No pude bajarla –dice Wil al sorprenderme mirándola.

Volteo y paso mis brazos alrededor de su cintura, beso su clavícula recorriendo sus líneas con mi boca. Lo recuerdo con cada beso. Nuestros labios se encuentran lentamente. Me quito las sandalias con una patada y él me sube a la mesada de la cocina. Sus manos cálidas de deslizan subiendo por mis piernas hasta mis muslos. Se toma su tiempo para leerme con su boca y sus manos; redescubre el pequeño bulto en mi muñeca, que nunca fue la misma desde que me la rompí al caer de la bicicleta en el quinto curso. Yo cierro los ojos y recorro la larga cicatriz en su dedo mayor. Conocemos todos los lugares en los que el otro fue lastimado. Sabemos los detalles no mencionados que nadie más puede escuchar.

Su boca cubre la mía y una lágrima caliente se desliza por mi sien y continúa por la línea de mi mandíbula. Besarlo, sentir sus manos sobre mí, es como respirar por primera vez tras años bajo el agua: necesario y casi doloroso. He estado desesperada, deseándolo.

Y de pronto, la puerta se golpea. Wil se abalanza a buscar un cuchillo de carnicero. Su rostro está electrizado.

–¡Wil! ¡No! –grito, me pongo tensa y salto de la mesada. Mis talones golpean contra el suelo helado de cerámica, haciendo correr un temblor por todo mi cuerpo. Mi piel está húmeda, mi corazón, eléctrico.

Estamos respirando agitados cuando Henney aparece en la entrada entre el pasillo y la cocina. Está cubierta con ropa ajustada de trabajo: una bata negra debajo de un blazer color rosa pastel. Se ve diferente ahora que sé lo que Wilson le hizo. No quiero que ella se vea diferente, pero así es. Más pequeña, de algún modo.

–¿Qué demonios? –pregunta con el pecho hinchado.

Tras ella entran dos policías a la cocina: una mujer de tez oscura, alta, de cabello bien corto y un hombre muy blanco, regordete, casi calvo. Me toma un segundo reconocerlos. Estuvieron parados al fondo de la iglesia durante el funeral de Wilson.

–¿Estás bien, Wil? –pregunta la mujer y me saluda con un breve gesto con la cabeza.

–Ah, seguro, detective Porter –Wil aprieta el puño junto al mío y desliza el cuchillo sobre la mesada–. ¿Qué está ocurriendo?

–Contéstame, Wil –exige Henney sin mirarme–. ¿Por qué no estás en la escuela?

–Solo necesitábamos un descanso, mamá. Lo siento –la mirada de Wil oscila entre los dos policías, inseguro, como una polilla atrapada entre dos bombillas ardientes.

–Señora Hines, fue mi culpa –digo, forzándome a hablar con mi lengua adormecida–. Wil parecía estresado, y pensé que…

–Wil –Henney cierra los ojos–. No puedo lidiar con esto ahora, ¿entiendes?

–Lo sé mamá. En verdad lo siento. Esto fue estúpido –Wil mira al policía calvo–. En serio, detective Yancey. ¿Qué están haciendo aquí?

El hombre engancha sus dedos en las presillas de su pantalón y los jala hacia arriba.

–Tenemos algo más de información sobre la historia del sospechoso. Queríamos preguntarles algunos detalles, ver si todo encaja.

–No, no. Él debería estar en la escuela –Henney gira para pararse junto a Wil. Se sujeta de él con fuerza, como si estuviera a punto de caer–. Con gusto responderé a sus preguntas, pero Wil debe regresar.

–Además, ya hemos pasado por esto, ¿no es así? –agrega Wil–. Les he dicho todo lo que sé.

Desearía que él hablara conmigo.

No puedo evitarlo: el pensamiento sale a la superficie antes de que pueda detenerlo. Es algo egoísta, pero es real. Desearía que él pudiera contarme lo que sucedió esa noche. Quisiera ser la persona que lo alivie, que cargue con sus pensamientos. Tiene tanto peso con todo esto. Pero no sé si alguna vez me dejará compartir esa carga. Wil siempre ha sido alguien que carga con sus problemas en silencio, sin quejarse. La clase de chico que su papá solía llamar "un hombre hecho y derecho". Parpadeo y recuerdo la mañana que lo ayudé a empacar las cosas de Wilson. Recuerdo su expresión de dolor, las grietas en la piel alrededor de sus ojos, como si pudiera desgarrarse si dijera una sola palabra sobre esa noche.

La detective Porter me está sonriendo. Aparto la vista de ella.

—No tomaría mucho tiempo —dice.

—No lo entiendo —la voz de Wil es demasiado fuerte para esta habitación, para estas personas—. Les hemos dicho todo, y es como si no fuera lo suficientemente bueno, o algo.

—¿Qué quieres decir, hijo? —Yancey pregunta ladeando la cabeza.

—No deberíamos tener que hablar de eso una y otra vez. Es una mierda, hombre —Wil se estremece.

—*Wil* —bufa Henney.

La respiración se atora en mi garganta. El detective Yancey ríe entre dientes, murmurando algo como que le han dicho cosas peores.

—¡Hablo en serio! —Wil se libera de la mano de su mamá—. Cada vez que aparecen por aquí, cada vez que tenemos que contarles la historia otra vez, eso, eso deja tu cabeza hecha un caos. Yo… Mi mamá no puede dormir, tiene pesadillas —su rostro es del color de la niebla. Veo los tonos grises pulsando, moviéndose, como si hubiera un viento en su interior que no se detendrá.

–Debo irme. Debería regresar –digo. Mis palabras son un susurro en medio de un huracán.

–Estamos tratando de encontrarlo, Wil –dice la detective Porter en un tono calmado–. Tienes mi palabra.

–Pues inténtenlo mejor. Busquen en otro sitio. Déjennos en paz. Ya tuvimos suficiente –Wil sale de la cocina en una estampida; Henney va detrás de él, llamándolo, y la puerta de la cocina se golpea tras ellos. Me quedo sola en esta vieja cocina gris, con dos policías y el fantasma de Wilson.

–Vamos a darles un momento –dice el detective Yancey tras aclararse la garganta.

–Eh, soy Bridget, Bridge –les comento a los policías. Apoyo mis manos sobre la mesada a mi espalda, pero se resbalan. Puedo escuchar a Henney y a Wil en el jardín lateral, tristeza ahogada y enojo. Fuerzo a bajar el nudo en mi garganta.

–¿Ustedes van a la misma escuela? –pregunta Porter ofreciéndome una sonrisa tranquilizadora.

–Crecimos juntos –susurro.

–Así que debes conocer a la familia bastante bien –la voz de Yancey suena como si estuviera hablando del clima, pero algo en mí sabe que hay algo más.

No sé qué es lo que Wil les ha dicho acerca de quién era Wilson y lo que hizo.

No sé si la policía busca a los asesinos de hombres violentos de la misma manera. Ni siquiera sé si deberían.

–Sí. Ha sido duro para ellos –me siento mareada, inestable sobre mis pies. Mi piel se siente caliente y húmeda en los lugares en los que los labios de Wil me tocaron. No quiero llorar frente a estos policías. Pero es demasiado, todo esto, y no puedo detener las lágrimas silenciosas.

–Seguro, seguro –asiente Yancey–, esto es duro –mira a Porter de la misma forma en la que Micah me mira cuando mamá llora frente a nosotros: impotencia combinada con incomodidad.

–Tengo que regresar a la escuela –resoplo, secándome los ojos con mi camiseta. Echo un vistazo por el ventanal de la cocina. En el parque, Wil está abrazando a su mamá de un modo que hace que mis huesos anhelen estar con ellos. Quiero que los policías los dejen en paz. Tal vez, paz es lo que ellos necesitan, más que justicia, un juicio o estofados.

–Podría llevarte con gusto –ofrece la detective Porter.

–¡No! No, voy caminando. Gracias –me abro paso entre los policías y me apresuro a atravesar el corredor. Puedo sentir las miradas de los detectives sobre mí mientras empujo la puerta principal y camino por el césped, mis pasos más largos de lo habitual. Al llegar a Atlántico comienzo a correr. Me alejo del aire viciado y agrio de muerte que invadió la casa y se filtró en mis pulmones. Lejos de la intensa y profunda sensación en mis entrañas de que la paz, la verdadera y profunda paz del agua tranquila, es algo que Wil tal vez nunca vuelva a encontrar.

BRIDGE

Primavera, último año

Bajo la intensidad hasta seguir caminando en avenida Atlántico, mi cabeza vibra con el comienzo de una migraña. Cada paso es más difícil. Hay un lazo invisible entre Wil y yo; y ese lazo me está jalando de regreso a él, de regreso a esa casa. Odio haberlo dejado allí con los policías, los fantasmas y el dolor que no puede compartir conmigo, o que no quiere.

–*Sonríe, preciosa* –exclama un hombre vestido con un traje de pollo al otro lado de la calle; está haciendo girar un letrero de ESPECIALES DE MEDIODÍA, a pesar de que apenas son las 10:45–. *No puede ser tan malo* –el cielo está gris, la clase de día que parece fresco hasta que te enfrentas con él. Los frentes de los negocios, las aceras agrietadas y los letreros de neón se hunden bajo el cielo nublado.

–No tienes idea, bastardo –le grito en respuesta, pero no me hace sentir para nada mejor.

Mi celular vuelve a sonar, y esta vez lo busco en mi mochila y lo reviso. Leigh me envió como un millón de mensajes, todos con la frase *¿Dónde demonios estás?*; pero no hay nada de Wil. Guardo mi celular en mi bolsillo trasero otra vez; no quiero pensar en Leigh. Leigh la de espíritu libre, *hazloqueseaquetehagafeliz*, estudiante de arte. Ella debería entendernos a Wil y a mí mejor que nadie. Me ha visto amarlo por años.

Me dirijo a casa, sin pasar por la escuela a buscar mi camioneta. Quiero estirarme en el sofá en la oscuridad y esperar a que Wil me llame. Quiero una cerveza. La cosa conmigo, el horrible secreto sobre mí, es este: durante los primeros tres años de secundaria no bebía para ser buena onda. No me forzaba a tragar una cerveza aguada porque todos los demás lo hacían. Lo hacía porque amaba el resultado. Amaba el calor, lo pesada y liberada que me hacía sentir. El alcohol me desarmaba. A veces, extraño estar desarmada.

La casa está en silencio cuando entro. Me acomodo en el sofá y juego con las costuras de los cojines, en donde el diseño ikat no coincide. Mamá y yo retapizamos el sofá con telas de la más reciente renovación del resort, y es evidente para cualquiera que lo mire con detenimiento. Busco el control remoto y dejo que la programación matutina apacigüe la intranquilidad que me invade. Pasan tres minutos sin que mire mi celular, luego cuatro. Micah llega a casa demasiado temprano; no hace preguntas, yo tampoco. Se deja caer en el sofá a mi lado con una caja de cereales azucarados y la agita en mi dirección.

–¿Día de enfermedad entre comillas? –dice con la boca llena de malvaviscos.

–Algo así –respondo. Tomo un trébol verde y lo aplasto entre mis dientes.

–Escuché que Wil y tú estuvieron besándose hoy en el corredor.

–Falso.

–Solo te digo lo que oí –dice encogiendo los hombros–. Oye, no te comas todos los rosas –apoya una almohada en mi falda y deja caer su cabeza sobre ella–. Agotamiento por azúcar.

Mis ojos arden mientras observo cómo las facciones de chico rudo de su rostro se van desvaneciendo, hasta dejar de ser visibles. Deseo acariciar su cabello, sus colores del ocaso, como lo hacía cuando éramos niños y él no podía dormir. Extraño cuando éramos tan cercanos.

–Deja de actuar como una psicópata –dice mirando la tele.

–¿Eh?

–Me estás viendo dormir, como mamá. Es raro, no lo hagas –sus labios se separan ligeramente.

–Lo siento –toco la punta de un solo mechón de su cabello con un dedo–. ¿Quieres ordenar algo de comer?

–Pizza. De jamón y piña. Y refresco de naranja –sus ojos se abren ante la mención de la comida.

–Siento que es mi deber como hermana mayor informarte que esa comida te quitará entre seis y diez años de vida.

–Si no quieres, podría llamar a Emilie –se sienta y me mira con una diabólica sonrisa masculina.

–Grosero. Yo llamaré –suspiro–. Pero, para que sepas, no me agrada el chantaje –busco mi celular. La pantalla está en blanco. *Por favor, Wil*, pienso. *Por favor.*

Nada.

Recorro mis contactos, selecciono el nombre de Wil.

–¡Por Dios, Bridge! Llámalo de una vez, ¿sí? Yo ordenaré la maldita pizza –Micah suspira. Se levanta de un salto y corre por las escaleras con los pies descalzos.

–¡Y pan! –le grito.

Sigo mirando el nombre de Wil cuando alguien golpea la puerta.

–Hola –él está de pie en el porche, muy formal, todo rígido.

–¡Ey! Hola –me dejo caer sobre su pecho y él me rodea con sus brazos–. Estaba preocupada por ti. Estuve… espero que todo esté bien.

–Fue una larga tarde –murmura en mi cabello–. Hueles bien. Extrañé tu shampoo.

–¡Consigan un cuarto! –grita Micah desde la ventana de mi habitación. Wil tose, incómodo.

–Entra. Micah y yo estábamos teniendo un momento familiar –lo tomo de la mano y lo llevo adentro

–En realidad vine a ver si querías salir –sonríe al ver la caja vacía de dulces sobre la mesa ratona–. ¿Una tarde ocupada por aquí?

–Se han desarrollado cosas importantes en este sofá –espero a que me cuente sobre Porter y Yancey, que mencione la palabra "mamá". Pero solo me da un ligero y suave beso.

»Micah y yo estábamos por cenar –analizo sus ojos del color del océano en busca de algún indicio–. ¿Tienes ganas de comer pizza?

–A decir verdad, tengo un límite para el tiempo familiar –anuncia Micah desde la barandilla de la escalera–. No estaría mal tener un tiempo de soledad. Hola, amigo –saluda a Wil con la mano y vuelve a desaparecer.

–Parece que estás libre –me dice Wil.

Salimos y nos sentamos en la camioneta. Él deja las llaves sobre sus piernas, con la vista fija al frente y su boca ligeramente abierta. Yo espero, porque lo conozco. Todo a su debido tiempo. Cierro los ojos, recordando cómo se sentía estar en su camioneta y pensar que las quemaduras del sol eran lo peor que podía pasar.

–Lamento que hayas estado ahí esta mañana –su voz es como cuero agrietado: suave en algunas partes (*lamento* y *hayas*), y endurecido en otras (*ahí*)–. Sé que fue extraño para ti. Debí haberte llevado de regreso a la escuela antes. Nunca debí sacarte de ahí.

–Wil. No tienes que explicarte.

–Sé que solo están haciendo su trabajo –dice como si intentara convencer a alguien–. Pero ellos no tienen que lidiar con mi mamá las veintitrés horas del día restantes cada día. No es que eso me moleste…

–Sé que amas a tu mamá, Wil.

–Sí, sí. Y en verdad no me importa estar ahí para ella cuando pasa por un momento difícil. Como cuando tiene pesadillas o esas cosas. Pero cada vez que los policías aparecen, sé que ella revivirá todo. Es como la primera noche después de que ocurrió, todo otra vez.

Hace un sonido que no comprendo. Mi celular vibra sobre mis piernas. Leigh. Lo silencio.

–Y nunca termina –continúa Wil. Las venas de su cuello son líneas de sombras bajo su piel, como madera petrificada–. Si no estamos hablando con la policía estamos tratando de entender los registros de porquería que papá dejó del negocio, o yo estoy haciendo los cálculos de la hipoteca. Sé que no ha pasado mucho tiempo, pero se siente como si nunca fuera a terminar, y necesito que termine, Bridge necesito que termine –su mentón cae contra su pecho.

Apoyo una mano en su rodilla mientras él repite esa frase una y otra vez. Desearía poder terminarlo por él, al igual que él desearía hacerlo por su mamá. Quizás esa sea la peor parte de la tragedia: darnos cuenta de lo pequeños que somos. Deseando ponerle fin al sufrimiento de otra persona y ser totalmente incapaces de hacerlo.

–Mamá piensa que no deberíamos estar saliendo ahora –suelta de pronto. Ahoga una respiración rápidamente, como si él mismo se hubiera sorprendido.

–¿Qué? –pregunto, con un nudo en la garganta.

–No. No es que… Le agradas. Solo cree que estamos pasando por mucho como para que yo tenga citas –todos los músculos de su rostro se tensan como diciendo "Mieerdaa".

Citas. La palabra minimiza lo que tenemos.

–No debí decir nada –se acerca a mí, aparta el cabello de mi rostro y sacude la cabeza–. Dios, eso fue muy estúpido.

–No. Creo que tiene sentido, porque podría sentirse así –mi corazón grita "nononono"–. Lo entiendo.

–Ey –se inclina y apoya su frente contra la mía–. Le dije que estaba loca. Le dije que tú eres lo único que tiene sentido en mi vida ahora. Solo porque ella no sabe cómo es tener algo bueno…

–Dime que no le dijiste eso –le digo aliviada.

–No dije eso –presiona sus labios contra los míos, con fuerza–. Pero lo eres, Bridge. Eres todo lo bueno en mi vida. Sabes eso, ¿cierto? –pregunta analizando mi rostro.

Le respondo con otro beso.

–Bien –su rostro cambia a una sonrisa y nos volvemos a acomodar en nuestros asientos. Él se aleja del borde de la acera, pero envuelve mi mano con la suya y la deja ahí.

–¿A dónde quieres ir? –digo acariciando su mano.

–Adonde tú quieras. Solo… ningún lugar que me recuerde a mi papá, ¿está bien?

–Sí, claro. ¿Qué te parece Nina? Podríamos comer unos postres.

–Papá y yo tuvimos una conversación complicada ahí una vez. Justo antes –responde negando con la cabeza.

–Entendido. Nina no. Así que probablemente no quieras una caminata por la playa, ¿o salir con la canoa?

–Ah –parece dolido–. Lo siento.

–Wil, está bien –no quiero decirlo, y no debo hacerlo: "No puedes escapar de tu papá". Wilson está en todos lados. Nunca podremos escapar de él. Pero se me ocurre una idea.

»Si quieres, conozco un lugar bajando por Atlántico en el que nunca has estado. Tiene buen té y galletas, en verdad.

–Té y galletas –me mira con una sonrisa de lado–. Claro, hagámoslo.

✦ ✸ ✦

Llegamos a la residencia Sandy Shores durante el corte comercial entre *Jeopardy!* y *Rueda de la Fortuna*, lo que nos da unos noventa segundos con Rita concentrada y productiva. Al verme con un chico, Rita me guiña un ojo, como si él no estuviera sentado justo entre medio de las dos. Luego ella reacciona y noto que reconoce a Wil, baja la cabeza al presionar el botón para dejarnos pasar.

–Uno de estos días podría tener planes, ¿sabes? –dice Minna mientras nos abre la puerta. Tiene el estilo de Joni Mitchell, con los pies descalzos, el cabello suelto y un caftán por el que Leigh pagaría demasiado.

–Decidimos arriesgarnos –respondo–. Wil, ella es mi amiga Minna.

–Uh –él no puede ocultar su sorpresa–. Hola, soy Wil.

–Hola, William –Minna inclina la cabeza al saludarlo. Y le digo un silencioso "gracias", por no hablar demasiado fuerte, con un matiz en su voz o inclinando la cabeza como lo hace todo el mundo alrededor de Wil últimamente.

–Es abreviatura de Wilson, en realidad.

–No seas ridículo –Minna sacude la cabeza y nos indica que entremos–. ¿Alguien quiere jugar Scrabble obsceno?

–Definitivamente queremos jugar Scrabble obsceno –dice Wil dándome un golpecito con su codo.

–Minna, no creo que sea apropiado –afirmo una vez que estamos sentados en el comedor con el tablero de Scrabble, té de lavanda y una lata de palomitas dulces que le di para su cumpleaños.

–El Scrabble obsceno siempre es inapropiado, Bridget. Ese es el punto.

–Así que, ¿cómo se conocieron? –pregunta Wil mientras lucha con la lata de palomitas.

–Nos conocimos durante la fase de delincuente juvenil de Bridget –responde Minna haciendo un mohín mientras mira sus fichas.

–Minna, Dios –tomo un puñado de palomitas–. Nunca fui una delincuente juvenil.

–Creo recordar una orden de arresto que dice lo contrario –Minna desliza demasiadas fichas sobre el tablero–. JOHNSON.

Wil ríe y Minna muestra una sonrisa tan amplia que todo su rostro se agrieta como tierra seca.

–No puedo discutir con eso –Wil choca puños con Minna. Ella se sale con la suya.

–¡No! Eso… no –niego con la cabeza, pero Wil le anota los puntos de todas formas–. Como sea. Me rindo.

–Entonces, supongo que está retirada ahora –Wil le dice a Minna mientras acomoda sus fichas.

Ella asiente.

–¿Y a qué se dedicaba antes?

–Ah, a muchas cosas. Trabajaba como recepcionista mayormente.

–Mi mamá hace eso. En el consultorio de un dentista. ¿Le gustaba?

–¿Sabes qué? Sí, me gustaba. Y yo le agradaba a la gente, porque los hacía reír al teléfono.

–Estoy seguro –Wil pasa su mano por el sofá para tomar la mía.

–Y tú. Tú vas a la secundaria y construyes botes –dice Minna. Debí saberlo mejor: ella nunca fingiría no saber nada sobre él. Al contrario de Henney, ella siempre dice lo que piensa, en el momento exacto en el que lo piensa.

–Nosotros… yo… hago reparaciones más que nada. Pero quiero dedicarme a construir. Mi papá era el dueño del negocio y a él le gustaba más hacer reparaciones. Proyectos de menor tamaño. Pero a mí me gusta la idea de hacer algo totalmente nuevo, en lugar de gastar todo mi tiempo arreglando algo roto.

–Estuve en un bote de vela una vez –dice Minna–. Un Catalina 52. Un amigo y yo navegamos por la costa de California durante unos días luego de que mi esposo y yo nos separamos.

–Un Catalina –la voz de Wil se traba–. Siempre quise trabajar en uno de esos.

–Mm –Minna hace una pausa–. Supongo que las últimas semanas han sido un infierno para ti.

–Uh –Wil se echa ligeramente hacia atrás, sorprendido.

–Minna –acaricio la mano de Wil, húmeda–. Él no quiere hablar de eso.

–No tiene que hacerlo. Pero no voy a fingir –Minna se encoge de hombros.

–Está bien –Wil me tranquiliza–. En realidad es algo agradable… La gente siempre pregunta: "¿Estás bien?", y se siente como si solo tuviera una respuesta correcta. O dicen: "¿Cómo te sientes?", lo que es totalmente estúpido.

Un momento. ¿Yo hice esas preguntas?

–¿Cómo te sientes? Te sientes como la mierda –arriesga Minna.

–Sí, exacto. La mayor parte del tiempo me siento como la mierda.

Lo miro, la tormenta creciendo en sus ojos.

–En verdad, me siento… contrariado estos días –Wil apila sus fichas en una pequeña torre y luego las vuelve a separar–. Se lo conté recientemente a Bridge, pero resulta que mi papá era un bastardo.

Mi mente se inquieta con sus palabras. *Wilson* y *bastardo* nunca habían coincidido en la misma oración.

–Pero… no lo supe por mucho tiempo. Realmente lo amé la mayor parte de mi vida.

–Puedes amarlo de todas formas, aún –afirma Minna amablemente.

–Lo hago –su rostro se vuelve una pintura indescifrable–. La mayor parte del tiempo. Estoy destruido por lo que le ocurrió, y estoy enfadado y al mismo tiempo, lo amo, ¿sabe? Él es… era… mi *papá*, y era un hombre complicado.

–Por supuesto –Minna me mira de reojo–. Las personas que amamos nunca son solo de una forma.

–Y él estaba tratando de mejorar. Él había mejorado, por un tiempo. Él solo…

Ver a Wil es como ver el rostro de alguien que está soñando. Sus colores y facciones varían suavemente. Si no lo miras con suficiente atención, no lo notarías.

–Mi esposo era, como tú dices, un *bastardo*. Y yo lo dejé. Eso fue hace muchos años, y salvó mi vida, pero algunas veces despierto en medio de la noche y extraño tenerlo a mi lado. Pero solo con el corazón, y solo por un segundo. Luego recuerdo que… –sus palabras se quiebran.

La respiración de Wil se vuelve más fuerte.

Yo no digo nada, porque algo está pasando entre ellos, algo que Wil necesita.

–Recuerdo que amaba al hombre que quería que fuera.

–¿Alguna vez pensó que si deseaba que fuera de una forma, si lo deseaba con la fuerza suficiente, podía hacer que eso ocurriera? –el flequillo de Wil cae sobre su frente. Brilla bajo la luz de la lámpara, mojado por el sudor.

–Oh, sí, por años –Minna libera un suspiro, uniforme y eterno–. Pero cambiar a alguien por quien deseamos que sea es casi tan imposible como hacer que alguien regrese de la muerte. No tenemos ese poder. No tenemos esa clase de magia.

Me apoyo en Wil, descansando mi cabeza en su hombro. Los dos deseamos lo mismo: que Minna se equivoque. Yo quiero usar cada resto de energía, cada molécula de energía para transformar a la persona que era Wilson por alguien totalmente diferente. Cambiaría todos mis deseos de la infancia sobre mi propio padre por ese único deseo. Haría eso por él; usar todo lo que tengo para cambiar las sombras en la vida de Wil.

WIL

Invierno, tercer año

Durante meses, él ha estado intentando convencerme de que ha cambiado. De que es alguien diferente del hombre que es. Pero las personas no cambian. Él me lo dijo a mí el año pasado. En el fondo, somos quienes somos.

Yo lo acepté: él es parte de mí. Pero hay muchas partes de mí, del Verdadero Yo, que no tienen nada que ver con él. Esta mañana me encuentro frente al espejo del baño contando en qué somos diferentes. Mis ojos son más grises. Mi cabello es apenas un poco más claro, o tal vez sea por la luz del baño. Tengo estas pecas en mis hombros, en donde el sol me da todo el verano. No soy él.

—¿Wil? ¿Estás ahí? —el puño de papá golpea la puerta y me sobresalta.

—Solo dame un minuto para ducharme —respondo, abro la ducha y me siento en el suelo sintiendo cómo las náuseas me invaden. Tal vez sea por el horrendo aroma de la vela que mi mamá puso sobre el tanque del retrete. Serenidad de Lavanda. Pero es más probable que sea el hecho de que mi papá mide un metro noventa de ira, y yo no soy inmune a él.

Para cuando me meto bajo la ducha, el agua está apenas tibia. Lavo mi cabello con el shampoo que usa él. Friego mi pecho con mucha fuerza en el lugar en el que puso sus jodidas manos sobre mí hace meses. Quiero meterme bajo mis sábanas frías con el cuerpo mojado y dormir hasta que el mundo ya no esté de cabeza. Pero no puedo, porque es día de escuela, y uno va a jugar, sin importar lo que pase.

Apenas me terminé de vestir cuando mi papá entra a mi habitación, sin tocar la puerta. Me atajo, no sé de qué.

—¿Dormiste bien? —pregunta; no es lo que esperaba. Aún no puedo mirarlo. Pero mi niño interior lo imagina sentado en mi cama, con sus manos entrelazadas, como si fuera un hombre sensato y me fuera a hablar de navegación o algo vergonzoso, como sexo. Y soy tan patético que necesito todas mis fuerzas para no enterrar mi rostro en su pecho y hacerlo prometer que no era su intención, nada de lo que ocurrió. Que no nos lo volverá a hacer, a mamá o a mí. *Promételo, papá. Y vayamos al taller a escuchar algo de Steely Dan.*

—No he dormido bien últimamente, eso es todo —digo. Creo verlo inclinar la cabeza por el rabillo del ojo.

—Escucha —aclara su garganta—. Sé que tienes que ir a la escuela, pero me gustaría que desayunáramos juntos antes, en Nina.

—Yo, eh… —reviso el reloj digital junto a mi cama—. Se está haciendo tarde, ¿sabes? Tengo Economía.

—Lo sé hijo, estoy preguntando —su voz es suave, como nunca la había escuchado. Ni siquiera lo recuerdo preguntando en lugar de ordenando.

Me permito tener algo de esperanza.

—Bien. Te veo en la camioneta —acepto. *Un hombre tiene que comer*, pienso. Me odio por ceder tan fácilmente. Desearía poder romper los lazos entre nosotros, con un simple corte de cuchillo. Pero es más difícil de lo que debería ser, él es mi papá, después de todo. Y eso significa más de lo que debería en un momento como este.

+ ✦ +

En Nina, todos nos miran. Ned Reilly de la escuela está con su grupo de estudios de la Biblia, y Leonard, quien dirige el lugar; y podría jurar que, al vernos, cada uno de ellos podría decir: "Ese hombre abusa de su esposa, y su hijo seguramente esté arruinado, también". Somos transparentes. Cualquiera que quisiera podría mirar a través de nuestra piel de reptil hasta nuestro horrible interior.

Papá no parece notarlo. Él solo entra y ordena dos cafés, aunque se supone que uno debería esperar el menú. Encontramos un reservado vacío con mesas vacías alrededor.

Solo comemos durante un rato sin que ninguno diga nada. No seré el primero en hablar, eso seguro. Podría sentarme aquí por años sin decir una palabra. Bebo mi café entre bocados, mojo mis crêpes en las yemas de huevo. Como bocado tras bocado de jarabe, disolviéndolo con tragos de café.

—Tengo algo que decirte —papá rompe el hielo finalmente—. Y necesito que me mires —da una respiración muy rápida, lo que me sorprende como para levantar la vista—, mientras lo digo.

Lo miro, por primera vez en meses. Espero que se vea destruido o enojado, o incluso avergonzado. Espero que se vea como alguien diferente. Pero solo se ve como mi papá. Siento que mi mente no me dejará pensar demasiado en las cosas terribles que nos hizo. En cambio, veo al hombre que me enseñó *bodysurf*, el que me cargaba en sus hombros por las noches en la playa. Quiero odiarlo. Él lo merece.

—Mírame —repite—. Quiero que sepas que ningún hombre debe hacer lo que yo… No estuvo bien lo que te hice. No he estado actuando bien por un tiempo, especialmente con tu mamá. Quiero que sepas que soy consciente de eso. Quiero que sepas que no importa cuánto me irrite o la maldita presión que siento algunas veces.

—Ok.

—Tu mamá y yo… —cierra los ojos—, tú sabes. No nos entendemos algunas veces. Nos enojamos. Ella es… El matrimonio es difícil, hijo. Creo que lo entenderás cuando seas mayor.

—Lo entiendo ahora, papá —presiono mi taza de café—. Entiendo que muchas personas tienen matrimonios difíciles y no les dan puñetazos a sus…

—Yo *nunca*… —dice casi a los gritos. Las personas nos están mirando ahora, mirando realmente, y papá debió notarlo también. Se inclina y baja el tono de voz—. Nunca le di un puñetazo, Wil.

—Bien. Golpear —digo sin aliento—. O lo que sea. Así es mejor —nunca le había hablado así. El hecho de que me lo esté permitiendo me lo dice: algo está muy mal. Compruebo la hora en el reloj sobre el mostrador. Ya es tarde. Me perderé Economía. Economía ahora es la cosa más importante del mundo.

—Lo siento. Lo siento. Así no era como yo… —dobla la cabeza de un lado al otro y yo me estremezco ante el chasquido de su cuello—. Lo que intento decirte es que nadie es perfecto. Ni tu mamá ni yo.

—Está bien. Nadie es perfecto. Entendido —comienzo a salir del reservado.

—Wil. *Por favor.* Por favor, hijo, siéntate.

Cuando lo miro, sus ojos son como espejos. Una gruesa lágrima zigzaguea hasta la punta de su nariz y permanece ahí, suspendida. Es la primera que veo salir de sus ojos. Quiero secarla y quiero dejarla ahí. Quiero empujarlo y abrazarlo. Me vuelvo a sentar. La gente nos mira.

—No estoy diciendo lo que necesito decir —la lágrima se derrama sobre el jarabe y desaparece—. Lo que quiero decir. Estoy diciendo exactamente las mismas cosas que mi padre me dijo a mí.

—¿Qué? —me quedo helado—. ¿Qué?

—Mi papá, eh… —mira el techo manchado de humedad—. Tú nunca lo conociste, por supuesto, pero él no fue bueno con mi mamá y conmigo. Y no es una excusa. Solo te digo cómo fue. Él bebía, y… —se esfuerza por mantener su rostro compuesto—. Se enfadaba mucho, y no sabía qué hacer con eso. Entonces —entrelaza sus dedos sobre la mesa tan presionados que se ponen blancos—. Entonces… —es casi un suspiro.

—Papá —digo, con mi rostro caliente y confundido.

—En fin —se aclara la garganta una vez. Dos—. No es una excusa, como ya te dije.

No sé lo que es, pero es algo. ¿Por qué no me lo había dicho?

—Cuando tu mamá y yo éramos más jóvenes, antes de que tú llegaras —muestra una pequeña sonrisa al decir *tú*, y me hace sentir bien—, tuvimos algunas peleas muy fuertes, y decidimos dejar de beber. Los dos. Así que lo hicimos, abstinencia. Y las cosas no fueron perfectas, por supuesto, pero yo no… no lo arruiné durante mucho tiempo —desliza sus manos a través de la mesa y aferra mis brazos tan fuerte que me sobresalto. Sus dedos están pegajosos por el jarabe—. Voy a arreglar esto, hijo. Lo juro por Dios. Quiero un nuevo comienzo para todos nosotros. Voy a mejorar, por ti y por tu madre.

Me mira como si el resto de su vida dependiera de lo que yo fuera a decir en los próximos tres segundos.

—¿Qué quieres que diga, papá? —doy respiraciones cortas, sintiendo que podría lanzar todo lo que acabo de comer.

—Quiero que digas que me perdonarás —dice todavía sosteniendo mi brazo—. O que lo vas a pensar. A tu mamá se le pasará. La conozco. Pero te necesito a bordo, hijo. Necesito tu apoyo.

Cierro los ojos. En mi mente hay un tornado de cosas que no sabía antes: esto no es nuevo, ya lo había hecho antes, y yo soy el tercero en una línea de hombres cabreados. Quizás hasta cuarto o décimo. La violencia está grabada en mí. En mi padre. En su padre.

—Dime que no volverá a pasar —le digo.

—No voy a volver a lastimarte, hijo. Te doy mi palabra.

Mantengo los ojos cerrados, con la caja registradora sonando de fondo, y platos apoyados sobre las mesas y monedas soltadas dentro del frasco de propina.

—Yo no importo —abro los ojos—. Pero no vuelvas a lastimarla a ella.

—Nunca —su mirada es solemne. Nos levantamos del reservado y le extiendo la mano. En su lugar, él me abraza y el aire desaparece de nuestros pulmones. Finalmente, le digo:

—Tengo que ir a clases —él me libera y responde:

—Buen chico —y yo salgo despedido hacia la escuela, porque si no libero estos sentimientos, no sé lo que haré. Soy genéticamente capaz de hacer cosas despreciables.

Mis pies pasan por Kylie Mitchell y por un ladrillo que es demasiado brillante para ser viejo, en memoria de nuestro amigo gallo, y pienso en un nuevo comienzo.

Hay lazos que cortar y cosas que soltar. Me veo a mí mismo serruchando una cuerda llena de agua. Dejaría atrás las cosas que han dañado a mi familia. Las cosas que ni siquiera sabía: el pasado de papá y el daño que le causó a mamá. Cosas de mí que debo dejar: el enojo porque él no es quien yo creía que era y, entonces, tal vez yo no sea quien creo que soy. Contengo la respiración y me hundo bajo la superficie. Con la siguiente respiración, resurjo sobre el agua.

Por primera vez en meses, puedo ver la sombra de tierra. La posibilidad de un nuevo comienzo. Por primera vez, creo que él quiere que empecemos de nuevo. Para ser la clase de familia que debimos ser desde el principio.

BRIDGE

Primavera, último año

Todo en mi habitación brilla con la luz gris azulada de la mañana: la bata de baño inerte sobre la silla de mi escritorio; la estrella de mar casi perfectamente fosilizada que Wil encontró en el frente de mi casa anoche, cuando me dejó luego de la visita a Minna. Me la dio, como cualquier chico entrega una flor; la pintura abstracta que cuelga sobre mi tocador, un regalo de graduación anticipado de Leigh.

–Mierda –extiendo una mano hasta mi mesa de noche y cierro los dedos sobre mi celular. Golpeteo la pantalla hasta que se enciende, tengo tres mensajes de Leigh:

6:37 p.m.
¿Dónde estuviste hoy? Estoy preocupada. Realmente.

7:13 p.m.

Estoy a punto de enviar un grupo de búsqueda.

11:14 p.m.

Micah dice que saliste. Gracias por contarme.

Me dejo caer otra vez sobre mi almohada, desanimada. Esto es mi culpa. No quiero que Leigh y yo nos alejemos al mismo tiempo que Wil y yo estamos echando raíces.

Le respondo sus mensajes.

6:13 a.m.

Lo siento, no vi tus mensajes. El teléfono estaba apagado.

6:14 a.m.

No lo estaba. Solo soy una estúpida.

Cuando sale el sol, busco nuestra nevera gigante de su lugar olvidado detrás de la casa y la lavo y friego con la manguera de jardín, tres veces. Luego hago una visita a Publix y, con la mayor parte de mi dinero semanal para gasolina, llevo las cosas que nunca compro: emparedados llenos con todo, tan llenos que no pueden cerrarse, y las patatas fritas que saben al condimento Old Bay. También un pack de seis Cocas pequeñas en botellas de vidrio, porque la Coca sabe mejor así. Mango seco y ensalada de fruta fresca en un envase plástico.

Les envío un mensaje a Wil y a Leigh por separado, diciéndoles que necesitamos un día de enfermedad entre comillas. Les digo que los veré en el acceso de First Street. Día de playa. Wil responde "Voy" y Leigh "Trabajo de Historia, no puedo". Le digo que habrá emparedados de

Pub y súplicas, ella cede y dice que está bien, los últimos días de clases no cuentan de todas formas.

Estoy haciendo mi último viaje de la casa a la camioneta cuando mamá se estira en el sofá cama. Su guía de estudio para el examen de bienes raíces está doblada junto a ella. Tapo un resaltador que está asomando bajo la cama.

—Mamá —digo.

—¿Qué haces, retoño? —habla dormida, sin abrir los ojos.

—Lo siento, unidad maternal —susurro—. Pero necesito un favor.

—Está bien —dice contra su almohada—. ¿Qué sucede?

—¿Puedes llamar a la escuela y decir que estoy enferma? Para ir a la playa con Wil y Leigh —le explico.

—¿Solo un día de playa? Nada que ponga en peligro tu futuro, ¿cierto? —esta vez sí abre los ojos.

—Solo un día de playa. Yo... todos necesitamos un descanso.

—¿Está pasando algo entre Wil y tú otra vez? —pregunta frunciendo el ceño y tratando de que su voz suene tranquila, como lo hacen las madres cuando quieren fingir que algo NO ES LA GRAN COSA—. Han estado saliendo mucho últimamente.

—Em, no lo sé —digo, y luego agrego—: Sí, eso creo —porque mamá y yo no nos mentimos. Eso es importante para ella.

Los Hawking son sinceros. Los Hawking dicen la verdad, aunque la verdad apeste, siempre afirma.

Cuando era niña, solía desear que ella me mintiera sobre las cosas de adultos. No quería saber sobre la contabilidad o que ella no tenía idea de dónde estaba mi papá, ese bastardo.

—Bien —dice entre un bostezo—. ¿Lo está llevando bien?

—Supongo. Tan bien como se puede esperar. Creo que su mamá está pasando un momento muy duro, él está preocupado por ella.

–Deberíamos invitarlos a ambos a comer –mamá se sienta en la cama y abraza uno de los cojines del sofá contra su pecho. Su cabello está pegado contra el rostro por el calor–. Podríamos hacer un estofado o algo.

–¿Un estofado? ¿Aquí? –no creo que Wil pueda comer otro en lo que le resta de vida.

–Escuchaste mal. Dije *ordenar comida*, que *suena* casi como estofado –dice negando con la cabeza.

–Mi error. No creo que estén preparados para tener compañía por ahora, pero tú y yo podríamos cenar. Ha pasado un tiempo.

–Hecho –responde.

–Perfecto, bien, entonces… ¿Día de enfermedad entre comillas? –le ofrezco mi sonrisa más responsable.

–Llamaré a la escuela –vuelve a bostezar.

Le lanzo un beso y salgo con una pila de toallas de playa.

En el camino escucho a Lynyrd Skynyrd a todo volumen. *Wilson me enseñó que esa es la única forma de escuchar a Lynyrd Skynyrd*, pienso, y luego me enfado y cambio la radio. El día está soleado, caluroso y despejado. Estaciono cerca de la entrada a la playa y bajo todo a la arena. Estiro las toallas un millón de veces y, cuando estoy cubierta en sudor, abro una Coca y la termino en un solo trago. Estoy prácticamente sola en la arena; cerca del agua, una madre persigue a un bebé que camina inestable y un hombre mayor sostiene una línea de pesca más allá de las olas.

Wil llega primero, y luego Leigh con menos de un minuto de diferencia y, al verse, ambos intentan que el otro no los pille mirándome molestos.

–¡Sorpresaaa! –les digo–. ¡Feliz día de playa!

–¿Feliz día de playa? –Wil luce confundido–. Hola, Leigh.

–Estás demasiado sonriente, Bridget –me dice ella–. Como fanática religiosa –le da a Wil una incómoda palmada en la espalda–. ¿Estás bien hoy?

–Seguro –Wil le responde por compromiso.

–Yo solo… quería que hiciéramos algo, es todo. Juntos, ya que el año escolar está por terminar –les digo. Quiero abrazar a Leigh, pero ella está toda rígida: los brazos cruzados y los hombros apuntando en mi dirección.

–Genial –dice Wil–. Definitivamente es mejor que pasar el día metiendo en cajas el resto de las porquerías de mi papá, que es lo que se supone que haría después de la escuela.

Apoyo una mano en su hombro.

–Lo siento –sus mejillas se encienden.

–Ey, no te juzgo –dice Leigh.

–Voy a meterme a toda velocidad –Wil se quita la camiseta y corre hacia el océano. Yo lo miro desaparecer entre las olas.

–Rudo –Leigh desabrocha su enterito de jean desgastado y se desliza fuera de él. Debajo lleva una bikini que debe haber teñido ella misma.

»Así que, ustedes lo están haciendo –dice como si fuera un hecho.

–No lo estamos haciendo –respondo arrojándole un envase de protector solar.

–¡Eres una mentirosa! Wil Hines está ahogando sus penas en tu…

–Leigh, qué grosera. Y no, no lo está –me quito los pantalones cortos y la camiseta y me acuesto boca abajo. Leigh se deja caer a mi lado. Me apoyo sobre mis codos.

–Escuché que Wil rompió con Ana.

Intento ver a través de sus gafas de sol espejadas.

–Sí, objetivamente no eran una buena pareja.

–¿Objetivamente?

–Está bien. Yo no soy la persona más objetiva –admito–. Pero tú sabes que no estaban bien juntos.

–Todo el mundo sabe eso.

–Lo siento, por ser tan… –le hago un gesto–. Por desaparecer ayer.

–Me asustaste –afirma haciendo el mismo gesto–, mucho. Y no me llamaste ni enviaste un mensaje ni nada.

–Lo sé –giro sobre un costado–. Es que me molestó cómo reaccionaste cuando te conté sobre Wil.

–¿Qué quieres decir? –pregunta bajando sus gafas hasta la punta de su nariz. Contengo la respiración durante unos segundos y las palabras se escapan de mi boca.

–Quería que estuvieras emocionada por nosotros. Porque a pesar de todas las cosas terribles que pasaron últimamente, yo estoy emocionada. Feliz. Durante mucho tiempo quise que Wil volviera. Esto es mucho.

Leigh también gira sobre un costado, se quita las gafas y se acerca tanto que casi nos tocamos. Puedo escuchar el océano corriendo debajo de la toalla, debajo de la arena endurecida.

–Escucha. Sé que esto es mucho –puedo ver mi reflejo en sus ojos–. Y siento no haber reaccionado de la forma correcta o lo que sea. Es solo que te quiero. Y sé qué momento jodidamente difícil está pasando él.

–No, lo entiendo.

–Pero no lo haces –se aleja–. Nadie más que Wil sabe por lo que Wil está pasando ahora.

Me quedo en silencio. Desearía poder contarle sobre su papá. Se siente tan solitario tener ese tipo de secreto, y pienso cómo él tuvo que llevarlo solo por tanto tiempo.

–Supongo que no pensé que fuera una buena idea que intenten volver a estar juntos cuando él debe estar en un lugar tan oscuro –sus labios siguen apretados como un pimpollo, preocupada.

–No quieres que salga herida –digo en voz baja.

–Pero es más que eso –continúa–. Puedes superar el resultar herida. Eres fuerte.

Le enseño los músculos de mis bíceps.

–Pero, ¿qué hay si Wil y tú tenían una última oportunidad de estar juntos? ¿Y si intentan hacer que eso pase justo después de que su papá fue asesinado, y es demasiado para los dos y pierdes tu última oportunidad? –al terminar Leigh parpadea, sus ojos están brillantes y vidriosos.

–Son muchos "y si" –tomo su mano, con una punzada en la boca del estómago–. ¿Qué está pasando contigo? Por lo general, yo soy la neurótica.

–Crisis existencial de fin del último año, supongo, lo siento –dice encogiéndose de hombros.

–Estás perdonada –me acerco y le doy un beso lleno de arena.

Nos recostamos boca arriba y vemos el universo pasar en cámara lenta.

–Sé que no entiendo por lo que está pasando exactamente. Y algunas veces siento que está a millones de kilómetros de distancia –pienso en las sombras que lo atraviesan cuando le pregunto si quiere hablar sobre esa noche–. Pero no me importa, Leigh. No creo que tengas que entender cada pequeña arista de una persona para amarla. Pienso que puedes amarla primero, y pasar el tiempo que tienen para conocer las partes que no conoces.

–¿Y cuánto tiempo tienen?

Siento los pasos de Wil en la arena y le digo a Leigh que se calle. Cuando se acerca, sacude su cabello, rociando mi piel sobrecalentada.

–Te veías bien ahí –me levanto y lo tomo de las muñecas para hacerlo sentarse a mi lado.

–Buda, ilumíname –gime Leigh abriendo sus brazos–. Gracias a Dios que la escuela está por terminar.

–¿Puedes creer que solo nos quedan unas cuantas semanas de clases?

–digo, y suena mal. Los egresados terminan las clases una semana antes que el resto de la escuela, lo que nos da una semana para relajarnos antes de la graduación.

–¡Tres semanas, querida! –Leigh choca los cinco con la nube más cercana–. Lo que significa tres semanas hasta que revele mi proyecto final de arte. Ustedes vendrán, ¿no? Es el sábado antes de la graduación. Solo yo y los otros nerds de arte.

–Definitivamente –le digo–. Amamos a los nerds de arte.

–Así que, Leigh –Wil nos mira–. ¿Cuál es tu plan? Universidad, supongo.

–Escuela de arte –Leigh abre la nevera y rescata uno de los emparedados–. En el Colegio de Arte y Diseño de Savannah.

–Buena onda –dice él.

–¿Tú te quedas aquí? –pregunta ella.

–Llevando el negocio de papá. Lo habría hecho de todas formas, pero ahora que… –mira más allá de nosotras, al océano–. Quiero tener a mi mamá a la vista por un tiempo, y ella va a estar en casa, así que…

–Además, siempre quisiste construir botes –agrego.

–Cierto –dice y se dirige a mí–. ¿Cuándo tienes que irte a Miami?

–La orientación es en agosto –respondo.

–¿Agosto? –una sombra empaña el rostro de Wil.

Rasco la arena; estuve planeando mi vida pensando en Miami durante meses. Trabajé duro por cuatro años y casi lo arruino el verano pasado.

Ahora, junto a Wil, no puedo imaginar estar sin él. Perderlo otra vez.

Por primera vez, la palabra *quedarme* se filtra en mi mente, luego se aleja fuera de mi alcance y atraviesa las capas de cielo brillante.

BRIDGE

Verano, último año

Mayo llega junto con unos días de piel resbaladiza, todos recordándome que mis horas con Wil están contadas. Sé que me iré pronto. Tengo que hacerlo, sin importar cuánto lo extrañaré.

Miami está a solo seis horas de distancia. Hemos sobrevivido a distancias mayores que esa.

En la escuela somos cuidadosos. Siento los ojos de Ana sobre mí (sobre nosotros) a lo largo del día; y, cuando ambos estamos en nuestros casilleros al mismo tiempo o cuando Wil pierde su lápiz y tiene que voltear para pedirme otro, el espacio a nuestro alrededor se detiene.

Pasamos las tardes reconociéndonos, sentados en nuestro antiguo reservado en Nina y persuadiendo a Leonard para que haga café helado. Él dice que esa es una moda que no durará, pero nos da el gusto ya que nos *graduamos este año y todo*. Estamos embriagados por la cafeína, el verano y el uno por el otro. Recuerdo cuánto amaba sus diferentes risas, incluso las falsas cuando pensaba que mis bromas eran malas. Había olvidado cómo variaba el color de sus ojos con las estaciones.

Al comienzo de la última semana de clases, me encuentro en el estacionamiento de la escuela jugando con el dial de la radio, cuando mamá me envía un mensaje diciendo *Código C*, lo que significa que necesita ayuda en el resort. Dependiendo a cuál de las dos se lo pregunten, *Código C* significa *Cortos de personal* (yo) o *Maldito caos* (mamá).

"Voy en camino". Presiono ENVIAR justo cuando unos nudillos golpean la ventanilla del acompañante.

–¡Wil! –me sobresalto.

–Lo siento –dice con los labios y una sonrisa de lado.

La ventanilla del acompañante solo baja bien una vez cada seis meses en promedio, y no quiero arriesgarme. Me estiro sobre el tablero y tiro de la palanca para abrirle la puerta.

–Me asustaste –lo acuso mientras se acomoda en el asiento.

–¿Aún no arreglas esa ventanilla?

–¿No debería estar haciéndote la misma pregunta? –dejo que él se acerque casi todo el camino para besarnos, una vez y otra vez.

–¿Vas a tu casa? –pregunta contra mi cuello–. ¿Quieres ir a la playa?

–Eso quisiera, pero mamá necesita mi ayuda en el trabajo –me recorre un escalofrío.

–¿Para hacer qué?

–Contestar el teléfono, tal vez, o acomodar las mesas. No lo sé, no me dijo –respondo mientras pongo las llaves.

–Cuenta conmigo.

Conduzco fuera del estacionamiento y avanzamos hasta el resort. Estacionamos en el lugar de empleados y nos damos otro beso furtivo antes de entrar al lobby.

Mamá está de pie en la recepción, con el teléfono entre el hombro y la cabeza. Me gusta verla trabajando. Luce contenida en su vestido negro de punto y sus tacones negros. Su cabello corto colorado es elegante.

Cuando nos ve, levanta las cejas que se esconden bajo su flequillo. Sonríe y nos indica que nos acerquemos.

–Tiene toda la razón, señor. Eso es inaceptable –pone los ojos en blanco cuando llegamos–. Escuche, mientras envío a alguien arriba, ¿le gustaría una botella del Pinot que disfrutó tanto en la cena de anoche? Por cuenta nuestra, por supuesto. Encantada –cuelga el teléfono, agita las pestañas y suelta–. Bastardo.

–¿Otro día encantador en la oficina? –me inclino sobre el escritorio para darle un beso.

–Es una forma de decirlo –da la vuelta por el escritorio y toma a Wil en un abrazo.

–Mamá –le digo.

–¡Bien! –dice con una enorme sonrisa en su rostro. Al parecer, ella no recibió el mensaje de la madre de Wil diciendo que no es un buen momento para que estemos saliendo.

–Este es el problema –continúa, liberando a Wil–. Mi mejor mucama llamó para avisar que está enferma, y ella también trae a su hermana a trabajar, lo que significa que me faltan dos personas –se muerde el labio inferior–. Pueden cenar aquí como agradecimiento.

–¿Cuál es el especial de hoy? –me hago la difícil.

–Atún tipo sashimi, puré de patatas con ajos asados y wasabi y corazón de lechuga romana grillado –responde–. ¿Qué tienes en casa?

–Granola –pongo los ojos en blanco–. Lo haremos.

–Bien, entonces –nos explica dónde encontrar todos los elementos de limpieza y nos da tarjetas de acceso.

Tiene instrucciones especiales para cada una de las habitaciones que debemos limpiar, el tipo de detalles que solo ella puede recordar. A los Freeman no les gusta la fragancia a limón, así que tenemos que rociar la habitación 301 con el aerosol de lavanda. Al señor Kildaire le gusta encontrar una botella de champaña helada cuando llega. Los Eddy necesitan una almohada extra para su insoportable Jack Rusell terrier que no deberían tener aquí.

–¿Entendieron? –el teléfono vuelve a sonar y mamá nos echa.

Comenzamos por el penthouse con vista al océano, en el que el joven pez gordo, corredor de bolsa llamado Kildaire, vive tres meses al año. Wil entra el carro de limpieza y yo cierro la puerta detrás de nosotros. El lugar es un desastre: ropa sucia por todos lados, corbatas colgando del respaldo de un sofá de cuero, y unos diminutos interiores rojos que Wil levanta de la almohada con el palo del desatascador.

–Diez billetes a que es de él –sonríe.

–No. Seguro es de la… ¿novia? ¿Amante? –desenrosco unas pantys de red de una botella de champaña–. ¿Esposa?

–Eh, me arriesgaría por novia o amante –dice y arroja los interiores hacia mí y yo los bateo con la botella–. Las esposas usan batas de baño de franela desgastada.

–¿De acuerdo a quién?

–El cesto de ropa sucia de mi mamá –responde riendo–. Supongo que mi mamá es demasiado joven para usar esa clase de cosas.

–Mi mamá nunca fue una esposa, así que… –quito un par de tacones de abajo de la cama y los acomodo junto al tocador.

–Ah –finjo no notar que su rostro está sonrojado–. Bueno. No es lo que todos presumen que es, si le preguntas a la mía.

No sé qué responder a eso.

Sus músculos se ven tensos mientras toma una cubeta con productos de limpieza. Estiro las sábanas y tiendo la cama mientras Wil se ocupa del baño. Cada tanto grita "Asqueroso", y yo digo "¿Qué?", y él responde "Créeme, no quieres saberlo". Finalmente reaparece con el rostro encendido, guantes de goma amarillos hasta los codos, sosteniendo una bolsa de basura transparente, llena.

–Este tipo –dice, con una mirada que de alguna forma expresa desdén y admiración.

–Tienes razón. Definitivamente no quiero saber –le doy la espalda y rocío líquido limpiavidrios en las puertas del balcón.

A mis espaldas, Wil tararea una cursi música porno hasta que me hace reír tan fuerte que me tengo que apoyar en la puerta de vidrio y limpiarla toda otra vez.

Yo continúo aspirando mientras él limpia y luego coloco una botella de champaña fría en la mesa ratona de vidrio. Cuando terminamos, Wil toma el control remoto y salta a la cama.

–No, de ninguna manera. Tenemos que terminar con las otras habitaciones –lo tomo de la mano y trato de levantarlo, pero es demasiado fuerte. Con un pequeño tirón, quedo boca abajo contra una pila de almohadas. Aspiro el aroma del suavizante con fragancia de brisa oceánica antes de ponerme de frente y quitar el cabello de mi rostro–. Tenemos que salir de aquí. ¿Y si el pervertido Kildaire nos atrapa?

–Solo unos minutos.

Antes de que pueda contradecirlo está sobre mí, recorriéndome a besos desde mis labios, mi mentón, bajando por mi cuello. Mi cuerpo arde de deseo por él, por la suavidad de sus labios y la fuerza de sus manos. Lo beso también, dibujando las líneas de los músculos de su espalda con mis dedos.

–Wil –susurro cuando levanta mi camiseta–. Quiero. Pero no aquí. No podemos.

–Solo un segundo –murmura besando mi estómago.

–En serio –no puedo respirar. Me río–. Aquí no.

–Lo que digas, jefa –se queja y nos hace girar hasta que yo quedo arriba. Me mira profundamente a los ojos y, de repente, todo está quieto y en silencio. Paso mis dedos por su cabello. Quiero detener el tiempo. Quiero vivir en esta habitación, en este exacto momento, con él por siempre.

–¿Alguna vez te preguntas cómo sería vivir así? –le pregunto jugando con los dedos de mis pies–. ¿Llegar a casa y tener todo para verse perfecto? –me acuesto a su lado, pegada a su cuerpo.

–*Verse* perfecto –suspira–. Ese es el punto. Nunca sabes cómo es la vida real de las personas –me besa en la punta de la nariz.

–Lo sé –murmuro–. Pero algunas veces me pregunto cómo sería tener todo… cuidado.

–Lo odiarías –insiste sonriendo.

–Eso dices tú –lo empujo bromeando y él me atrae, más cerca, rápidamente.

–Eso es lo que a ti más te gusta. Cuidar de las personas. Eres buena en eso.

–Gracias –le digo sonriendo.

–Además, vivir con todas estas cosas no hace más feliz a una persona. Es solo ruido –una nube pasa sobre él, y luego, sus ojos se aclaran otra vez.

–Esa vista, en cambio –me levanto y observo cómo palpitan los colores del océano.

–Puedo ver el océano cuando quiera. Lo puedo ver de cerca, como debe ser visto –Wil se acerca–. Las cosas bonitas deben verse de cerca.

–¿De verdad? –murmuro–. ¿Te funciona esa frase?

–Eso espero. Ya la dejé salir –sus labios dibujan una sonrisa el segundo previo a que nos besemos.

El teléfono suena con un ruido agudo y Wil se levanta de un salto, derribando un vaso de la mesa de noche por accidente. El vaso cae al piso y estalla.

–¡Mierda! –da un paso atrás y su cabeza choca contra la ventana con un ruido de golpe seco. Su mano se dispara a su cabeza y su respiración se escucha corta y agitada.

–¡Wil! –salto de la cama y trato de mover su mano, pero está helado. Su vista distante, sin foco, como si estuviera a miles de kilómetros–. ¡Wil!

–Estoy bien –dice finalmente, sentándose contra el respaldo de la cama. Veo cómo la adrenalina va desapareciendo hasta que no es más que un recipiente vacío.

–No estás *bien* –se me quiebra la voz y me pongo de rodillas cerca de él. No demasiado.

–Estoy bien. Supongo que me asusto fácilmente estos días –asegura y cierra los ojos, dejándome fuera–. Perdón, eso fue estúpido.

–No, no. Está bien, Wil. ¿Puedo traerte algo, o…? –se estremece cuando lo toco.

Las palabras "cuéntame, por favor" están en la punta de mi lengua. Pero no soy la clase de chica que quiere saber al igual que todo el mundo quiere saber. Lo he esperado hasta ahora.

–No. Solo dame un segundo –pasa las manos por su cabello, su respiración es débil y veo cómo sus ojos se mueven rápidamente de un lado al otro–. Estoy bien, lo siento, estoy bien.

–Está bien, Wil –me alejo, soy inútil, viendo una tormenta en su interior que no puedo comprender.

Cuando su respiración vuelve a calmarse intento tocarlo otra vez. Primero en la rodilla, luego el brazo.

–Hablar de eso podría ayudar –le digo–. Puedes decirme lo que sea, cualquier cosa.

–No puedo, Bridge –sus ojos siguen cerrados, necesito verlos–. Quiero hacerlo, es solo que… no puedo.

Me siento, apoyada contra la cama, el cobertor huele a lavanda. Leigh tenía razón, nunca sabré realmente por lo que Wil pasó esa noche. No importa cuán cerca estemos, no importa cuánto lo ame, él siempre tendrá puertas que yo no podré atravesar. Rincones oscuros y escondidos que no podré encontrar.

WIL

Primavera, último año

Nubes de tormenta descienden sobre la camioneta de papá mientras salimos del estacionamiento de la tienda, y Ana y yo estamos en un extremo de la parte trasera. Me quito el abrigo y lo coloco sobre los hombros de ella, en caso de que no logremos llegar antes de la tormenta.

—Primera fogata del último año, bebé —susurra ella con sus labios cerca de mi oído. Nuestro encuentro con Bridge en el refrigerador de las flores de la tienda no le importó en absoluto, al parecer—. ¿Puedes creer que vamos a graduarnos en unos meses? —se acerca un poco más y yo compruebo el espejo retrovisor de papá para asegurarme de que no esté espiando.

—Será divertido —me concentro en el camino. Incluso con mi novia tan cerca, no puedo apartar los colores de Bridge de la mente. De algún modo olvidé que su cabello tiene todas las tonalidades del fuego. El viento nos atraviesa cuando papá zigzaguea rumbo a casa–. Tenemos que quedarnos en la fiesta de aniversario por un rato. Estar con mis padres.

—Ah, sí, seguro. Es que he deseado ir desde que estaba en primer año –dice Ana–. ¿No crees que es como un rito de paso?

Le sonrío y asiento, pensando ¿en verdad? ¿Has estado pensando en sentarte alrededor de una fogata durante tres años?

Necesito que Ana lo entienda: esta noche es más que una excusa tonta para beber cerveza alrededor del fuego como cavernícolas. Esta noche es la noche en la que mi mamá entenderá: mi papá es exactamente la clase de hombre que necesitamos que sea. Han pasado meses desde que él me dejó sin aire en Nina y ha mantenido sus promesas. La cosa más increíble ha comenzado a ocurrirle a mi familia. Nunca lo creería, si no fuera por los pepinos de mar.

Aprendí sobre ellos cuando tenía seis años, en medio de la noche, en el canal de National Geographic. Solía dejar la televisión encendida por la noche, con el volumen tres líneas más arriba del mudo, lo suficiente como para acallar las discusiones o el silencio en la habitación de mis padres. Me gustaba el programa sobre las criaturas que habitan las partes más profundas y oscuras del océano. Como los pepinos de mar, que pueden hacer eso llamado regeneración. Si cortas uno a la mitad, las mitades crecerán para volver a ser enteros. Esas cosas pueden sanarse a sí mismas.

Desde esa mañana en Nina, desde que papá prometió ser mejor, se siente como si hubiera pasado lo mismo en nuestra familia. Está volviendo a ser un entero. Solo que no es ciencia o magia. Es mi papá. Está esforzándose por convertirse en el hombre que siempre conocí. Ahora va a la iglesia los domingos, algo que no comprendo, pero no es necesario hacerlo. Mamá va algunas veces. Papá la toca ahora, en la espalda cuando está lavando los platos, o masajea sus pies mientras miramos televisión. Si se enfada se va al taller y no regresa hasta que esté calmado. Una vez se quedó ahí toda la noche.

Nunca lo vi trabajar tan duro por nada, y mamá está empezando a sentirse diferente también. Sonríe en la ventana cuando él está trabajando en el taller. Comenzó a salir a caminar con la señora Wilkerson del club de lectura, y dice que perdió algo de peso. Incluso se compró unos nuevos pantalones de jean (*skinny*, según Ana). Cuando papá los vio le dio una palmada en el trasero junto con una lista de halagos y mamá se rio mucho. Una risa verdadera, que salió de su estómago.

Si alguna parte de ella aún tiene dudas, lo entenderá esta noche. Es su aniversario. Papá y yo tenemos toda la noche planeada: Ana y yo compartiremos unos bocadillos (aperitivos, Ana insiste en corregirme) con ellos en un Catalina en el que papá recién terminó de trabajar para un amigo. Después de eso nosotros iremos a la fogata para dejarlos navegar hasta Shoreline, el restaurante en el que tuvieron su primera cita. Nunca antes habíamos salido por su aniversario. Pero ahora somos diferentes; la clase de familia que cree que ser una familia es algo para celebrar.

—Sabes, tu papá es adorable —Ana se apoya sobre mí. Mi brazo está sobre sus hombros y su mano descansa en mi muslo. Estuvimos dando vueltas por la cuidad en busca de provisiones desde que salimos de la escuela—. Desearía que mi papá hiciera cosas como esta para mi mamá. El año pasado hizo que su asistente le enviara flores.

—Él no fue siempre así —digo por algún motivo.

—¿Eh?

—Sí. Él es un buen tipo.

—Bueno, él te hizo, ¿o no? —dice y besa mi cuello de una forma que desearía que estuviéramos solos.

Llegamos a casa minutos antes de las seis. Papá detiene la camioneta y pregunta: "¿Están listos, chicos?" sobre el ruido del motor encendido.

—Flores, listas —sostengo el ramo de flores en alto como una antorcha. Tulipanes, que papá sabe que son las flores preferidas de mamá.

—Aperitivos, listos —Ana señala la bolsa de queso y galletas.

Acaricia mi pierna de arriba abajo, de forma sexy sin intención. Yo reacciono justo como ella espera que lo haga y ella me sonríe; de pronto la fogata me parece una buena idea.

—Ok. Aquí vamos —papá toca el claxon rítmicamente hasta que mamá abre la puerta con expresión de "¿qué demonios?" en su rostro.

—¡Sube, mamá! —le grito—. Vamos a salir.

—¿Wilson? Qué rayos… —se acerca a la parte trasera de la camioneta y, cuando se asoma por el borde la puedo imaginar a sus diecisiete, subiendo a esta misma camioneta. Es suficiente para que aparte la vista. Ella le sonríe a Ana.

—¡Feliz Aniversario! —le digo entregándole las flores—. Vamos a salir, todos nosotros.

—Ay, por Dios —sus ojos se llenan de lágrimas.

—No lo habías olvidado, ¿o sí?

—Yo… —mamá hunde la nariz en las flores y, cuando sale a tomar aire, se las ve llenas de gotas, como si hubieran estado bajo la lluvia—. Creo que estoy sorprendida, es todo.

La abrazo y ella me sujeta más fuerte y por más tiempo del usual, hasta que papá hace sonar el claxon otra vez y grita:

—¡El sol está descendiendo sin que lo noten! —al separarnos, ambos tenemos los ojos húmedos. Creo que todos estuvimos esperando esta noche, cada uno a su modo.

✦ ✹ ✦

Ana y yo seguimos a mis padres hasta el puerto en su auto. Escuchamos una banda de chicos haciendo un cover de Queen y Ana habla sobre un chico que no conozco que es un increíble compositor de canciones. Yo no digo nada, porque si hay algo que aprendí de mi papá últimamente es que amar a alguien significa no decir lo que quieres decir (¡Es *Queen*!) cuando quieres decirlo.

La semana pasada, Ana me dijo que me ama. Yo no sé si la amo o no. Es una buena chica, dulce, y me gusta que no sea consciente de lo bonita que es. Le dije "Yo también te amo", porque me gusta Ana, y no quiero ser un bastardo, ya que hemos estado saliendo por casi un año. La forma en que lo dijo, como si estuviera caminando sobre brasas calientes, me hizo pensar que lo ha dicho muchas veces antes y ha recibido muchas respuestas estúpidas.

El Catalina es un bote hermoso, con líneas elegantes que deben cortar el agua como una navaja. Cuando llegamos al atracadero, encontramos a mis padres sentados en la popa. La risa de papá resuena sobre el agua, más intensa de lo que la había escuchado antes.

—¿Permiso para abordar? —les llamo la atención.

Papá nos indica que subamos, así que nos deshacemos de nuestros zapatos y subimos. Me encanta cómo se mueve el bote debajo de nosotros.

—Tenemos bocadillos. Aperitivos —les digo, y me acomodo junto a mamá. Sus ojos están perdidos y húmedos. Abro el queso, las galletas y un cuchillo plástico, y Ana acomoda todo sobre la bolsa de madera de las compras. El sol está bajando detrás de mi papá, es mi parte favorita del día en el agua. Todo el mundo está en llamas. Todo se ve dorado.

—Ustedes —dice mamá pasando la mirada de uno a otro—. No tenían que hacer esto.

—Bueno, feliz aniversario —dice papá haciendo toda una reverencia para acercarse y besarla en la mejilla.

—Oye, cuéntanos sobre su primera cita —le digo a mamá, pero ella niega con la cabeza y le pasa la responsabilidad a papá.

—¿Wilson? —dice con suavidad.

—Veamos. La recogí en la casa de sus padres en la misma camioneta —dice orgulloso.

—¿En serio? —pregunta Ana con una risita.

—La recogí en la camioneta y ella llevaba puestos unos pantalones blancos y una camiseta que parecía que se había encogido en la secadora —sus ojos están centelleando.

—Un top, Wilson —mamá sonríe un poco, sus ojos siguen húmedos—. Estaba de moda.

Intento imaginarme a mi mamá de joven.

—Media camiseta, lo que estaba bien para mí, y su cabello estaba realmente largo entonces —papá frota sus manos juntas como si estuviera haciendo fuego—. La conocía de la escuela, la invité a salir porque uno de mis amigos era demasiado marica…

—¡Wilson! —mamá pone los ojos en blanco.

—Bueno, demasiado gallina para hacerlo él mismo. Cuando la vi salir de la casa de sus padres esa noche pensé, *cielos, es una chica hermosa*.

—Eso es muy dulce —chilla Ana. Mi mamá está llorando.

—Como sea. Había estado trabajando en un bote para el director de la secundaria…

—El doctor Berman —mamá seca sus ojos.

—E incluso cuando dejé la escuela y comencé el negocio, él me dejó seguir trabajando en el bote. Cuando terminé el trabajo, fui a su oficina y estábamos hablando, y mencioné que quería invitar a tu madre a salir.

—Simplemente se te escapó —mamá resopla.

—¿Y él qué dijo? —deseo escuchar esto. Me doy cuenta de que no sé nada sobre ellos, sobre su historia o quién dijo hola primero o por qué.

—Me dijo que podía llevarla en su bote —responde, incrédulo—. Me hizo jurar sobre las llaves que la regresaría a salvo y yo le dije que lo haría y "Creo que en verdad me gusta esta chica, señor", y él dijo… —papá inclina la cabeza hacia mamá y su barba roza la mejilla de ella. Mamá retrocede un poco, es un reflejo, rápido, pero yo lo noto—. ¿Tú te acuerdas?

—*Estaba hablando del bote, hijo* —dicen los dos al mismo tiempo.

Yo me río más fuerte que todos.

—Bueno —anuncia Ana—, ustedes no nos necesitan aquí arruinando su fiesta. Pero primero, traje vino para hacer un pequeño brindis.

—Ana —le digo mientras ella saca la botella de una bolsa a sus pies. Se lo había dicho.

—Ah, nosotros no bebemos, querida —mamá está perpleja. Sus ojos van y vienen entre mi papá y yo.

—Se lo dije —digo en voz baja.

—Henney —papá toma la botella—. La chica trajo vino, vamos a darle las gracias.

—¿Papá? —mi piel se cubre instantáneamente de sudor.

—*Wilson* —dice mamá sin mover los labios.

—Un vaso de vino. En nuestro aniversario de bodas. En la velada que planeé para ti —dice con astucia en su voz.

—*Papá* —repito. Le suplico en silencio que no haga esto. Ha sido un tiempo tan agradable. Es lo único que espero de él en todo el mundo. Nunca volveré a pedirle nada.

—Coca será —finalmente, deja la botella y desaparece en el interior del bote. Mamá y yo intercambiamos miradas.

—Em —dice Ana y tengo que respirar, lento y profundo, y no puedo mirarla. Papá reaparece, recompuesto, cargando una botella de dos litros de Coca y cuatro vasos plásticos. Sirve un poco en cada uno y los reparte en silencio.

—Por mi esposa —brinda. Abre la boca como si tuviera algo más que decir. Yo sé que es así, palabras sepultadas bajo su piel, escondidas entre todos los años que pasaron juntos. Pero luego de unos segundos, bebe su gaseosa como si fuera un trago, y todos hacemos lo mismo.

✦ ✦ ✦

El camino a la fogata transcurre en silencio. Ana intenta conversar algunas veces ("¿No son muy lindos?" y "En serio, desearía que mis padres…"), pero finalmente se rinde y enciende la radio.

La fogata es exactamente lo que esperaba: un grupo de chicos que no me interesan bebiendo cerveza en el patio trasero de alguien, porque así es cómo quieren recordar la secundaria.

Cuando llegamos, Ana se encuentra con sus amigos, y yo me quedo a un costado, mirándolos.

Busco una cerveza, para tener algo en la mano, y regreso a mi lugar a un costado del mundo. No veo a Bridge. No es que la esté buscando ni nada, pero no la veo. Sí está su hermano, Micah, merodeando alrededor de Emilie Simpson. Si Bridge y yo estuviéramos en buenos términos llevaría a Micah a su casa yo mismo.

—¡Wil Hines! —Ana se acerca haciendo un camino serpenteante—. Wil Hines, ¿no sabes que no debes dejar a una chica sola en una fiesta? —se apoya sobre mí, sus labios tan cerca de mi piel, su cuerpo en contacto con el mío.

—Esto es algo aburrido, ¿no crees? —le pregunto, pero no creo que ella me escuche. Quisiera saber qué están haciendo mis padres. Deseo risas y aguas tranquilas para ellos.

—¿Alguna vez piensas en cuando seamos grandes como nuestros padres, que miraremos atrás a este momento de nuestras vidas y desearemos poder hacer todo otra vez? Si lo piensas, es increíble: *Estamos viviendo la mejor parte de nuestras vidas en este preciso segundo. No volveré a estar tan bien.*

Yo miro el vaso rojo de cerveza; nunca me había sentido tan solo.

—A veces pienso que me gustará ser mayor —digo mirando el vaso. No soy de esas personas que piensan *todo será diferente cuando…* Soy quien soy (*un hombre simple*) y mi vida probablemente no cambie mucho. Pero no puedo soportar la idea de que esto sea todo.

—Ah, yo también —responde Ana rápidamente, y su mirada se vuelve intensa de repente—. La universidad será divertida.

Eso no es lo que quería decir.

—Ey —aparto el cabello de su rostro—. ¿No quieres tal vez salir de aquí?

—¡Wil Hines! —palmea mi pecho con su mano libre—. Es *temprano*. Thea ni siquiera ha llegado.

—Bien, de acuerdo —dejo mi cerveza—. Voy a regresar a casa. Estoy un poco cansado. Gran día —es una excusa tan vaga que cierro los ojos por un segundo, para no tener que ver su expresión. Pero me siento atraído hacia casa—. ¿Vas a estar bien?

—Eh, sí —mira más allá de mí—. Seguro.

—Thea vendrá pronto, ¿no?

—Es probable —responde encogiéndose de hombros y escaneando a la multitud.

—Ok. Te… eh… te escribiré —me acerco para besarla, pero ella voltea su rostro en el último segundo—. Ok.

Camino un tiempo antes de estar seguro de cuál es el camino a casa, cuando las luces de Atlántico aparecen sobre el color púrpura apagado del cielo. En el momento en el que llego a mi calle, todo está oscuro. La caminata me relajó, y todo lo que me había estado molestando salió de mi cuerpo y se perdió entre las copas de los árboles. Dejo ir el rostro inexpresivo de Ana y la línea de su mentón cuando evitó que la besara.

El comportamiento extraño de mi papá en el bote y los pensamientos sobre Bridge y la mirada perdida de su hermano. Para cuando llego a poner la llave en la cerradura, me siento bien.

—¿Están en casa? —todo está oscuro. Una vez que mis ojos se adaptan puedo distinguir sombras que no pertenecen a la casa. Veo los bordes de una maleta rosada que no había visto en años. Algunas prendas colgadas: vestidos y chaquetas que nunca vi a mamá usar. Esquivo los palos de golf de papá que están apoyados contra la mesa de la entrada. (*¿Papá tiene palos de golf?*). Me acerco a la pared y enciendo la luz. *A papá no le gustará esto,* pienso. *Es un desastre. Mamá debería guardar sus cosas.* Lucho contra la intranquilidad que me está invadiendo, porque aún no sé qué significa esto. No lo sé.

—¿Wil? —la voz de mamá es grave, desde la cocina.

A papá no le gustará esto, vuelvo a pensar. Es el único pensamiento que puedo manejar.

Mamá está apoyada contra la mesada de la cocina. Es mi mamá, pero alguien reordenó sus facciones. Sus labios están hinchados, apenas puedo ver sus ojos, su rostro está inflado y sonrojado, como una muñeca de película de terror. Estuvo llorando, intensamente.

—¿Qué? —pregunto, aunque lo sé, ya lo sé—. ¿Qué?

—Le pedí que se fuera —me responde la muñeca extraña—. Quiero el divorcio.

BRIDGE

Verano, último año

Hay dos Wil ahora. Creo que eso es lo que les pasa a las personas después de vivir el peor día de sus vidas: hay un antes y un después.

Quiero más del Wil de antes, cuyos ojos eran claros y su risa, fácil. Pero amar a Wil significa amar al Wil del después también. Sus cambios repentinos y sus sombras sin explicación. Eso es lo que le dije a Minna el domingo, temprano en la mañana. Ella abrió la puerta en bata y pantuflas, con una larga trenza blanca cayendo en su espalda; lucía como una mujer mayor en una película en blanco y negro. Ahora estamos en su habitación, Minna bajo las sábanas de una antigua cama estilo trineo y yo en un sofá individual color crema, con una mancha que parece de vino tinto.

–Lo entiendo –digo–. No es el mismo chico que era antes. No puedo esperar que sea el mismo.

Minna me mira con una expresión que es el equivalente de mujer mayor de *no me digas*.

–¿Cuál es el *pero*? –Minna bosteza. El café que le traje sigue intacto en su mesa de noche.

–No hay un *pero*.

–Siempre hay un *pero*. Tienes tres segundos, o volveré a dormir.

–Está bien, está bien. Pero no sé cómo ayudarlo. Cuando él está… tan lejos –pienso en su rostro en la habitación del resort el otro día. Se había ido, muy lejos de mí. Escondido tan profundo dentro de su coraza que temí que nunca fuera a salir–. No sé qué hacer para que esté bien.

Minna no responde, porque no necesita hacerlo.

–Y antes de que me digas que no hay nada que pueda hacer para cambiar esto o para mejorarlo, *lo sé*. No puedo.

–No puedes.

–Pero eso te enloquece, ver a una persona sufrir tanto y no ser capaz de hacer una mierda al respecto –bebo un trago de mi café.

–Por supuesto que te enloquece. La pena en sí misma es una clase de demencia temporal. Enloquecemos al sufrir y al ver a los que amamos sufriendo. Somos animales. Mordemos, herimos y gruñimos.

Pienso en Wil, mostrándoles los dientes a los detectives en la cocina.

–Si supiera lo que ocurrió esa noche –continúo–, tal vez así.

–Crees que conocer los detalles cambiaría lo inútil que te sientes –Minna mueve la cabeza hacia la mía. La luz de la mañana la hace lucir más joven–. Confía en mí. Eso solo te hará sentir peor.

Se equivoca. Solo hay tres personas cargando el peso de lo que ocurrió esa noche: Wil, Henney y el hombre que mató a Wilson. Si tan solo Wil me lo contara, yo alivianaría su carga. Yo haría eso por él. Quiero hacerlo.

–Wil ya me contó algunos detalles –mi tono de voz suena defensivo–. No de la noche del asesinato. Sobre la clase de hombre que era su papá.

–Un bastardo, si mal no recuerdo.

–Lo cual… –froto mis sienes–, aún no tiene sentido, del todo. Siempre pensé que la familia de Wil era casi perfecta.

–Ninguna familia es perfecta, y es peligroso pensar que sí. ¿Aún enseñan a Tolstoi en la escuela? "Todas las familias felices se parecen unas a otras; pero cada familia infeliz tiene un motivo especial para sentirse desgraciada". Es la primera línea de Ana Karenina.

–Deprimente.

–Deprimente no, realista. Ninguna familia es feliz todo el tiempo. Las familias son organismos vivos, que respiran y tienen defectos.

–Nunca hablas sobre la tuya, sabes. ¿Tu hija? –cierro la boca con fuerza tan pronto como salen las palabras. Tal vez no debí haber preguntado.

–Quieres saber sobre mi Virginia –dice y su tono de voz me dice que está bien. Sube las sábanas hasta su mentón, haciéndose un capullo. Siento el repentino deseo de meterme en la cama con ella.

»Cuando era joven, me casé con un hombre muy encantador, inteligente y apuesto que resultó amar el dinero y odiar a las mujeres. Era muy astuto. No se mostró tal cual era hasta que estuvimos casados. Y luego comenzó, pequeñas cosas al principio. Se quedaba con el dinero que yo ganaba en mi trabajo como recepcionista. "Para resguardo", decía. Así yo no tenía que ocupar mi pequeña y bonita cabeza con eso. Las finanzas eran cosa de hombres.

No puedo imaginarme a nadie hablándole así a Minna. Ni ahora ni entonces.

–Ten en cuenta que fue hace mucho tiempo, y yo había sido criada para pensar que él tenía razón.

Imagino a la joven Minna con una piel suave y ojos brillantes.

–Y luego, con el paso del tiempo, algo más comenzó a suceder. Mi familia, mis amigos, todas mis personas cercanas empezaron a alejarse de mí. No lo noté al principio. Cuando quería que mi mamá viniera a cenar, él decía que me quería toda para él. Cuando quería ver a mis amigos, decía que no estaba siendo una buena esposa. Tenía que dedicarle más tiempo a él. Y, un día, me desperté y me di cuenta: estaba completamente sola.

–Escalofriante –digo.

–Aterrador. Y entonces hice la cosa más estúpida y más increíble que podría haber hecho.

–Tuviste una hija –arriesgo mordiéndome el labio inferior.

–Tuve una hija –su voz es más débil al decir esas palabras, y luego vuelve a tomar velocidad–. Estaba segura de que las cosas cambiarían una vez que tuviera al bebé, pero solo empeoraron. Comenzó a decirme cosas. *Estúpida. Inútil. Perra.* Decía que nadie podía amarme, ni siquiera mi propia hija –está temblando.

–Minna –susurro, pero ella no se detiene.

–Después de un tiempo, estaba tan deprimida que pensé en terminar con todo. Lo único que me aferraba a este mundo era Virginia. Así que fui a un psiquiatra que me prescribió medicamentos antidepresivos. Y estuve en terapia por *años* –se sienta en la cama de pronto, riendo–. Era mi hora preferida de la semana. Luego de la hora de dormir de V, por supuesto.

Me quedé sin palabras. Minna tuvo miles de vidas antes de esta. Hay tantas cosas que no sé.

–Y las cosas mejoraron, porque construí un santuario en mi mente. Cuando las cosas se ponían mal, cuando él se enfadaba, yo desaparecía en mi interior y pensaba en escapar a las montañas con mi niña. Ahorraba dinero a escondidas. Y, cuando Virginia tuvo tres años, estaba lista para pedir el divorcio –se detiene para tomar su taza de café y dar un sorbo. Luego deja la taza en su lugar–. Que porquería –se queja.

–Divorcio –le recuerdo.

–Cuando lo solicité, el padre de Virginia le dijo al juez que yo no era una madre capaz.

–*Eso* es una porquería –reacciono poniéndome erguida en el sofá.

–Dijo que yo era inestable, y le explicó al juez que había estado medicada. Revisó mis cosas y encontró un diario que había escrito poco antes del nacimiento de Virginia. Había estado con falta de sueño y deprimida, pero no había un nombre para eso entonces. Escribí algunas cosas que lo hacían parecer...

–¡Pero eso no es justo! –me adelanto y acaricio su brazo–. ¡Minna!

–Obtuvo la custodia. Yo tenía algunos días de visita, pero no era suficiente. Él le dijo a la niña que yo no estaba bien. Que yo no... –su voz tiembla–. Que yo no... la... quería. Y ella le creyó –apenas puede terminar la frase, sus labios están helados–. Cuando tuvo edad suficiente para decidir...

–¡Minna! ¡Ella no puede seguir creyéndole!

Ella me indica que haga silencio, señalando el reloj.

–Es temprano, Bridget –me reprende–. Hay ancianos cascarrabias alrededor, ya sabes.

–Lo siento.

–Es en verdad increíble el daño que un ser humano le puede causar a otro sin siquiera levantarle la mano –agrega.

Pienso en mi papá, quienquiera que sea y donde sea que esté, y me pregunto si él entenderá el daño que ha causado solo por marcharse. Me pregunto si sabrá cómo se siente vivir sabiendo que no eres querido.

–Pero, ¿ella no respondió a ninguna de tus cartas? Ni siquiera siendo adulta, ella no...

—Suficiente, Bridget. Estoy cansada —dice alzando una mano.

—Sí, lo siento —me subo a la cama a su lado. No creo que a ella le moleste, porque cierra los ojos sin decir nada. La luz de su velador resplandece sobre los valles alrededor de sus ojos y su boca.

Cuando su respiración se vuelve lenta y uniforme, me deslizo de la cama. Ahogo un grito cuando un dedo de mi pie choca con un contenedor de plástico transparente que asoma bajo la cama, del tipo en el que mamá guarda sus suéteres. Lo estoy volviendo a poner en su lugar, pero noto el nombre escrito con letra irregular en un sobre, presionado contra la tapa plástica: Virginia.

Instintivamente, sé lo que es, y sé que debería dejarlo. En cambio, tomo el contenedor de debajo de la cama y le quito la tapa. Está lleno de sobres. Cartas, todas dirigidas a *Virginia*. Firmadas, pero sin fecha. Algunas están amarillas y viejas. Hay cientos, miles tal vez, de años y años; y hay tres contenedores iguales a este. Los sobres tienen direcciones en California, Colorado, Florida, a unas pocas horas al sur de aquí. Minna siguió a su hija desde la niñez a través del país. Pero nunca le envió una palabra.

La habitación tiembla un poco. Todos los años de Minna están aquí, empacados y olvidados. Sin testigos. Tal vez las cartas sean disculpas, explicaciones. O quizás están llenas de los detalles que hacen un día: comentarios groseros de un jefe ignorante, un párrafo entero acerca de la mejor dona del mundo. Hay una vida entera aquí. Guardada bajo la cama como un secreto.

Tomo uno de los sobres más recientes. Los bordes aún son firmes. Lo meto en mi mochila y devuelvo el contenedor a su lugar bajo la cama. Luego atravieso el corredor rápidamente y salgo por la puerta principal. Giro la traba en la manija antes de cerrarla detrás de mí. En el sol, miro el sobre otra vez. La letra de Minna se ve cansada. Minna está cansada. La vida pasó sobre ella. ¿Cuánto tiempo más le queda para volver a encontrar a Virginia?

Subo a mi camioneta y balanceo el sobre entre mis piernas. No tenía derecho a tomarlo. Pero es mi única oportunidad de hacer algo por ella, antes de que se precipite una tormenta en su vida y arruine la posibilidad de que Minna se conecte con su única hija.

Y Virginia, pienso mientras salgo del estacionamiento. No podría soportar ir por el mundo sin saber quién es la madre que me trajo a él. En este mundo, hay hombres golpeando a sus esposas e hijos. Hay madres que abandonan a sus bebés. Padres que no merecen ver a sus hijos crecer. Pero Minna no es esa clase de persona. Ella merece reencontrarse con Virginia.

Bajo la ventanilla y disminuyo la velocidad hasta casi detenerme al acercarme a la casilla de seguridad. Hay un buzón de correo ahí. Podría hacerlo. Solo tomaría un segundo. Hay tantas familias destruidas en este mundo, y tal vez Minna tiene razón. Quizás cada familia es desgraciada por sus motivos particulares. Pero no todas las familias son irreparables.

Abro la ranura del buzón, cierro los ojos, y dejo caer el sobre.

BRIDGE

Verano, último año

Durante todo el día pensé en Minna y Virginia, y en Wil y yo, y en lo que significa ser una verdadera familia. Por la tarde, después de que mamá se fue a trabajar y Micah me dejó por salir con sus amigos, me ocupo de sacar nuestras sábanas y toallas para llevarlas al lavadero del centro, y me quedo afuera, en las sillas de plástico anaranjado junto a la ventana, a esperar.

Observo los ladrillos que tienen nombres de personas que se aman, o se amaron alguna vez. Mientras más pienso en lo que significa en el fondo amar a otro ser humano, más segura estoy: no puede haber secretos. Tienes que saber todo: la oscuridad y la luz, el antes y el después. Para amar a Wil, todo Wil, tengo que entender lo que pasó esa noche.

Al sonar el pitido, tomo las sábanas calientes de la secadora, no me molesto en doblarlas, simplemente las meto en la cesta de mimbre de mamá, y dejo todo en el asiento del acompañante de la camioneta. Luego me dirijo a la casa de Wil, con la piel húmeda por el calor de la tarde y la adrenalina. Mis manos resbalan sobre el volante. Voy a preguntarle.

Lo veo en el preciso momento en el que giro en su calle. Él no me ve llegar enseguida. Está parado en la parte trasera de la vieja camioneta de Wilson, barriendo hojas secas en pilas perfectas para luego arrojarlas a la calle. Es meticuloso, como lo era Wilson. Mirándolo, mi interior podría estallar. Se me cierra la garganta y se humedecen mis ojos. Él es bueno hasta el fondo. Debería haber más de él. Me golpea como si fuera lo más triste en el mundo el hecho de que haya tantas personas en la Tierra que no conozcan a Wil Hines.

Subo a la entrada de su casa y él gira a verme, cubre sus ojos con una mano y saluda con la otra. Yo bajo la ventanilla.

—¿Cumpliendo con tus tareas dominicales? —bromeo—. Buen chico.

—En verdad… —habla de una forma que me hace sentir frío y calor al mismo tiempo—, iba camino a verte.

—¿A mí? —digo, agitando las pestañas como si fuera una chica tímida en una película antigua.

—Así es. Quiero invitarte a salir esta noche. En una verdadera cita. No a una fogata ni a la casa de tu amiga mayor. Tú y yo, y una playa, nadie más.

—Suena bien —digo.

—Solo una condición —agrega, saltando de la camioneta sin siquiera parpadear cuando sus pies descalzos tocan el concreto. Se asoma por mi ventanilla, y la camioneta se llena con su aroma cálido a tierra.

—¿Qué?

Lo que sea, cualquier cosa, siempre.

–No hablar de ninguna de las cosas importantes. Eso incluye: la graduación, el próximo año y mi papá –dice–. ¿Trato?

Asiento. De repente, todo más allá de nosotros puede esperar.

–Trato –digo y nos besamos para sellarlo.

Dejo la camioneta estacionada en la calle y espero a Wil en el jardín mientras le avisa a su mamá que vamos a salir. El verano está avanzando muy rápido. Cierro los ojos y escucho el agudo chillido de las cigarras. Me recuerda a las noches de verano cuando era niña. Mamá mantenía mi ventana abierta con un diccionario viejo y las llamadas de las cigarras combinadas con el sonido de las olas me arrullaban hasta dormirme.

Escucho el crujir de los pasos de Wil en el césped.

–¿Pidiendo un deseo?

–Creo que podría decirse. Solo estaba pensando que me gusta este lugar, contigo –respondo, abriendo los ojos.

–Me gusta este lugar contigo –sonríe.

–Estuve pensando que quería largarme de aquí, comenzar una nueva vida en algún otro sitio, pero no me importaría quedarme aquí, siempre que tú estés.

Wil aparta el cabello de mis ojos y deja su mano sobre mi cuello. Sé que puede sentir los latidos de mi corazón a través de mi piel.

–Me gusta cualquier lugar en el que tú estés –responde y me besa en el cuello. Podría hundirme con él en el césped y nunca salir para respirar.

Él abre la puerta del acompañante de la camioneta y toma una mochila del asiento.

–Sostén esto –me dice–. Pero no la abras.

–¿O qué? –subo a la camioneta y él me besa con rudeza, hace que mi corazón salte en mi pecho.

–Mejor que no lo hagas, Hawking.

Pone en marcha el vehículo y nos conduce en dirección a la carretera. En poco tiempo estamos andando muy de prisa en una calle vacía de dos carriles. Alguien ha exprimido el sol, y gotea rayos rosados sobre el mar espejado.

–¿A dónde vamos? –pregunto.

–Little Talbot.

Little Talbot es una de las islas barrera más pequeñas, no muy lejos de casa. Es virgen, no hay nada más que playas intactas, pantanos y dunas.

–¿Conspirando para tenerme a solas, señor? –pregunto al tiempo que alzo una ceja.

–Definitivamente. Solo tú, yo, las estrellas y el océano. Es todo lo que siempre quise en realidad. Desde el primer día del cuarto año de primaria –me mira con un rostro que se ha quebrado y está totalmente abierto. Finalmente, lo veo por completo: sus colores y sus sombras, su dolor y la manera en la que me ama.

No le respondo nada. Algunas palabras merecen ser únicas.

Seguimos el resto del camino en ese tipo de silencio que se siente como un baño caliente. Al llegar al estacionamiento, Wil toma la entrada trasera. Es camarada de navegación del chico que controla la entrada durante el día, el chico que convenientemente dejó la reja abierta esta noche. La arena se desliza bajo las ruedas y Wil maniobra la camioneta para llegar a la playa.

–¿Me pasas la mochila? –me pide.

Yo la arrojo en su dirección.

–Bien. Ahora quédate aquí hasta que te diga que vengas.

–Entendido –me recuesto en el asiento y cierro los ojos, escuchando los sonidos de Wil detrás de la camioneta: sus pies descalzos contra la arena húmeda y cómo se aclara la garganta a cada rato, porque está nervioso, lo que me pone nerviosa a mí también. Y pronto abre mi puerta y me extiende una mano.

–Ven –dice con calma y me guía alrededor de la camioneta. Cubrió la arena con unos edredones coloridos que su mamá hizo con camisetas viejas de la liga infantil y de campamentos. Alrededor del perímetro de los edredones hay velas encendidas, como si la playa estuviera en llamas. Somos los únicos en este lugar, y los únicos sonidos son el romper de las olas y el arder de las velas.

–Wil –dejo que su nombre descanse en mis labios mientras nos sentamos en la manta. No puedo despegarme de nosotros. El rostro de Wil tiene sombras y destellos en las formas más hermosas.

–Te amo, Bridge –me dice–. Te he amado por mucho tiempo.

–Yo te he amado por siempre.

Sus dedos tiemblan mientras los acerca para tocar mi clavícula. En el momento en que los enreda en mi camiseta y me acerca a él, una brisa sopla en la playa, apagando algunas de las velas. Pero nosotros estamos encendidos por quemaduras de sol compartidas y mañanas en el taller. Competencias de verticales y horas rebotando en la caja de una camioneta. Todas esas cosas nos hacen quienes somos. Las cosas que no sé sobre él no lo definen. Fui tonta al pensar que necesitaba saberlas todas. No las necesito para ver al verdadero Wil Hines. Él está justo aquí, frente a mí. Subiéndose sobre mí, presionándome contra la arena, y anclándome en su vida, a los dos.

BRIDGE

Verano, último año

A la mañana siguiente me encuentro parada al pie de las escaleras con la luz tenue del comienzo del día. Parpadeo varias veces, con fuerza, solo para estar segura. Pero cada vez que abro los ojos, Wil está ahí, sentado en el comedor con mi mamá y Micah, y una caja de rosquillas abierta en la mesita de té. Se ve bien, cómodo en medio del retrato de mi familia. Presiono mis labios, aún siento su sabor en ellos.

–Ey, hola, bella durmiente –dice Wil.

Micah responde con un sonido de arcadas.

–Ey –miro a Wil a los ojos–. ¿Cuánto tiempo llevas aquí?

–Este chico fue tan dulce de aparecerse esta mañana con rosquillas y café –dice mamá ajustando su bata–. Una pequeña celebración ya que los dos terminaron la escuela esta semana.

–Odio mi vida –se queja Micah.

Me desplomo en el sofá entre Wil y mamá, y le doy un beso en la mejilla.

–Eso fue muy dulce –le digo apartando el cabello de sus ojos.

–Eso *fue* muy dulce, Wil –Micah se burla con voz afeminada.

–Amigo, qué mala onda –bromea Wil mientras me acerca café con leche en un vaso de papel.

–¿Tienen grandes planes para hoy, chicos? –pregunta mamá–. ¿Anticipo de la graduación?

–No hasta mañana –respondo.

–Sí, así que… tenemos el día libre –dice Wil mirándome de reojo. Luego suena su celular y él comprueba quién es–. Lo siento, es mamá –se disculpa y sale para contestar.

–Entoooonces… –comienza mamá recostándose en el sofá–. ¿Cómo estuvo Little Talbot anoche?

–¿Cómo lo sabes?

–Wil me lo dijo. A diferencia de algunas personas, él me cuenta las cosas –mamá me reprende.

–Es muy romántico –ignoro su tono y bebo mi café.

–Romántico, apropiado para la edad, espero –dice mirándome directo a los ojos.

–Ah, sí, apropiado para la edad, seguro –volteo para resoplar.

En ese momento, Wil atraviesa la puerta en silencio. Su rostro inexpresivo y con un tono gris.

–Lo tienen –su voz es débil, como agua–. Lo tienen.

–¿A quién?

–¿Cariño? ¿Wil? –mamá está tensa.

–Al tipo que mató a mi papá. Entró a otra casa anoche, y lo atraparon –su rostro se distorsiona y deja salir un gemido.

–Por Dios –me quedé congelada. No sé si reír, llorar o gritar. Salto del sofá y lo abrazo con fuerza–. Por Dios, Wil.

–Yancey y Porter quieren hablar con mi mamá y conmigo. En la estación –cierra los ojos–. Tengo que ir a la estación– su mirada está desenfocada, está demasiado tranquilo para un momento así.

–¿Cuándo?

–Ahora. No lo sé. Ahora –finalmente me mira a los ojos. Su mirada está suplicando: *ayuda*.

–Dame las llaves. Yo conduzco –de camino a la puerta me coloco un viejo par de sandalias de goma de Micah.

Wil me lanza las llaves y yo lo guio a la calle. En la acera él se detiene a mitad de camino y se inclina, apoyado sobre sus rodillas.

–¿Wil? ¿Estás bien? ¿Qué…?

Tiene arcadas y luego vomita en el césped. El aire huele a café rancio.

–Bien –carraspea sin mirarme–, estoy bien.

Apoyo la mano en su espalda y lo acaricio formando círculos. Al apartarla, mi mano está cubierta con su sudor.

–Respira profundo, ¿sí? Todo estará bien –el aire ya es tan caliente que quiebra mi piel. Acompaño a Wil a su camioneta y lo ayudo a acomodarse en el asiento del acompañante.

–Lo sé. Lo sé. Lo sé –apoya la cabeza y cierra los ojos; sus labios se están moviendo y, de pronto, le da un golpe al tablero. Yo cierro su puerta con cuidado y doy la vuelta hacia el lado del conductor, con mi corazón palpitando. Bajo la ventana, porque el lugar no puede contenernos.

–Es la estación en Seminole –me indica Wil y voltea, hacia la ventana.

–¿Así que el tipo intentó entrar en otra casa? ¿Alguien salió herido? –me alejo de la acera.

–Aún no lo sé. Ella no…

–Pero saben que es el hombre, ¿seguro?

–¡Bridge! –Wil exclama hacia la ventanilla abierta–. Podrías tan solo…

–Lo siento –mantengo la vista en el camino.

La estación en un edificio de concreto bajo y rectangular, a unas calles de distancia. Al llegar, encontramos a Henney fuera, parada frente a las puertas de entrada.

–¿Mamá? Mamá –Wil sale disparado de la camioneta antes de que nos detengamos. Yo estaciono, apago el motor y lo veo envolverla en un abrazo. Gemidos guturales vibran en el interior de ella, o de él, no puedo distinguirlo. Miro hacia otro lado y me tomo mi tiempo subiendo las ventanas, cerrando la puerta lentamente, trabando las puertas. Espero en una arcada cerca de ellos, fingiendo leer una placa cerca de la puerta en memoria de un oficial del K9.

Finalmente, Wil deja a Henney en el suelo, ambos tienen los ojos enrojecidos. Él le acomoda el cabello y puedo leer *Está bien* en sus labios. Luego conduce a Henney a través de las puertas de la estación y yo los sigo unos pasos más atrás. Dentro, el aire acondicionado hace que mi piel se estremezca. Me siento en la primera fila de sillas plásticas cerca de la puerta. El lugar no tiene nada especial: paredes blancas y silencio. No parece la clase de lugar en el que vidas enteras pueden recomenzar o terminar. Hay un oficial sentado detrás un escritorio y tras él una bandera nacional. A la izquierda del escritorio hay una puerta. Wil se acerca al oficial y pregunta por los detectives Porter y Yancey.

–Espere un momento –el hombre hace una llamada y, en unos minutos, aparece la detective Porter. Se ve más alta de lo que recordaba. Su arma brilla bajo las luces blancas; me pregunto si alguna vez habrá matado a alguien, pero luego intento olvidar la pregunta.

–Buenos días, familia. Parece que este es un gran día –Porter estrecha las manos de Wil y Henney–. Un buen día –cuando me ve cerca de las puertas me saluda presionando los labios. Yo hago lo mismo.

–¿Cómo, eh, cómo seguimos? –Wil no puede mantenerse en pie. Henney se sostiene de su brazo. De pronto, instantáneamente, es una mujer mayor–. ¿Él está aquí?

–Así es. Recibimos una llamada de la línea de Detención del Crimen esta mañana. Una mujer llamada Jax Beach vio al hombre y pensó que coincidía con la descripción en los pósters.

Veo cómo los músculos en el cuello de Wil se tensan. Mi cuerpo se retuerce con cada *tic* del segundero del reloj que está sobre la puerta. *El hombre que mató a Wilson Hines está en este edificio.* Se siente irreal, imposible. Imagino a Wil mirando a través de un vidrio espejado al hombre que podría cambiar su vida.

–¿Y qué, eh…? –el rostro de Wil se pone sombrío–. ¿Qué sigue?

–Como siguiente paso, vamos a necesitar que hagas una identificación –Porter habla lentamente–. No tenemos mucho para retenerlo aún, así que necesitamos que tú confirmes que es el hombre que irrumpió en tu casa y mató a tu papá. Si tenemos una identificación positiva de tu mamá, podremos dejarlo detenido mientras investigamos.

–Esperen, ¿ella tendrá que ver al hombre? –Wil palidece.

–Puedes estar con ella. Y ustedes lo verán, pero él no podrá verlos –explica Porter amablemente.

–Wil. Yo… no puedo –Henney se lamenta–. No podemos.

Él se tambalea por el peso de su madre, la detective los estabiliza a ambos.

–No creo que ella pueda hacer esto –la voz de Wil es gruesa, una corriente embravecida–. Es demasiado para ella ahora.

–Podemos tomarnos un tiempo –Porter inclina la cabeza y asiente mirando a Wil.

Aprendió eso en la academia de policía, pienso.

–¿Puedo ofrecerles agua? –propone.

–*Dije* que ella no puede hacer esto –repite Wil, su voz se escucha peligrosamente suave–. ¿Somos las víctimas, no es así? No tenemos que hacer esto si es demasiado.

–No tienes obligación de hacer una identificación –la expresión de Porter se endurece–. Sin embargo, quisiera alentarte a que al menos eches un vistazo a la formación. Si el sospechoso no es identificado no podremos retenerlo.

–¿Wil? –me pongo de pie, confundida–. ¿Si eso los ayudaría a mantenerlo en la cárcel? Tu mamá pudo verlo bien, ¿no es así?

–Estaba oscuro y ella estaba asustada, maldita sea –dice sin voltear.

–Llévame a casa –Henney está dando bocanadas de aire, cortas y con dificultad, que no parecen suficientes–. No puedo respirar, Wilson. No puedo respirar –su mano vuela a su garganta.

–Voy a sacarla de aquí. No permitiré que pase más por esto –Wil envuelve a su mamá por la cintura y la guía hacia la salida, pasando a mi lado sin siquiera mirarme.

–¡Wil! –atravieso las puertas, corriendo tras ellos–. ¿Qué demonios?

–Vete a casa, Bridge –me grita sobre su hombro–. Te llamaré más tarde –abre la puerta del acompañante del auto de Henney y la ayuda a entrar.

–Oye, oye. Los llevaré a ambos –protesto–. No puedes conducir así.

–Estoy bien, Bridge. Solo tengo que llevarla a casa –su frente está cubierta de sudor.

–Solo… dime qué pasó ahí. ¿No quieres que ese tipo esté encerrado? ¡Es tu oportunidad! –insisto y golpeo la ventana de Henney con la palma de mi mano. Adentro, ella se estremece–. ¡Demonios! Lo siento.

–Está bien. No fue tu intención –la mandíbula de Wil está temblando–. Por supuesto que quiero que lo encierren. Pero no es tan fácil, Bridge.

–Sé que no será fácil para ella, pero…

–No puedo forzarla, Bridge. Es demasiado duro para ella ahora.

–Wil –insisto.

–No puedo. Ella no puede –me acerca hacia él y besa mi frente, yo dejo que mis ojos cerrados palpiten con el ritmo de su corazón. Se siente inconcluso, como el filo dentado de un cuchillo. Como una verdad dicha a medias.

WIL

Primavera, último año

Ella miente. O, tal vez, esta es alguna clase de broma tonta.

—Quiero el divorcio —repite.

Me río, y el aire viciado de la habitación huele como a cerveza rancia. Mi risa es un sonido horrible, como un balido que sale de mi interior y hace que mi mamá se pegue contra la mesada. Retrocede, como si estuviera asustada. Quizás lo está, no la culpo. Soy Wilson Hines, después de todo.

—¿Qué? ¿Tú qué? —su figura se desdibuja en la oscuridad—. Mamá, ¿qué estás diciendo?

Da vuelta la isla de la cocina, murmurando, débil, hasta que yo golpeo la mesada con una fuerza que podría quebrarla, y a mí.

—No —le digo— No.

—Wil —dice en tono de súplica—. No quería que fuera así.

—¿No querías que fuera así? —mi voz no suena como mi voz—. ¿Así cómo, mamá? ¿Como justo después de que él planeara el mejor aniversario de tu vida? ¿Como después de que pasara meses intentando mejorar las cosas? —soy mayor, estoy más triste y enojado de lo que cabe en mi cuerpo. Voy a estallar. Imagino las pequeñas porciones de mi carne en el suelo, esparcidas como papel picado.

—No lo sabía —responde, y cuando comienza a llorar, la odio más profundamente de lo que jamás pensé que podría—. Tenía todo empacado en la mañana, y no sabía que tu papá y tú... y luego salí, y Ana estaba aquí, y yo simplemente... no pude.

No estoy escuchando esto, esas cosas imposibles que está diciendo.

—¿Así que seguiste adelante con todo eso? ¿Seguiste adelante con todo eso, maldición? ¿Tienes idea de lo desquiciado que es? —tengo que encontrar a mi papá. Está en todo aquí: descansando contra las paredes en pilas pequeñas. Pero necesito al real. Reviso las habitaciones, pasando de una a la otra, buscándolo—. ¿Dónde está? ¿Dónde está papá?

—Él no está aquí, Wil. Él salió —dice a mi espalda—. No sé si regresará.

Mi respiración sale en jadeos, tan cortos y poco profundos que la habitación está comenzando a dar vueltas.

—Lo estaba intentando —le digo a la pared—. Estábamos mejor ¿Qué has hecho? ¿Qué has hecho tú para arreglarlo?

—No puede arreglarse, Wil —su voz es tan calma—. Él lo demostró cuando volvió a golpearme, después de tantos años. Él no puede mejorar. Es un hombre enfadado que no me ama.

Volteo, y estamos tan cerca que *podría*...

—Merezco algo mejor —dice, como si intentara convencerme... o a sí misma.

—Eres una mentirosa —le digo—. No quieres que él sea mejor. Te estás dando por vencida.

¡Me siento tan estúpido! *¿Cómo no los supimos?*

La sonrisa, las caminatas y pantalones nuevos: no eran por nosotros. Ella se ha ido hace meses.

—He esperado que tu padre cambie toda mi vida —responde con tristeza—. No te atrevas.

Paso esquivándola. Esta casa es un laberinto, delimitado por las cosas de mi papá, y no puedo encontrar la salida

—No puedo esperar para salir de esta maldita casa enferma —lanzo las palabras sobre mi hombro como pequeñas granadas. Ella no intenta detenerme.

Cierro la puerta de mi habitación de un golpe, me sumerjo en mi cama, boca abajo, y respiro aire caliente y húmedo contra mi almohada. Lo peor de todo esto no es que ella quiera el divorcio. Mis padres fueron infelices desde el origen de los tiempos. Lo peor es que esta noche me dejó creer por un minuto que éramos una familia completamente diferente. ¡Una familia que comparte historias de primeras citas y come queso con galletas en un bote de vela mientras el sol se pone sobre el agua! ¿Qué clase de familia hace eso? Pero yo me permití creerlo.

Golpeo mi almohada una y otra vez. La odio por hacerle esto a nuestra familia. Me odio a mí mismo por querer que seamos personas distintas. Odio a Ronnie Van Zant por convencerme de que es posible ser un hombre simple. Me iré de aquí, estoy decidido. Dejaré la escuela y comenzaré mi propio taller en otro lugar cerca de otro océano. Voy a arreglar cosas para vivir. Se los diré esta noche. Ella no es la única que puede irse.

Tomo mi almohada y la arrojo al suelo, cerca de la puerta. Me recuesto y trato de escuchar, más allá de mis latidos y mi mente atormentada, espero la vibración de sus botas de trabajo sobre el suelo de madera. Esperando a que la vida como la conozco se termine.

✦ ✤ ✦

Lo siento en la casa. Mi respiración se corta con el golpe de la puerta. Él vendrá aquí. Me siento y me apoyo contra la cama, tratando de descifrar las líneas de luz roja de mi reloj. Están en un idioma extraño, pienso, hasta que volteo el reloj y logro entenderlo: 3:28. Escucho a mi papá decir el nombre de mi mamá, y a mi mamá decir el nombre de mi papá. Espero escucharlo venir hacia mí.

Pero, en cambio, escucho: sus voces subiendo el volumen, más fuerte, hasta que logro entender algunas palabras. Escucho: "Maldita perra", pero está tartamudeando, como si tuviera dificultad para formar las palabras (*Ay, no*, siento en mi cuerpo). Escucho: el estallido de vidrio en el suelo de la cocina. Escucho: mi mamá gritando, "Wilson, no. Wilson, estás ebrio. Wilson, llamaré a la policía". Escucho: el suave sonido del agua golpeando el fondo de un bote, y luego escucho: el estallido de un cráneo contra la pared. Una tajante bocanada de aire, como la chispa de un fósforo recién encendido.

BRIDGE

Verano, último año

A la mañana, muy temprano, salgo con destino a Sandy Shores. No pude dormir. Salí de casa en cuanto el más mínimo rayo de luz asomó en mi habitación. Mamá y Micah aún dormían en el sofá con las cajas de comida china abiertas y el televisor encendido.

Necesito a Minna. Necesito hablar con ella, que desenrede las marañas de mi cabeza. Necesito que me diga que estoy siendo paranoica, que la forma en la que Wil y Henney escaparon de la estación ayer es una parte normal del dolor. Pero aun así no lo comprendo. Si yo fuera Wil, si un hombre extraño hubiera acabado con mi familia, yo querría que fuera encarcelado. Querría que estuviera muerto. ¿Cómo pueden Wil y Henney dejarlo ir? *Confía en él*, me digo a mí misma. Pero la sensación que tuve

245

ayer sigue ahí: duda revolviendo mi estómago. Había algo extraño. Algo estaba mal.

Me detengo en la casilla de seguridad y muevo el espejo retrovisor para verme. Minna me diría que luzco terrible, lo que es cierto. Debería verme mejor en la mañana del ensayo de la graduación. Debería verme fresca y emocionada, y lista para El Futuro. Mi cabello está atado en un rodete sobre mi cabeza, y estoy tan pálida que puedo ver las delgadas venas púrpuras ramificándose alrededor de mis ojos.

Miro por la ventanilla, es demasiado temprano para Rita también: está encorvada en su silla plegable en su diminuta cabaña falsa, su rodete de cabello entrecano sube y baja con su respiración. En la pantalla blanco y negro, Matt Lauer del programa *Today*, está mirando a la cámara, reportando un tiroteo en una base militar en Texas. Está intentando darle la seriedad que merece (hay personas muertas, lo que significa algo), pero ha leído la misma historia cientos de veces, reemplazando las palabras *base militar* por *escuela* o *tienda departamental* o *habitación en una fiesta de secundaria*; y *asaltante armado* por *presunto terrorista, adolescente abusivo* por *bastardo miembro de una fraternidad*. Minna tenía razón. La violencia está en todos lados.

–¡Bienvenido a Sandy Shores! –Rita habla dormida demasiado fuerte–. Ah, Bridge –dice bostezando al verme–. Creí que era alguien.

–No. Nadie, solo yo –respondo ofreciendo una débil sonrisa–. Sé que es temprano, pero ¿crees que le molestará? Más de lo normal, quiero decir.

–Pasa bajo tu propio riesgo, es lo que siempre digo –se inclina para presionar el botón, pero se detiene a medio camino–. Uh –dice, y su expresión se vuelve sombría.

–¿Qué sucede?

–Yo, eh… –frunce el ceño–. No puedo dejarte pasar en realidad. La señora Minna vino aquí anoche y me lo dijo.

–¿Qué? –repito, negando con la cabeza.

–¿Tú enviaste una carta? A su hija, ¿sin preguntarle primero? –responde mirando su esmalte saltado–. Ni siquiera sabía que tenía una hija.

–Eh, sí, pero fue algo bueno en realidad –mi corazón se detuvo. Ella no puede estar enojada. Tal vez el tipo de enojo de Minna, el que pasa rápido y desaparece. Pero no un enojo real y duradero–. No ha hablado con su hija en años, Rita, y su hija ni siquiera sabe que ella sigue viva. Así que solo quise… pensé…

–Ella ni siquiera gritó, Bridge –dice con calma–. Simplemente vino hasta aquí anoche, muy calmada, y me pidió que te dijera que no regreses. Dijo que tus servicios ya no eran necesarios.

Mis servicios ya no son necesarios. Fuerzo a bajar el nudo en mi garganta, pero vuelve a subir.

–Rita. Tienes que dejarme pasar. Por favor. Estaba intentando hacer algo por ella. Si entendiera de dónde venía, tal vez…

–No puedo, querida. Perdería mi trabajo.

–Bien –un sonido estrangulado intenta salir de mi interior–. No quisiera… lo entiendo.

–Además, me dijo que si te dejo pasar vendrá aquí y me pateará el trasero en persona y creo que ambas sabemos que puede hacerlo –lo dice para hacerme reír, pero no lo hago, y ella tampoco.

–¿Puedes decirle que pasé por aquí de todas formas? ¿Le dirías que todo esto es un gran malentendido?

–Se lo diré –asiente.

Tengo que hacer un giro en nueve maniobras para conseguir apuntar la camioneta en la dirección correcta, y dejo de contener las lágrimas en la cuarta.

Rita es dulce y finge no verme quebrándome.

Llego tarde al ensayo. Tanto como para que la señora Thompson decida dejar de hablar por completo y respire contra el micrófono inalámbrico como un acosador telefónico, mientras yo atravieso el brillante suelo del gimnasio. El camino hasta las tribunas es largo y me da tiempo para pensar algunas cosas, como que nunca noté que el gimnasio tiene miles de metros de largo, o que las sandalias de goma suenan más fuerte sobre un piso de madera pulida de lo que cualquier persona pensaría. Escaneo la multitud en busca de Leigh o Wil, o incluso Ned Reilly o Susan, pero todos los estudiantes lucen iguales.

–Como les decía, llegarán a la escuela a las ocho de la mañana del sábado, puntuales –la señora Thompson lo dice mirándome a mí y yo la miro como diciendo *¿a las nueve y cuarto, entonces?*–. Las togas y birretes serán distribuidas en los salones M-102, M-103 y M-104, en orden alfabético según los apellidos. Nos formaremos afuera de las puertas de entrada y marcharemos por el corredor hasta el gimnasio. Señor Reilly y señorita Choudry, son los dos mejores promedios, ustedes irán al frente.

–*¡Ned Reilly!* –alguien exclama y la mitad de la multitud corea "*Ned, Ned, Ned*", hasta que la señora Thompson golpea el micrófono.

–Seguidos por sus compañeros, otra vez, en orden alfabético. Los profesores irán al final –agrega algo sobre que presentarse ebrio o desnudo debajo de la toga, pondría en *serio peligro* la entrega de nuestro diploma, lo que todos sabemos que son sandeces. Esa clase de advertencia no existía antes del legendario Chaz Foster, que se graduó cuando nosotros estábamos en la primaria. Según dicen, Chaz se presentó a su graduación ebrio *y* desnudo bajo la toga, y la levantó frente a la audiencia después de que el director le entregara su diploma.

Ahora trabaja en el banco de inversiones de su papá en Nueva York, y gana cuatro veces el salario de la señora Thompson. Así que...

–Aquí vamos. Veamos si pueden formarse en seis minutos, o menos –nos libera y todos nos amontonamos en la salida inmediatamente.

–Hawking, ¿cierto? Así que seguramente estemos uno al lado del otro –la respiración de Wil en mi oído envía un escalofrío por todo mi cuerpo. No quise sobresaltarme.

–*AyporDios*. Me asustaste.

Él me sonríe confundido y desliza un brazo alrededor de mi cintura, aferrándome con fuerza.

–¿Estás bien? Pasé por tu casa esta mañana para ver si querías que te trajera.

–Estoy bien. Fue una mañana algo extraña, así que... –estudio su rostro. No quedan rastros de la discusión de ayer en el estacionamiento–. ¿Todo está bien... con tu mamá? –le pregunto con cuidado–. Estuve pensando en ustedes, un poco preocupada, en realidad.

–Ah, sí –una sombra empaña sus facciones y desaparece tan pronto como llegó, como una tormenta matutina–. Creo que no nos habíamos dado cuenta de lo difícil que sería pensar en ver a ese hombre otra vez.

–Estoy segura –digo cuidadosamente.

–Es solo que siento que tengo que proteger a mi mamá, ¿sabes? Asegurarme de que nada malo le suceda –su frente se arruga, dibujando unas líneas que me resultan familiares. Son las mismas que se formaron cuando hizo trampa en un examen de Matemáticas en quinto año; cuando me invitó a su fiesta de cumpleaños número doce y convenientemente olvidó decirme que yo era la única niña invitada.

Está mintiendo.

–De... –comienzo a decir.

–¿Eh?

—¿Protegerla de qué?

—Solo… emocionalmente —responde vagamente—. Ya sabes.

Pero no lo sé. No lo sé porque él no me lo dice. Lo dejo guiarme a través de la multitud. *Conozco a este chico,* me digo a mí misma. Lo conozco profundamente. No está mintiendo sobre querer proteger a su mamá. Lo he visto acompañarla en todo esto. La ha calmado; se paró entre ella y los policías; habló con ella. Y todo para protegerla.

¿De qué?

—¿Tienes frío? —pregunta frotando mis hombros.

Estoy bien.

—¿Bridge?

—¿Eh?

—Te pregunté qué harías después de esto. Hay algo que quiero mostrarte —dice.

—Seguro, está bien —tengo un vistazo de las rastas de Leigh, de las puntas púrpuras—. ¿Cuidas mi lugar por un segundo? —me abro camino por un círculo tambaleante de ratas de playa drogadas y tiro de su manga de puntilla—. Ey.

—Ah, hola —su rostro se endurece cuando voltea a verme.

—¿Qué…? —intento descifrarla—. ¿Qué ocurre?

—No puedes hablar en serio, Bridge —dice pasando los dedos por su cabello—. Eres… no lo sé. Increíble —mira a ambos lados como si dijera "¿Alguien está viendo esto?".

—Leigh. Dime.

—Es justamente eso, Bridge —responde—. No debería tener que decírtelo. No debería tener que decirte que te perdiste la presentación de mi proyecto de arte el sábado por la mañana.

Se hace un agujero en mi estómago. No puedo respirar.

—Ay, mierda, Leigh —le dije que estaría ahí. Se lo prometí.

–No debería tener que explicarte que no es amistad si apareces y desapareces según tu condenada conveniencia –agrega cruzando los brazos sobre su pecho.

–Leigh –repito, ¡si solo me diera un segundo, le explicaría! ¡Todo tendría sentido! Pero ambas sabemos que no podré llenar ese silencio.

–¿Qué, Bridge? –sentencia–. Es que... estoy aquí. Y, a diferencia de Wil, estuve aquí todo el tiempo. Toda la secundaria. No soy su reemplazo, ¿sabes? No lo soy.

–Leigh –vuelvo a decir–. No eres un reemplazo. Tú no...

Una de las ratas grita: "Uuuuuuh, dile," y yo volteo para ahuyentarlo. Cuando vuelvo a girar, Leigh y su cabello púrpura ya no están, y la señora Thompson está empujándome a la sección H, a donde pertenezco.

✦ ✳ ✦

Al terminar el ensayo, encuentro la camioneta de Wil en el estacionamiento, me apoyo sobre el costado y el metal me quema la piel, a través de la camiseta y del sostén. Me siento enferma por el cansancio. No sé si acusar a Wil de esconderme algo o si arrojarme en sus brazos. Mi lado infantil quiere meterse en la cabina y esconderse ahí. Meterse en los asientos de tela desgarrada, porque es seguro. O al menos solía sentirme así, protegida entre mi mejor amigo y el padre que yo no tenía, como si, por algunos minutos al día después de la escuela, fuéramos una familia. Pero eso no era real, porque Wilson no era real. Él hizo que mis recuerdos fueran ficticios, los sacudió con sus puños.

–Lo siento –Wil aparece detrás de mí–. La señora Thompson me llamó a un lado y preguntó cómo estaba y luego comenzó a llorar, así realmente no podía...

Tiemblo ante el contacto de su mano.

–¿Bridge? –Wil me voltea y me atrae hacia él, y fue un error, porque ahora estoy sollozando sobre su camiseta, y no tengo derecho a hacerlo.

–Lo arruiné –digo contra su pecho–, con Minna y con Leigh, realmente lo arruiné.

–Ven –me mantiene en pie con una mano y destraba la puerta con la otra. Me ayuda a subir y luego da la vuelta por atrás. Veo su reflejo en el espejo retrovisor: un destello de un joven Wilson.

–Bien. Cuéntame –dice cuando se acomoda a mi lado.

–No. Ya tienes demasiado –me reúso.

–No para ti. Nunca para ti, ¿entiendes? –mi rostro se retuerce, como si fuera a llorar otra vez, pero no queda nada.

»¿Entiendes? –repite Wil.

–Aun así –refriego la rigidez de mi rostro. Al otro lado de la ventana, veo a un grupo de chicas abrazándose y limpiando lágrimas de diamante de las mejillas perfectas una de la otra. Así es cómo debía haber sido la secundaria–. En verdad no quiero hablar de eso. Más tarde.

–Sí, seguro. Solo… házmelo saber.

–Gracias.

–Mira. Quiero mostrarte algo –Wil se inclina sobre mis piernas y toma un bloc de papel arrugado y amarillo tamaño legal. Pasa las páginas hasta llegar a una con un rectángulo dibujado en ella. Dentro del rectángulo están nuestros nombres.

BRIDGE & WIL

Y debajo de ellos, el boceto de una canoa.

–Es como un regalo de graduación –explica. Y de repente, parece tímido. Somos niños que aún no se conocen, pero quieren hacerlo. Somos las versiones mayores de nosotros mismos.

–Es, eh... ¿qué es? –pregunto, mi interior se revuelve.

–¡Es un ladrillo! Para el centro. Lo ordené esta mañana. Debería estar instalado en unas semanas –luce orgulloso, y debe estarlo. Es la cosa más dulce. Tenemos un ladrillo. Wil y yo estaremos juntos por siempre. Seremos cimentados en este lugar, no importa lo que pase. Mis entrañas se agitan otra vez.

–Wil. Es tan... es realmente... Gracias –me acerco y rodeo su cuello con mis brazos. Lo absorbo. No sé cómo pude dudar de él. Él me ama. Nunca me mentiría. Lo sé, pero es más que eso. Puedo sentirlo.

–¿Sí? ¿Te gusta?

–Lo amo, Wil –me apoyo en él, con el oído presionado contra su pecho. Tocarlo calma las dudas que zumbaban en el fondo de mi mente.

BRIDGE

Verano, último año

A la mañana siguiente, despierto sobre el pecho desnudo de Wil. Pero el ritmo parejo que escuchaba antes ya no está. Contengo la respiración.

Silencio.

–¿Wil? –me siento en la cama.

Su piel es casi del color de la noche. Está rígido, sus labios, tiesos y el cabello le cae en ondas pegadas a su frente. Huele como el océano. Su piel es translúcida y deja ver su interior. Debajo de ella hay algo latiendo, con vida. Dolor, negro como la noche, cubriendo su corazón. Bloqueando su garganta. Pulsando en la punta de sus dedos.

–¿Wil? –un sabor amargo sube por mi garganta–. ¿Wil?

Sus ojos se abren.

–Ayuda, ¡está matándome!

Un grito infinito sale de mí. Grito hasta que no me queda nada dentro.

–¡Bridge! –el rostro de mamá aparece sobre mí, borroso al principio, luego más definido–. ¡Bridget! –me apoya sobre su falda y me aferra con fuerza, no puedo moverme–. Está bien, cariño. Está bien.

–¿Mamá? –Micah se asoma por la puerta con los ojos bien abiertos.

–Todo está bien, hijo. Bridge tuvo una pesadilla. ¿Nos das un segundo?

Micah parece aliviado al cerrar la puerta.

–Mamá –sollozo y tiemblo sobre ella; es firme y cálida.

–Estoy aquí, cariño. Estás a salvo –me mece suavemente. Desearía poder quedarme aquí, acurrucada sobre ella, por siempre.

»¿Quieres hablar sobre eso? –pregunta apartando el cabello húmedo de mi frente.

–No puedo. Yo solo… ya no quiero pensar en eso, ¿sí? Por favor.

–Siempre estaré aquí, lo sabes. Siempre –dice, besando mi cabeza.

–Lo sé –susurro contra su pecho. Quiero quedarme aquí con ella por siempre. De a poco se está convirtiendo en una de las pocas personas que me quedan.

Me doy una ducha bajo el agua fría y me pongo el primer par de pantalones y la camiseta que encuentro en el suelo. Mi cabello aún gotea cuando subo a la camioneta y me dirijo al Mini Super. Allí compro dos cafés gigantes y vuelvo a salir, pensando en cualquier cosa por el camino, lo que sea menos en un Wil frío y sin vida.

La luz de falta de gasolina titila mientras llego a la calle de Leigh. Sus padres construyeron la hermosa casa de estuco cuando ella tenía cuatro años. Es la clase de casa que dice "Una hermosa familia vive aquí". La clase de casa que aparecería en la portada de una revista de decoración, si los lectores pudieran ignorar la horrenda camioneta VW estacionada en la entrada. Tiene una terraza mirador, que siempre fue mi parte favorita. Parándote allí puedes ver la Intracostera zigzagueando hasta el fin del mundo, y el océano detrás.

Estaciono en la calle y camino por la entrada de adoquines, pasando por los bancos de flores mojadas y llenas de color. A través de las ventanas del frente se llega a ver el océano del otro lado. Golpeo la puerta, con más fuerza, más insistencia con cada segundo.

Finalmente, la mamá de Leigh aparece en la puerta, vestida con una bata de plush, pantuflas haciendo juego, y la cantidad de maquillaje justa para lucir despierta pero ligera. El café en su mano huele a avellana.

Me mira como diciendo "Buenos días, querida", y luego levanta su dedo índice y desaparece adentro. *Leigh… tu… amiga necesitada está aquí,* la imagino diciendo.

Ella aparece en la entrada unos segundos después, con un bóxer y una camiseta púrpura como las puntas de su cabello.

–Hola –la saludo. Ella entorna los ojos por el sol.

»Estoy, eh… aquí –le ofrezco un café. Al principio creí que no lo aceptaría, pero lo hace, porque es Leigh, y ella cree en la cafeína más de lo que cree en el rencor.

–Compras un café terrible. ¿Qué es esto, de piña? –dice sacando la lengua luego de probar el café.

–Sabor Hawaiano, creo –doy un paso más hacia ella–. Lo que dijiste ayer. Tenías razón.

–Ok.

–Dejé toda mi vida en segundo plano por Wil. Incluyéndote a ti. Y eso apesta, y lo siento. Y también arruiné muchas cosas últimamente, así que no fue solo contigo, si es que te lo preguntabas –mi voz es inestable.

–Sabes, mi mamá cree que estás colocada –me informa–, o como a ella le gusta decirlo, "consumiendo marihuana".

Intento sonreírle, ella también lo hace.

–Podemos tomar un verdadero café en Nina –dice–. Probablemente no deberías entrar mientras me cambio. A menos que quieras un discurso sobre los riesgos de fumar –me ofrece una verdadera sonrisa, como si dijera "perdonada", y desaparece dentro de la casa por unos minutos. Cuando reaparece, lleva puestos unos pantalones tan cortos que los bolsillos asoman por debajo y una camiseta que claramente pintó ella misma con aerosol.

–Lindos shorts –le digo.

–Sí, bueno. Mi mejor amiga es una mala influencia –dice dándome un codazo–, por consumir marihuana.

Iz nos lleva a Nina, y nos sentamos en nuestro reservado de siempre, junto a la ventana. Leonard nos saluda con la mano y regresa su atención al televisor sobre el mostrador.

–Café solo, gracias, Leonard –grita Leigh.

–Así que… –tomo una servilleta y comienzo a cortarla en tiras–. ¿Qué hay de nuevo… contigo? ¿Cómo estuvo la presentación?

–Deja de ser rara. Podemos hablar de ti, o de Wil o de lo que quieras –dice poniendo los ojos en blanco.

–Lo siento –mi rostro se sonroja.

Ella se encoje de hombros. No somos nosotras aún.

No sé por dónde comenzar. Quisiera que ella sepa de mi sueño sin tener que contárselo. Ella diría que el sueño es mi subconsciente tratando de enviarme un mensaje. Es solo que hay tantos mensajes titilando en mi mente: *Wil está mintiendo. Wil nunca me mentiría. No confíes en nadie, él esconde algo, seguro;* y no sé a cuál hacerle caso.

–¿Hola?

–Bien. Minna está enfadada –comienzo, con cuidado.

–Minna siempre está enfadada.

–No, quiero decir, realmente enfadada –le cuento la historia de ella y sobre la carta que le envié a Virginia–. Quizás su hija la llamó y tuvieron una pelea, o algo. Así que está enojada por eso.

–¿Hablas en serio? –me mira entornando los ojos.

–Sí, supongo que no resultó bien.

–Puede haber resultado bien o no. Pero ese no es el punto, lo sabes, ¿no?

Leonard llega con el café, y yo finjo que tenemos que dejar de hablar mientras me sirvo crema y azúcar.

–Dime que sabes eso –insiste con mirada inquisitiva–. Dime que entiendes que fue absolutamente inapropiado y una invasión a la privacidad inexcusable.

–Leigh. ¡La mujer no ha hablado con su hija en treinta años! ¡Eso no es justo!

–Ah, ¿pero sabes qué es justo? Robar algo personal y enviarlo sin su permiso. Cambiar su vida sin preguntárselo primero.

–No fue así –protesto. Mi café está demasiado caliente y dulce, pero lo bebo de todas formas.

–Fue exactamente así. Vamos, deja tu café –toma mis manos y las sujeta–. Mírame, en serio.

Miro a todos lados menos a ella, hasta que ya no tengo dónde más mirar. Sus ojos están negros hoy, como el carbón.

–El punto es que Minna es adulta. Ha estado manejando su vida desde la Edad de Piedra.

–Bien.

–Y decidir cuándo o si quería hablar con su hija es cien por ciento asunto suyo. Está tan lejos de ser asunto tuyo que si estuvieras parada sobre tus asuntos necesitarías un telescopio para verlo.

–Ok, lo entiendo –libero mis manos y miro por la ventana.

–Tan lejos de ser asunto tuyo que necesitarías tomar tres vuelos, un tren y un ferry para estar siquiera un poco cerca.

–Ok –froto mis sienes–. Soy una idiota.

–Eso es inapropiado.

Me río y lloro un poco, y le pido a Leonard que me sirva más café.

–Así que… –digo.

–Así que… –repite Leigh.

–Tal vez debería escribirle una carta, o algo. Para disculparme, ya que no quiere hablar conmigo.

–Sería un comienzo. Siempre y cuando dejes en claro que esto no fue un malentendido. Ella no lo tomó a mal o no te entendió. Solo fuiste tú siendo la peor acompañante enviada por la corte que Minna ha tenido.

Dejo mi cabeza caer contra la ventana.

–Cambiando de tema. ¿Qué está pasando entre Wil y tú? –pregunta mientras comienza a construir una casita con los sobres del endulzante. Eso es lo bueno de Leigh: puede estar enojada por Wil en un momento y preguntarme por él al siguiente. Es una clase de bondad que no tienen muchas personas–. Se veían extraños en el ensayo de ayer. *Tú* te veías extraña.

–Él está, eh… –quiero contárselo. Quiero que me diga que estoy siendo ridícula, demasiado enredada, interpretando todo mal–. Lo amo.

Esa es la única verdad que sé.

Paso el resto de la mañana en el sofá de mi casa, tratando de escribir una carta para Minna. Pero todo lo que escribí va en la dirección equivocada, en la dirección que Leigh me advirtió que no fuera.

Es solo que mi familia está desarmada, también, y…

Sé cuánto amas a tu hija, así que…

Solo quise…

"Bridge", me reprendo en voz alta. Leigh tenía razón. No debí haber enviado la carta en primer lugar. Y creer que le estaba haciendo un favor a Minna no fue más que una ilusión. Hago sonar mi cuello, paso la hoja del block y comienzo a escribir una disculpa. Una real. Le pido su perdón. Le digo que está bien si no quiere dármelo. Es su decisión. Realmente creo lo que estoy escribiendo. Al terminar, le pongo una estampilla y la dejo en nuestro buzón.

De vuelta adentro, me tiro en el sofá y enciendo la tele. El presentador de un programa de debates que no reconozco está revelando los resultados de una prueba de paternidad. Caricaturas. Una mujer con delantal está hablando sobre el pastel de manzanas que acaba de hacer. Un programa de noticias locales está dando un informe de último momento, en vivo desde Atlantic Beach. Es la rubia platinada del noticiario que vi con Minna, en la calle de Wil, la noche en que Wilson fue asesinado. La casa detrás de ella es la de Wil. Me siento en el sofá.

–*Estoy aquí frente a la casa de los Hines con noticias de último momento sobre la investigación en curso acerca de la muerte de Wilson Hines, el esposo y padre de Atlantic Beach, quien fue asesinado a sangre fría durante un asalto en el mes de abril.*

Subo el volumen.

–*La policía ha estado investigando el asesinato como parte de una serie de asaltos ocurridos en los últimos meses. Una segunda víctima, Dana York, de veinticuatro años, murió tras sufrir complicaciones luego de un ataque independiente, pero que la policía cree que está relacionado.*

–Continúa, continúa –vuelvo a subir el volumen, más y más.

–*De acuerdo con los informes del Departamento de Policía de Atlantic Beach, los detectives que llevan el caso han arrestado al sospechoso hace apenas unos minutos.*

El estómago me da un brinco.

—Los detectives afirman que Timothy Pelle, de veintiún años, visto aquí, recibió cargos por dos asesinatos en segundo grado por las muertes a golpes de Wilson Hines y Dana York. Se están considerando cargos extra por parte del fiscal del estado.

Muertes a golpes, siento un sabor amargo.

—El Departamento de Policía informa que arrestaron a Pelle en medio de un nuevo robo y la policía dice que están seguros de que Pelle es el responsable de los dos ataques. El Canal Cinco les traerá más información sobre la investigación en curso en cuanto la tengamos. Esta es...

Apago el sonido, luego la pantalla y salgo a la casa de Wil con el corazón kilómetros más adelante del resto de mí, en busca del corazón de Wil.

BRIDGE

Verano, último año

Me detengo una calle antes de la casa de Wil, aparco con las rudas de adelante sobre un jardín cualquiera, y corro el resto del camino, mis zapatos deportivos resuenan contra el concreto brillante. Su calle está obstruida por camionetas pintadas de los canales de noticias, todas con gruesos tubos plateados y antenas satelitales apuntando al cielo. Camarógrafos cubiertos de sudor y reporteros en trajes demasiado elegantes descansan contra las camionetas, abanicándose con sus libretos.

Esquivo a los reporteros y paso junto a los vecinos que repentinamente volvieron a interesarse por la familia de Wil. Hay un móvil policial en la entrada de la casa: *Yancey y Porter*. Rodeo la casa por el jardín y lo encuentro donde sabía que lo haría.

Con sus sierras y pinturas y la radio con el cable atado con una banda elástica. Está sentado en el suelo del taller, sus rodillas en alto; su cabeza baja. Está hecho un rollo, cerrado con fuerza.

–Ey –tomo aire y seco el sudor de mis labios.

–Tienen al tipo –dice mirando al suelo–. Sin nuestra identificación, así que.

–Está en las noticias –me siento a su lado, sin tocarlo. Cuando Wil está triste, tiene que ser él quien me toque primero. Hay que ser paciente. En quinto año, cuando perdió la elección como presidente de nuestro club de protección de las aguas del río St. Johns, pasaron días hasta que pude volver a jugar a golpearlo en el brazo sin tener que evadirlo.

Finalmente me deja ver su rostro. Está cubierto de marcas rojas y no tan rojas, y tanto dolor que podría jurar que está brotando de él como las olas agitadas de septiembre. Ha estado llorando.

–Habrá un juicio. Tendremos que atestiguar.

Asiento con la cabeza.

–No sé qué sentir –dice y lleva mi brazo sobre sus hombros. Es dolor real, en carne viva, por el padre que Wilson fue, o tal vez por el padre que no fue.

–Está bien. No necesitas saberlo.

–Es decir, él sigue muerto, y yo… –se estira y me levanta, como los hombres cargan a sus esposas a su nuevo hogar. Y me mece contra su cuerpo como si no fuera nada, una pluma. Su corazón se está acelerando. Buscando el camino para salir de su cuerpo.

Pienso en quedarme aquí, con él, por siempre. Pienso en tener una fina capa de arena de Atlantic Beach sobre mí, desde todos mis mayos hasta el resto de mis septiembres.

–No puedo quedarme aquí encerrado todo el día –su cabeza gira hacia la puerta y se libera de mí–. No puedo respirar aquí, Bridge.

–Vamos –me pongo de pie y lo ayudo a ponerse de pie–. Iré contigo. A donde tú quieras.

–Malditos reporteros –dice con los ojos cerrados. Su respiración me recuerda a madera astillada.

–Al diablo los reporteros. Oye –envuelvo sus manos con las mías–. Al diablo con ellos. No pueden mantenerte aquí. No eres un prisionero.

Él murmura algo.

–Dame tus llaves.

Wil busca en su bolsillo trasero y deja sus llaves sobre la palma de mi mano. Las sostengo con tanta fuerza que duele.

–Quédate aquí –le digo–. Acercaré la camioneta –salgo del taller, dejando a Wil en una esquina. Camino despacio por el jardín, de forma casual. Recién cuando me encuentro en la camioneta atravesando el jardín, noto el rostro curioso de un reportero en el espejo retrovisor.

Wil sale disparado del taller en el instante en el que me acerco a las puertas. Salta a la camioneta antes de que me detenga.

–¡Vamos! –exclama mientras cierra la puerta.

Presiono el acelerador y la camioneta brinca a través del césped. Pasamos alrededor de la caravana de periodistas y las ruedas rechinan al tocar el pavimento. Dejamos a todos atrás.

✦ ✳ ✦

Wil me indica que conduzca hasta el puerto. Respira con mayor dificultad ahora.

Para cuando llego al estacionamiento, creo que no lo he escuchado tomar aire en varios minutos.

–¿Quieres sentarte por aquí, o…? –suelto las palabras al aire mientras estaciono la camioneta.

–Mi papá restauró la cubierta de esta hermosa... –su rostro se contrae. Miro hacia otro lado, por la ventana. Los botes están meciéndose en el agua, esperándolo–. Creo que podríamos sacarla, *Annemarie*.

–Seguro. Lo que tú quieras.

Pero no nos movemos. Yo bajo las ventanillas y apago el motor. Los sonidos del muelle deberían tranquilizarme, pero los golpes del agua contra los cascos me sobresaltan una y otra vez.

–Timothy Pelle. El tipo parece mentira, ¿no? –su voz está trabada por las lágrimas. No lo miro, porque él necesita que no lo haga–. ¿Sabes lo que he estado pensando todo el día, desde que los detectives vinieron a contarnos?

–¿Qué? –le pregunto con calma.

–Estuve pensando que el hombre fue un bebé alguna vez. Y que probablemente sus padres lo amaban y tal vez pensaban que él sería presidente algún día. Imagino que él tiene una familia también, ¿sabes? Y ahora hay dos familias destruidas –su respiración es como aire pasando por un sorbete.

–Él debió pensar en eso antes –asomo la cabeza por la ventana, no hay ni una brisa.

–Su vida está acabada, Bridge. A partir de hoy. Siento... no se siente correcto –su cuerpo está tenso, sus facciones endurecidas. Las lágrimas dejan ríos plateados en sus mejillas. Se está quebrando, de a poco.

–Él se llevó la vida de tu papá. Es justo –tomo su rostro entre mis manos y lo volteo hacia mí–. No es tu culpa. Fue su elección.

–No hay nada justo en esto, Bridge. Nada de todo esto es justo –se libera de mí, y la base de su mano golpea el tablero, encendiendo la radio. Música de jazz con estática invade la camioneta hasta que bajo el volumen.

–Ok. Lo sé –no comprendo la tormenta que ocurre en su interior.

Debería alegrarle que el asesino de su papá haya sido atrapado. Que esta parte de la pesadilla haya terminado. Si Minna hablara conmigo me diría que Wil no tiene que actuar lógicamente. Que debe estar dándole vueltas al significado de la muerte de su padre. Que debe estar sin aliento, enojado y mareado por la injusticia de todo eso.

Espero a que Wil hable. Miro los botes mecerse sobre el agua. Su movimiento me hace sentir náuseas, como si acabara de bajar de una montaña rusa.

—No era todo malo —dice mientras estoy examinando un bote abandonando. Se frota la base de la mano—. Mi papá. Tenía maldad en él, eso seguro, pero había bondad, también.

—Sé que la había —le digo, y es verdad—. Y esa bondad no se ha ido. Está en ti. Eres el mejor chico que conozco, Wil —finalmente volteo a mirarlo. Su rostro está tan pálido como no lo había visto nunca, excepto en mi terrible sueño.

—No digas eso —murmura.

—Es la verdad. Tú *lo eres* —comienzo a enfadarme—. ¿Por qué no puedo decirlo? ¿Por qué no puedes aceptar eso?

—¡Porque eso no es cierto, maldita sea! —gime—. ¡Porque no lo dirías si *supieras*! —dice apoyando la cabeza contra la guantera y respirando con dificultad.

—¿Saber qué? ¿Saber *qué*? —le suplico—. Por favor, Wil. Dímelo. Lo que sea, lo que sea que no quieras decir en voz alta —acaricio los rizos mojados de sudor de su cuello—. Quiero que me lo digas.

—No puedo —susurra—. Fue porque… —enlaza sus brazos sobre su estómago, como si estuviera enfermo—. Fue por mí. Podría haberlo detenido de alguna forma, y no lo hice. Él murió por mi culpa —libera un lento y doloroso gemido que se detiene lentamente.

—Escucha —me muevo cerca de él, envuelvo su cuerpo sólido y seguro con mis brazos y descanso la barbilla sobre su hombro. Él respira con jadeos sin fin entre sollozos–. Sea lo que sea que creas que pudiste haber hecho, lo que sea que pienses que no hiciste, nada de lo que pasó esa noche fue tu culpa. Estaba fuera de tu control, Wil. Fue accidental que ese tipo eligiera tu casa.

–Tú no sabes. No sabes –dice.

–Entonces dime –lo sujeto con más fuerza–. Soy yo, Wil. Solo soy yo.

Él inclina la cabeza a un lado, sus lágrimas hicieron gruesos caminos por sus mejillas, bajando por su cuello. Acaricio su cabello y sus labios, y dejo mi mano contra su cuello.

Wil levanta la ventanilla para que estemos solos.

–Estaba muy oscuro cuando él llegó a casa –comienza.

Contengo la respiración. Me analizo a mí misma. Soportaré el peso, no importa cuán pesado sea. Haré lo que sea por él.

WIL

Primavera, último año

No siento mi cuerpo.

En un minuto estoy en el suelo escuchando si él llega y al siguiente estoy cambiando mi piel de Adolescente Promedio, dejándola desplomada en el suelo junto a mi cama. Salgo despedido por la puerta, sobre el laberinto de cajas, hasta la cocina, esperando sentir mis pies en el suelo o escuchar el motor de mi corazón dentro de mí (*tictictic*). No siento nada. Me pregunto si es que realmente estoy aquí.

El enfermizo *crack* de un cráneo contra la pared de yeso hace todo definido otra vez. Real. Estoy de pie del otro lado de la isla de la cocina, tratando de ver en la oscuridad. Mi papá está golpeando la cabeza de mi mamá como si fuera un balón de básquet. Hay tulipanes y vidrio y agua en el fregadero.

Papá la lanza contra la pared junto a la cocina. Otra vez. Ella no grita. ¿Por qué no está gritando? Hay un delgado hilo de sangre cayendo de su boca. Sus ojos no tienen vida.

—Te amo, te amo. ¿Por qué tú…? Te amo —dice él.

Suena como: *Muere, perra*.

—¡Papá! ¡Detente! —grito yo.

Suena como: silencio.

Su espalda está temblando, jadeando. Está llorando.

—¡Papá! —vuelvo a gritar. (O tal vez es la primera vez).

Arremeto contra él, arrojando el peso de mi cuerpo por la isla, y choco contra un hombre de hormigón. Me pongo en pie sosteniéndome de su camiseta y lo sujeto por el cuello con mis brazos, lo aprieto y, por un momento, la suelta. Yo la miro, ella me mira, y luego la veo desvanecerse contra la pared hasta quedar desplomada en el suelo. Ella también está cambiando la piel. Se está volviendo irreal, como yo.

Aprieto con más fuerza. Él me empuja hacia atrás, me hace volar en el aire; estamos en la piscina pública a la que me llevó algunas veces cuando era niño. Está soleado, y el agua es azul y fría. Él está de pie en la parte más baja y me hace volar, como si estuviera ofreciéndome al universo. Golpeo contra el refrigerador.

Me toma mucho tiempo recuperar el aliento. Para cuando vuelvo a ponerme en pie, la tiene sujeta por el cuello. Estoy gritando por los tres.

La vuelve a acorralar contra la pared, tomada del cuello, tan alto que sus pies no tocan el suelo. Tan alto que puedo ver la vida escurriéndose de sus ojos, rodando por sus mejillas en gotas brillantes. Su boca está abierta, en busca de aire. En el silencio de la oscuridad, ella es el único sonido. Jadeando, aspirando, esforzándose por tomar aire. Hasta que su rostro se relaja. Su cuerpo se afloja. Él la está convirtiendo de humano a muñeca.

Busco en la cocina algo para detenerlo, algo con lo que presionar PAUSA, pero no hay nada. Es por él que no hay nada, porque el desorden lo enloquece, porque las encimeras deben estar vacías siempre, *si no…* Tal vez sea irónico. No lo sé.

Me encuentro volando otra vez, pero ahora es más difícil. Ahora soy más pesado. En el hall de entrada, mis manos se encuentran con los palos de golf, encuentran un palo de cabeza redonda, y corro de regreso a la cocina. Los dos están en el suelo ahora, él está sobre ella, bajando lentamente el interruptor de su vida. Apagándola.

Quiero detenerlo.

Solo quiero detenerlo.

Elevo el palo de golf, y lo dejo caer en medio de su espalda. Él se dobla como un papel y me maldice. Dejo caer el palo una vez más. Él se desploma sobre ella. Estaba equivocado sobre él cuando era niño. Todo este tiempo, él no ha sido más que un hombre.

Los ojos de mi mamá están bien abiertos.

—Se a… Se a… —no puedo respirar. *Se acabó*, pienso. Por ahora. Y me permito dar grandes bocanadas de aire, como si nunca fuera a ver la superficie otra vez.

—Tú… hijo de… perra —mi papá está de pie otra vez, tambaleándose hacia mí. No logro captar su mirada—. Te mataré a ti también.

Huele a alcohol: dulce y asqueroso.

—¡Atrás! ¡Atrás! —es la única palabra que me sale. Levanto el palo sobre mi cabeza.

Y mientras tanto, pienso, *él nunca me enseñó a jugar al golf.*

Se dirige hacia mí, acercándose más y más, y yo agito el palo de golf como si fuera un bate de béisbol. Se desliza por el aire y golpea contra su sien.

Él da un paso atrás, sorprendido. Su boca se encorva, como en una sonrisa, y cae hacia atrás en la isla. El golpe de su cabeza contra la esquina es el ruido más fuerte que había escuchado.

Quedamos todos en silencio, todos ahora.

Los ojos de mi mamá siguen helados, abiertos, y trato de recordar, recordar si las personas mueren con los ojos abiertos o cerrados. Debí haber prestado atención en clase.

—¿Mamá? ¿Mamá? —dejo caer el palo y me inclino a su lado, y tendría que haberla levantado, besado, sentido, pero su piel encerada y su boca abierta me aterrorizan. Deslizo mi mano sobre la de ella, está húmeda. Y me aprieta débilmente tres veces, y entonces lo sé.

BRIDGE

Verano, último año

–No –digo. Lo repito una y otra vez, hasta que la misma palabra comienza a sonar mal. Es un conjuro. Un desesperado intento de deshacer lo que ya se ha hecho. Pero Minna me lo dijo: no tengo ese tipo de magia–. Wil, no –cada parte de mí se rehúsa a creer la historia que acaba de contarme: mi estómago revuelto y los mares dentro mis ojos, mis puños apretados y húmedos, mi piel aterrorizada.

Sabía que había algo, pero nunca imaginé que pudiera tratarse de esto.

Wil Hines mató a su papá. La bilis sube hasta mi boca y la fuerzo a bajar. El rostro de Wil se hunde en aguas agitadas frente a mí.

–Lo hice. Lo maté –voltea a mirarme, tan abruptamente que

me asusta. Y luego lo recuerdo: es él. Aún es él, ¿no es así?–. Tuve que hacerlo, Bridge. Él iba a *matarme* –hay dolor en la palabra.

–Tú lo mataste –repito.

Levanto la vista y veo todo en el cielo del color de la sangre: el color de las mejillas de mamá cuando ríe demasiado. El del cabello de Micah, fuego descontrolado. Pero más que nada nos veo a Wil y a mí como niños en las nubes, corriendo más allá de la rompiente, dando la vuelta para captar una ola que nos devuelva a la orilla. Veo a Wilson en la tabla de surf, sosteniéndome, sosteniéndome, sosteniéndome hasta el momento preciso. Lanzándome sobre la cresta de una ola, alentándome y aplaudiendo hasta que mi barriga se arrastraba en la arena. Nos veo a los tres sobre la arena caliente, mojados y agotados. A Wilson cubriéndonos con toallas de playa como si fueran sábanas y diciendo "Buenas noches, chicos", hasta que uno de los dos se quebraba de la risa y acababa con todo el juego.

Me muevo hacia atrás, alejándome de Wil, apoyándome contra la puerta. No fue mi intención, solo ocurrió.

–¿Y luego qué? –digo con un gemido–. ¿Por qué no llamaste a la policía, Wil? ¿Por qué no…?

–¡Maldición! ¡Quería hacerlo! –solloza–. Pero mamá, mamá dijo… –está llorando demasiado como para hablar, y casi todo en mí quiere abrazarlo. Veo sus puños apretándose cada vez más y más fuerte, y pienso en eso. Pienso en el hecho de que esas manos acabaron con una vida.

–Está bien, está bien –no sé con quién estoy hablando exactamente. Puedo sentirlo subiendo por mis entrañas: un profundo y bajo gemido que se convierte en sollozo. En grito.

–¡Quisiera que no lo supieras! –Wil le grita al parabrisas–. No quería decírtelo. ¡No quería decirte nada de esto!

–De acuerdo –me seco el rostro, dejando lugar para más lágrimas–.

No es tarde. Aún puedes ir con la policía. Entregarte. ¡Explicar lo que ocurrió! ¡No fue tu culpa!

–No puedo. Hemos hecho demasiado para ocultarlo –se hace un ovillo, su voz suena ahogada–. Limpiamos mis huellas del palo de golf, lo pusimos en las manos de papá. Rompimos el vidrio de la puerta para que pareciera un robo. ¡Le mentimos a la policía!

–¡Cuéntaselos ahora!

–¿Contarles qué? ¿Que dejé que mi mamá me convenciera de mentir para salvar mi propio trasero? ¿Que la historia de mi papá llegando del bar para encontrarse con un ladrón es todo un invento? ¿Agradecerles por todas las historias en las noticias sobre los asaltos?

–¡No lo sé! –grito–. ¡No sé qué se supone que les digas! –no sé cómo arreglar esto por ellos, por nosotros. Odio a Henney por convencer a su hijo de mentir. Odio a Wilson por lo que le hizo a su familia. A la única persona que no logro odiar es a Wil.

–Ella dijo que nuestras vidas estarían acabadas –cierra los ojos y su voz se suaviza–. Dijo que sin mi papá podríamos recomenzar y tener las vidas que deberíamos tener. Y lo lamento, pero quería que tuviera eso. Después de toda la mierda que él la hizo pasar… –nuevas lágrimas se deslizan por sus mejillas–. Ella merecía eso.

Busco su mano y la tomo, él me deja hacerlo.

–Yo creo que hiciste lo que tenías que hacer para salvar tu vida –le digo con firmeza–. Y la vida de tu mamá. Y sé que cualquier persona, cualquiera que te conozca, lo vería de la misma forma.

–Es muy tarde –dice negando con la cabeza.

–Timothy Pelle –le digo apretando su mano.

–Él mató a la otra mujer. Entró en esas casas, ¿no? –sus ojos son grandes y salvajes. Está buscando alguna forma de que esto esté bien. No hay nada más que aire viciado.

–Pero él no mató a tu papá.

–No tiene que estar en las calles –argumenta–. Es un asesino.

–Él no mató a tu papá.

–No –dice finalmente. Su cuerpo cae en el asiento–. Él no mató a mi papá.

Estoy repentina y completamente vacía. Quiero acurrucarme sobre sus piernas y dormir por años. Vuelvo a apoyarme contra la ventana. El vidrio caliente se pega a mi piel.

–¿Qué hay de Porter y Yancey? ¿No tienen idea?

–El hombre estuvo en las noticias por mucho tiempo –se cubre el rostro con las manos–, recordaba algunos detalles. Les dije a Porter y Yancey que mi papá salvó la vida de mi mamá.

–Y ellos simplemente…

–Ellos nos creyeron –murmura en sus manos–. Les dijimos que papá había estado bebiendo en Big Mike y aún no había regresado, cuando un tipo rompió la puerta de entrada. Dijimos que mamá lo sorprendió y, cuando él la atacó, mi papá intentó golpearlo con un palo de golf. Dijimos que el tipo usaba guantes y que después de atacar a mi papá, él solo… corrió.

Esto es demasiado. No puedo manejarlo. Pensé que podría. Abrazo mis rodillas contra mi pecho y presiono hasta que ya no siento los brazos.

–Así que, los días que siguieron, cuando los detectives nos pidieron que les contáramos los detalles, ya habíamos visto el retrato del hombre que buscaban, así que supimos qué decir –finalmente, Wil levanta la cabeza por una fracción de segundo antes de que su mentón vuelva a caer sobre su pecho–. Somos unos malditos mentirosos.

–No digas eso, ¿comprobaron si estuvo en el bar?

–Sip. Él estuvo ahí esa noche, justo como mamá imaginó –sus labios se debilitan–. Había estado pasando mucho tiempo ahí. Maldito ebrio.

Al cerrar los ojos veo a Wilson apoyado contra la pared fuera del bar mientras voy a Nina. *Mierda.* Tal vez si hubiera dicho algo. Tal vez.

Escuchamos una sirena pasar por la avenida, una corriente eléctrica recorre mi cuerpo y Wil se pone rígido también.

–Lo van a descubrir –le digo con cuidado–. Cuando no encuentren el ADN del hombre, cuando te confundas y digas algo distinto, lo van a descubrir. Deberías…

–No hagas esto. No te sientes ahí a juzgarme –hay veneno en su voz–. Tenía que hacerlo. Por ella.

Una nueva ola me sacude. Dejo que las lágrimas caigan, estoy demasiado cansada para llorar.

–Yo no… –dice mirando por la ventana–. No puedes decirle a la policía. Acabarás conmigo, Bridge. No puedes. Te amo. No puedes.

–Tengo que ir a casa –mi cabeza está palpitando. Voy a ir a casa y dormir, y cuando despierte, esto no será real. Wil Hines será Wil Hines otra vez. Nuestra mayor preocupación será tener una relación a distancia. Yo me voy a quejar por tener clases a las ocho de la mañana, y él me va a contar sobre ese cliente que es una molestia. Pero no hablaremos sobre esto. No así.

–Tengo que graduarme, por mi mamá. No me importa lo que pase conmigo después, pero tengo que graduarme este fin de semana.

–Lo sé, Wil. Yo solo… necesito pensar –salgo del estacionamiento. Wil baja su ventanilla en silencio. El viento no llega a refrescar mi piel febril.

»Tienes que decirle a la policía.

Él no responde. Cierro los ojos y dejo que las luces de neón bañen mi cuerpo.

–Te amo –le digo.

BRIDGE

Verano, último año

—Tienes que dejarme verla –le suplico a Rita a la mañana siguiente–. Por favor. Sé que es temprano y sé que me odia, pero tengo que hablar con ella. Haré lo que sea, Rita. Por favor –siento como si mi rostro fuera de hule y mi cabeza estuviera inflada con aire caliente, tres veces su tamaño normal. Soy uno de esos muñecos inflables gigantes, meciéndose y ondulando en el estacionamiento de una concesionaria sobre Atlántico. La débil versión en caricatura de una chica consternada. Mis ojos están inyectados en sangre. Mi lengua está hinchada. No dormí, ni comí. Tengo que hablar con ella. Es la única persona en el mundo capaz de ayudarme.

Rita toma aire profundamente, inflando sus cachetes, y lo deja salir muy despacio. La vida le pasó por encima. Apaga el televisor y la silla metálica cruje cuando ella se apoya para levantarse. Se acerca a la camioneta y palmea mi brazo. Tiene una mancha de labial rojo en un diente.

–No puedes hablar con ella, cariño.

–No, lo sé. Sé que está enojada, pero es una emergencia –siento ganas de sacudirla.

–Lo que intento decir es que realmente no puedes hablar con ella. La señora Minna se cayó anoche y se golpeó la cabeza. Aún no han podido despertarla –me explica cerrando los ojos. Se me hiela la sangre.

–Pero va a despertar, ¿no es así? Las personas no se caen y simplemente no despiertan más –me siento mejor en cuanto lo digo. Las personas como Minna no se extinguen así. Ella es más que eso. Ella se irá luchando, en grande. Mostrándole al mundo el dedo del medio. Escribiendo MÁS TARDE, MALDITOS en un tablero de Scrabble.

–Lo siento mucho, querida –Rita apoya su mano en mi brazo y la deja ahí.

–¿Al menos puedo verla? –cierro los ojos e imagino la camioneta atravesando la reja. Lo haré. Estoy tan triste, solitaria y loca como para hacerlo.

–Déjame que llame a la oficina de enfermeras a ver qué puedo hacer –regresa a su cabina y cierra una puerta que no sabía que existía. Veo cómo se mueven sus labios rojos–. Su hija dice que puedes pasar –dice abriendo la puerta.

–¿Su hija? –repito.

–Sí, una dama de Winter Park vino anoche cuando la llamamos. Trajo a la nieta, también –me guiña un ojo–. Supongo que cierta carta sirvió para algo, después de todo.

Niego con la cabeza. Levanto una mano y evito esas palabras. No voy a creerlas.

–Como sea, la señora Minna está en la habitación 302. Sigue este camino, pasando por su casa, hasta el centro del complejo. Está en el…

–Epicentro de la muerte –murmuro.

–Hospital –dice entornando los ojos.

–Correcto.

–Espera –Rita revuelve su escritorio y toma una bolsa de mini galletas con chispas de chocolate–. Lleva esto. En caso de que despierte. La gelatina de aquí apesta.

Atravieso la entrada y doy vueltas y más vueltas hasta que el hospital aparece a la vista, con varios pisos de alto. Subo en el elevador hasta el tercer piso. Se abre directamente en una oficina de enfermeras. Es más tranquilo de lo que esperaba. Más lento. Nada parecido a los hospitales en la televisión. Hay una enfermera hablando por teléfono, bebiendo un café de Starbucks, que al verme levanta su dedo índice, como diciendo "Solo un segundo". Pero la llamada es personal, es tan obvio que es personal, por la forma en la que sonríe y se ríe como si Minna no estuviera en algún lugar de este piso, sin despertar.

Finalmente, cuelga le teléfono.

–¿Vienes a ver a la señora Asher?

–Señora Asher, eso creo –respondo.

–La segunda habitación a la izquierda.

Fuera de la habitación hay algunas sillas plásticas, como las que usamos en las reuniones de la escuela. Como las que había en la estación de policía. Me pregunto cuántas personas se han sentado en estas sillas a llorar. A esperar. A tomar un café malo. Me pregunto cuántas personas estaban aquí sentadas cuando escucharon que su madre, padre, abuela o tío abuelo se había ido.

La puerta está ligeramente abierta y golpeo despacio. No hay respuesta. La abertura es del ancho de una persona, así que me deslizo por ella y cierro la puerta detrás de mí. Minna está recostada en una cama de hospital con los ojos cerrados. Su cabello está suelto, bonito pero despeinado. Luce como Minna durmiendo, como la mañana en la que me metí en la cama con ella, solo que ahora tiene una marca morada en la frente. Un pequeño corte y una diminuta marca de sangre seca. Tomo un papel del expendedor de la cama, lo humedezco con la lengua y limpio la marca de sangre. No encuentro un cesto de basura, así que guardo el papel en mi bolsillo trasero.

—Oye, Minna —digo en voz alta, y me siento estúpida y avergonzada.

Hay una silla cerca de su cama, así que me siento. Está conectada a tantas cosas. Recargándose. Mis ojos se llenan con lágrimas de enojo y quiero salir al corredor y gritar *hay alguien aquí que necesita ayuda ¿alguien sabe eso?*

—No sé si puedes oírme —digo acariciando su cabello—, o si recibiste mi carta. Pero por si acaso, decía cuánto lo siento por haber enviado esa carta a tu hija. Eso fue estúpido y solo… No lo pensé. Lo cual no es excusa.

Creo ver sus labios moverse.

—Leigh dice que meto mis narices en asuntos ajenos. Micah lo dice también, todo el tiempo. Dice que soy controladora —exhalo, y suena como una risa—. Eso tampoco es una excusa.

Me echo hacia atrás en la silla, estoy tan cansada. Quisiera bajar las cortinas, trepar a la cama con ella y dormir hasta que ambas despertemos. Quiero que ella me diga lo que es correcto, porque ella sabría lo que es correcto. Esta es una decisión que no puedo tomar sola, una oportunidad en la que no quiero hacer la llamada.

—Tengo que decirte algo —me acerco, bajo la voz y lo digo rápidamente—: Wil mató a su papá. ¿Ya sabías eso? En el camino hasta aquí estaba pensando que tal vez tuviste el presentimiento. Yo no. No lo sabía.

»Me pidió que no lo contara –mi rostro está caliente e hinchado otra vez–. Y no sé qué hacer, porque sé que él tuvo que hacerlo. Y sé la clase de persona que es, y desearía que hubiera dicho la verdad desde el principio, porque no creo que pueda cargar con este secreto. ¿Qué se supone que debo hacer? ¿Irme a la universidad sin decir nada? ¿Regresar los fines de semana, desayunar en Nina y sentarme al otro lado de la mesa a hablar sobre crêpes?

La miro, esperando una señal, pero su rostro está en blanco. Vacío.

–Y otra cosa es que sigo pensando en cuán injusto es esto. No importa lo que pase, él tendrá que cargar con esto por el resto… de su vida –mis pulmones se cierran ante esa idea–, y no lo culpo por eso. Culpo a Wilson –siento ganas de golpear algo. Destruir algo. Arruinar algo. Pero ya hay demasiadas cosas arruinadas.

Cierro los ojos, solo por un momento, y veo a Wil blandiendo el palo de golf. Me fuerzo a abrir los ojos en el momento del impacto. Me pongo de pie y me acerco a la ventana. Al otro lado hay un estacionamiento. Me pregunto si se verá el océano desde los pisos más altos. Se lo diré a alguien: "Ella debería tener vista al océano".

–Vine para que me dijeras qué es correcto hacer, y no puedes decirme qué es lo correcto. Ni siquiera sé qué es lo que dirías –vuelvo a cerrar los ojos y escucho atentamente. Pero no hay nada, solo el sonido de mi propia respiración y la risa de una enfermera afuera.

»Él no tenía elección –susurro–. Tenía que hacerlo. Y si se lo digo, lo arruinaría –escucho un ligero golpe en la puerta y me sobresalto. Una enfermera joven asoma la cabeza. Sostiene una ficha.

–Hola. ¿Eres la nieta?

–No –respondo–. Solo una amiga.

–Bueno, quienquiera que seas, necesito hacerle un chequeo. ¿Te importaría salir solo un minuto?

–De acuerdo –aprieto la mano de Minna y la beso en la mejilla. Su piel se siente como papel, fina y seca–. ¿Sabes si va a estar bien?

–Si no eres familia… –mueve sus labios en una sonrisa compungida.

–Lo entiendo –no la miro mientras salgo de la habitación. Me dejo caer en una de las sillas junto a la puerta y me recuesto. Cierro los ojos. Podría dormirme aquí mismo. Esperando a que ella despierte. No quiero estar en ningún otro sitio. No quiero ir a casa.

Siento a alguien cerca, demasiado cerca, y abro los ojos.

–Tú debes ser Bridget –la mujer frente a mí no es lo que esperaba. Quizás esperaba a una Minna en miniatura: cabello largo de diosa y un caftán. Más joven. En cambio, es baja, atlética. Su cabello oscuro está atado en una cola de caballo, con algunos mechones grises. Lleva puestos pantalones de yoga con una mancha en el muslo y una sudadera demasiado grande. La imagino recibiendo una llamada en medio de la noche y poniéndose lo primero que encontró tirado en el suelo.

–Ah, sí –respondo poniéndome de pie, porque siento que debería pararme.

–Virginia –se presenta ella. No es amigable ni hostil–. Y ella es mi hija, Elizabeth.

Una chica como de mi edad se asoma desde atrás de su madre, mirando al suelo.

–Hola –dice, sin levantar la vista.

–Hola –respondo.

Nos quedamos paradas, sin mirarnos la una a la otra, extrañas, con una cosa extraña en común.

–Ella está… ¿los médicos te dijeron algo? –pregunto.

–Son optimistas –se frota los ojos y habla con tranquilidad–, pero es mayor, ya sabes, así que estas cosas son más difíciles de… –no termina la oración.

–Ok, bien. Eso es bueno.

–Sí –Virginia asiente.

No sé qué más decir. Pensaba que tal vez nos abrazaríamos o lloraríamos juntas, o que yo podría contarle historias sobre Minna que ella moría por saber durante años. Pero ella no pregunta y yo aprendí a no abrir la boca.

–Si necesitas salir de aquí y quieres algo de comer, la Cafetería de Nina es buena –le digo–. Podría traerles algo si quieren.

–Eres muy amable –responde Virginia–. Pero estaremos bien.

–Sí. De acuerdo. Bien… ¿me llamarías o enviarías un mensaje cuando ella despierte? –no dice que no, así que le doy mi número y su hija lo ingresa en el teléfono celular. Quiero preguntarle si Minna recibió mi carta, si la leyó, si estamos bien. En cambio, le digo un torpe adiós y tomo el elevador para bajar al lobby.

✦ ✸ ✦

Mientras estoy llegando a casa, veo a una figura familiar sentada en la entrada. Henney luce deshecha, a punto de colapsar. Su piel es de un gris pálido. Su cabello oscuro está recogido en un rodete ajustado sobre su cuello. Mechones plateados se ondulan sobre sus sienes. Siento un punzante y caliente golpe de miedo en el estómago.

–Hola –le digo con cuidado mientras bajo de la camioneta. Me paro en el jardín, no muy cerca–. ¿Qué ocurre, Henney? ¿Puedo ayudarte con algo?

–Él te contó. Sé que te lo contó –intenta levantarse pero se tambalea. Corro hasta la escalera y la ayudo a ponerse en pie. Está usando una vieja camiseta de HINES. Las letras familiares flotan frente a mí–. No tendría que haberlo hecho, pero te contó –se apoya sobre mí, como un niño se apoya contra su madre. Tengo que estabilizarme por su peso–. Te ama demasiado para guardarte un secreto, incluso algo como esto.

–Yo lo amo, también –digo cuidadosamente.

–Sé que lo amas –me mira, sus ojos están llenos de lágrimas–. Sé que lo amas. Y sé que no quieres acabar con su vida, Bridget. Bridge –me mira a los ojos–. Y si lo reportas, si le dices algo a alguien…

–Eso no es justo –respondo y me aparto de ella–. No.

–No lo es –dice con firmeza–. Nada de esto es justo. No es justo que yo me casara con un hombre que me golpeaba, y no es justo que Wil tuviera un padre que intentó matarlo. No es justo. Pero te lo estoy pidiendo, porque yo estaría muerta ahora si no fuera por ese chico.

–Lo sé –doy un paso atrás–. Yo solo…

–Piénsalo –dice ella. Sus labios forman una línea rígida–. Piensa en lo que pasaría con él. Acabarías con él. Le prometí que cuidaría de su futuro, Bridget. Y haré todo lo que pueda por cumplir esa promesa.

Me quedo en silencio. No hay nada más que decir. Después de un momento, Henney me deja, ahí parada en el jardín. Sosteniendo el futuro de Wil, pesado sobre mis manos temblorosas.

BRIDGE

Verano, último año

Soñaría con nosotros… si pudiera dormir. Me hundiría en lo más profundo de mi ser en busca de mis recuerdos más antiguos, nuestros mejores momentos, y los enhebraría juntos como si fueran perlas marinas y seguiríamos juntos por siempre. Tal vez cuando despierte sepa qué hacer. Tal vez sepa si esos recuerdos son suficientes para sostenernos. Para impulsarnos a seguir.

En cambio, estoy perdida, caminando por el agua, no puedo encontrar la tierra.

No hemos hablado en días. Solo recibí un mensaje de él.

Esperaré tu llamada. Te deseo a ti, no importa lo que pase.

Lo leí un millón de veces, porque lo extraño.

La mañana de la graduación, arropada bajo mis sábanas, esperando a que amanezca, lo leo otra vez.

Esperaré tu llamada. Te deseo a ti, no importa lo que pase.

Escribo una respuesta rápida y presiono ENVIAR antes de poder arrepentirme.

Te deseo a ti. Recógeme a las ocho.

Luego me siento en la cama y apago el celular. Mi mente está llena de cables pelados. Mis ojos están secos y mi corazón late más deprisa de lo que debería. Lo amo. Sé eso. Pero es todo lo que sé, y no estoy segura de que sea suficiente. Abajo, mamá y Micah están murmurando demasiado fuerte, golpeando sartenes, sirviendo jugo de naranja. Huelo mantequilla quemada y café. Me pongo mi bata y me meto en el baño. No logro que la ducha esté lo suficientemente caliente. Dejo que el baño se llene de vapor y eso me libera. Me permito llorar bajo el agua, y me siento más cerca de él.

Al terminar, envuelvo mi cabello en una toalla y me pongo el vestido de graduación que Leigh me prestó: un tubo blanco ajustado, con el escote adornado con piedras blancas. Me seco el pelo, luego lo aliso. Encuentro las perlas de imitación que mamá me compró para mi cumpleaños número trece; no usé aretes en años, así que me toma demasiado tiempo pasarlos por mis orejas.

Me pongo de pie frente al espejo del baño, luzco normal (bonita incluso, lo que debería hacerme sentir mejor). Me veo como una chica con futuro, con un próximo paso a seguir. Pero es una mentira. No tengo a dónde ir a partir de aquí. Llamar a la policía, ponerlos sobre aviso, y Wil iría a prisión. Mantener la boca cerrada, y el secreto nos desgastaría lentamente. Me aparto del espejo y bajo de prisa.

–¡Feliz graduación para ti, feliz graduación para ti! ¡Feliz graduacióóóóóóóón, querida Briiiidget! ¡Feliz graduación para ti! –mamá y Micah cantan desde la cocina cuando me escuchan bajando.

Me deja sin aliento lo que prepararon. Hay banderines púrpuras colgados entre la puerta de entrada y la cocina. Alguien (mamá) sujetó banderines al ventilador de techo; lo que implica que tendrá que llamar al encargado más tarde. El suelo está cubierto por tantos globos, que no hay lugar donde pararse. Mamá hizo miles de copias innecesarias de mi fotografía del anuario que están pegadas en cada superficie posible. Los amo a los dos, mucho.

–Feliz graduación, mi primogénita –dice mamá ofreciéndome un plato de waffles de Funfetti–. Te ves hermosa, cariño.

–¡Ustedes! –dejo el plato en las escaleras y los abrazo a los dos. Incluso Micah me lo concede por dos segundos completos–. ¡No puedo creer que hicieran esto!

–Vamos –mamá toma dos platos más de la mesada–. Vamos a tomar el desayuno en la cama, como un *día de enfermedad entre comillas*.

–Les juro por Dios que si le cuentan a alguien sobre esto… –dice Micah mientras nos echamos en el sofá cama del living, pero no lo había visto sonreír así en meses. Comemos los waffles y mamá nos cuenta historias de la escuela que habíamos olvidado hace años, como cuando Micah atrapó una lagartija (Bernard) en su primer día en Florida, y la tuvo en su escritorio con una galleta con mantequilla de maní y un vaso plástico de jugo Capri Sun, hasta que el compañero de al lado sintió el olor.

Y luego, la mirada de mamá se pone seria. Nos cuenta la historia de mi segundo día en Florida. Llegué a casa justo a tiempo para la cena, cubierta de aloe vera y contando historias sobre un chico y su papá que hacía botes. Y, cuando me arropó por la noche, le pregunté si las personas se casaban en botes. Pero se detiene a mitad de la historia porque no puede y yo tampoco, incluso Micah tose y dice que se tiene que dar un baño. Se lleva nuestros platos y corre al primer piso.

Yo me acurruco con mamá y levantamos las sábanas. Ella peina mi cabello con sus dedos, me apoyo en ella y cierro los ojos. Me siento feliz, plena, lo suficiente como para olvidarme de Wil por una fracción de segundo. Pero luego suena el timbre y salgo de debajo de las sábanas para abrir la puerta. Él está de pie al otro lado, con flores en la mano, tulipanes.

–Te deseo a ti –dice, y me besa.

Le devuelvo el beso; me permito fingir que soy una Chica Común y que él es un Chico Común y que este es un Día Especial Común. Me aferro a esa sensación el mayor tiempo posible. Quiero hacer que dure.

WIL

Verano, último año

No hablamos en el camino a la escuela, y lo entiendo, pero, Dios, desearía que dijera algo. Ni siquiera tiene que ser real. Podríamos hablar sobre el clima, sobre el calor, que es del tipo húmedo que baja por tu garganta y se mete en tus pulmones. Podríamos hablar de qué comimos para el desayuno o jugar a adivinar con cuántos apellidos se confundirá el director. No necesito que diga cosas reales: que me ama, que entiende por qué hice lo que hice, pero encontraremos un modo. Porque somos nosotros, y eso es suficiente. Puedo esperar por esas cosas. Esperaré por siempre.

—Hace calor —le digo, mientras zigzagueo en las filas de autos del estacionamiento, en busca de algún lugar olvidado. Las chicas lucen vestidos blancos que son demasiado cortos y ajustados, y pasan cojeando en sus zapatos de plataforma hacia el gimnasio. Las que no tienen un bronceado natural usan spray autobronceante, (¡*Como Kylie Mitchell!*, pienso, y le quiero decir a Bridge). Los chicos parecen igualmente incómodos en pantalones caqui y zapatos que no son sandalias. Veo a Ana en su vestido estilo camisón, más largo atrás que adelante. No nos recuerdo. No recuerdo nada más que a Bridge y a mí, porque nada más importa.

—Creo que tendrás que estacionar en la calle —murmura Bridge mirando la ventana.

—Sí —encuentro el lugar más cercano a una calle de la playa y se me ocurre la loca idea de tomarla de la mano, mirar profundamente su interior y decir, *al demonio con esto, vamos a la playa, tú y yo, y nademos tan lejos como podamos.* Es un pensamiento estúpido, un vergonzoso pensamiento del Verdadero Yo, el tipo de cosas que solo pasan en las películas. La gente no abandona su graduación por ir al océano. Se sienta en silencio y sonríe mientras recibe su diploma. La gente finge que estas son las cosas que importan, que es una clase de Gran Momento en la Vida.

Estupideces.

Un Gran Momento en la Vida es estar de pie sobre tu padre ebrio sosteniendo un palo de golf. Un Gran Momento en la Vida es pasar seis veces frente a la estación de policía, diciéndote a ti mismo que tengas lo que hay que tener para entrar. Para decirles lo que pasó en verdad. Arreglar esto.

Tomo su mano mientras caminamos hacia la escuela y ella me deja. Su mano es pequeña, está fría y seca. Pienso que eso es una buna señal, de alguna forma.

—¿Harás algo después de esto? —le pregunto con la vista fija al frente.

—No lo sé, Minna está en el hospital. Tal vez vaya a verla.

—¿Va a estar bien?

—No lo sé, realmente —dice—. Oye, ¿alguna vez llegaste a conocer a Ned Reilly? —su cabello cae alrededor de su rostro, una puesta de sol en un millón de hebras. Se me cierra la garganta, y quiero decirle cuánto lo siento, pero *lo siento* no es la palabra. No hay una palabra para esto.

—No realmente. ¿Por qué preguntas?

—Él dará el discurso de apertura hoy y él es, como, un buen chico. Y he estado pensando acerca de la escuela secundaria y la cantidad de personas que no conozco y el tiempo que perdí por motivos estúpidos.

No sé si está refiriéndose a nosotros, y estoy demasiado cansado para preguntar.

Cuanto más nos acercamos a la escuela más lento caminamos. Hay padres con arreglos florales gigantes, con cámaras fotográficas colgando del cuello. Hay chicos de mi clase, que no se ven como chicos hoy, pero tampoco como adultos. Me recuerda a esa canción de Alice Cooper: "Tengo dieciocho", trata de estar estancado en el medio entre ser un chico y un hombre. Así es exactamente cómo me siento: estancado en el medio, flotando, esperando a tocar tierra en algún lado. Y no sabré dónde hasta que Bridge diga lo que tiene que decir.

Nos detenemos frente al salón con el cartel A-H en la puerta y Bridge entra y sale con nuestras togas y birretes. Nos los ponemos y me siento un tanto estúpido, parado frente a ella con una toga de color púrpura, pero ella me mira como si no tuviera que sentirme estúpido en absoluto. Desearía que este pudiera ser un día normal para nosotros. Desearía que nuestros padres estuvieran en el público, los cuatro, sonriendo y tomando fotografías. Desearía que nuestras familias pudieran ir juntas a Nina después de la ceremonia, y luego volver a mi casa, en donde habría un pastel de Publix en el refrigerador, con la frase FELICIDADES, BRIDGE Y WIL escrita en glasé azul, porque esto es real e importante.

Desearía.

Nos reunimos fuera del gimnasio, todos, alborotados, extraños y nerviosos. La señora Thompson nos hace formar y, dentro del gimnasio, la banda comienza a tocar. Todo mi cuerpo se comprime.

Sigo a Bridge adentro, por el brillante salón, hasta el falso escenario que suena como si fuera a colapsar ante tanto peso. El director está de pie en el atril con una enorme sonrisa de compromiso. Pasamos por las filas de sillas metálicas plegables, y una vez que toda la clase se encuentra sobre el escenario, nos sentamos.

Escucho sollozos ahogados en la multitud, y sé que es ella. Mi mamá es una mujer quebrada, y no creo que eso pueda cambiar. Si pudiera rebobinar nuestras vidas, hacer un pequeño cambio en la historia para que ella vuelva a estar completa, lo haría. Incluso si eso significara que mis padres nunca se hubieran conocido. Que yo no exista. Lo haría.

—Hoy —dice el director, demasiado cerca del micrófono— es el primer día del resto de sus vidas —maldición si tiene razón. Hoy podría ser nuestro primer día, o el último. Bridge me tiene (al Verdadero Yo) en sus manos, y no hay nadie en quien confíe más, y aun así estoy terriblemente asustado. Hace días que tengo este sentimiento recorriéndome, este frío flujo de adrenalina. Es la misma sensación que tuve cuando Bridge y yo nadamos demasiado lejos de la rompiente cuando éramos niños. Para cuando me di cuenta de que habíamos ido demasiado lejos, casi la había perdido.

La verdad es que temo perderla, más de lo que temo cualquier cosa que pueda pasar conmigo. Soy pequeño en comparación con el océano, comparado con el mundo entero. Lo que pase conmigo no importa, siempre que Bridge aún me ame. Me lo dije un millón de veces: lo que ella decida, lo aceptaré como un hombre. Aunque desee lo que deseo tanto que duele. Deseo que vaya a la universidad y quiero trabajar con los botes y que seamos felices a diario. Mi papá diría que esos son demasiados deseos, y probablemente tendría razón.

Espero. Espero mientras el director habla de horizontes y de causar un impacto, incluso dice algo acerca de que el futuro es tan brillante que tendremos que usar gafas, y algunos padres se ríen, pero ninguno de los chicos lo hace. Espero mientas Ned Reilly trastabilla durante su discurso acerca de que todos somos uno, y que el éxito de uno es el éxito de todos, y las dificultades de uno son las dificultades de todos. Siento una rápida y caliente ola de enfado. Ned Reilly no sabe nada.

—Y ahora, para la entrega de diplomas, por favor pónganse de pie cuando escuchen su nombre —sigue el director.

Veo a mis compañeros cruzar el escenario, uno a uno, hasta que llega el turno de Bridge, y luego el mío. Giramos nuestras borlas al otro lado, tal como indica la tradición, luego lanzamos los birretes al aire como si fueran frisbees púrpuras. Mi mamá, Christine y Micah están esperándonos en una esquina del gimnasio. Mamá me deja sin aire al abrazarme. Toma mi cabeza en sus manos con tanta fuerza que podría abrirla a la mitad. Me mira con los ojos hambrientos, quiere saber. Intento responderle en silencio, pero ella no me entiende. Mi papá y yo éramos los únicos que teníamos esa clase de conexión.

—¿Quieren ir a comer a algún lado, chicos? —pregunta Christine pasando su brazo sobre mis hombros y apretándolos—. ¿Nina, tal vez?

—Eh… —me pongo rígido, mirando a Bridge.

—¿Podrían darnos un segundo a Wil y a mí? —Bridge se aclara la garganta y mira a todos excepto a mí—. ¿Solo para hablar?

—Esperaremos junto al auto —responde Christine, enlaza su brazo con el de mi mamá y me guiña un ojo.

—Wil —dice mi mamá.

—Mamá —respondo.

Salimos del gimnasio, pasamos junto a Leigh y sus padres conservadores; a Ana y su vestido tipo camisón; a la señora Thompson y la sonrisa apenada que me ofrece cada vez que tiene oportunidad. El parque está silencioso y vacío. El mural de Leigh resplandece bajo el sol: una versión en caricatura de Florida. Palmeras con hojas verde lima, un sol alimonado y aguas espumosas. Nos deslizamos por la pared, uno junto al otro, mirando el estacionamiento.

—Quieres ir a Nina o… —es lo único que se me ocurre decir.

—Wil —dice Bridge en un tono que me detiene el corazón—. Te amo.

—Él me habría matado. A ambos —presiono mis dientes hasta que mi cabeza palpita. Creo que es la primera vez que digo eso en voz alta. Son las palabras más horribles que he dicho jamás.

—Lo sé —murmura, haciendo que las lágrimas caigan por mis mejillas—. No tenías opción.

—No tenía. No —puedo sentir cómo todo mi cuerpo se desploma en sí mismo. Necesito que ella me mantenga en pie. La necesito.

—Lo sé.

—Irás a la policía —afirmo.

Cierro los ojos para detener las lágrimas, pero no funciona. *Mi mamá estará sola. Estará completamente sola. No sobrevivirá.* Analizo mi interior, en busca de enojo, ante el pensamiento *¿cómo puede hacerme esto a mí?,* pero simplemente no está ahí.

—No lo sé. Aún no lo sé —escucho el vaivén de su cabello mientras niega con la cabeza.

—¿Y qué sabes?

—Sé que te amo. Sé que… te perdono —suena sorprendida por sus propias palabras.

—Está bien, entonces. Está bien —me alivio. Seco las lágrimas con mi mano.

—Tengo que pensar. Necesito tiempo, ¿sí?

—Sí, de acuerdo.

—Necesito más tiempo —me besa intensamente, sus labios húmedos con sabor a sal presionados contra los míos, y luego se levanta y se marcha por el parque, con su cabello volando detrás. La miro todo el tiempo que puedo. Grabo su imagen en mi memoria: la chica con el cabello como el fuego y piel de algodón; la chica a la que no dejaré de amar, sin importar lo que suceda.

BRIDGE

Verano, después del último año

Él me da tiempo. Aunque sé que lo está matando.

Es lo que yo le pedí, y lo odio. Siento físicamente el tiempo que estamos lejos, profundamente: es el fuerte pinchazo de caminar sobre cascarones, implacable. La decisión que tengo que tomar es imposible. Si hablo, acabaré con él. Si no lo hago, acabará con nosotros.

Ocupo mis días haciendo otras cosas, con la esperanza de que la respuesta llegue a mí como la marea llega a la arena. Paso horas en el hospital, cepillando el cabello de Minna o recostada en las horribles sillas plásticas fuera de su habitación o en la cafetería del primer piso ordenando cafés latte para Virginia y Elizabeth que no pidieron. Las enfermeras rompen las reglas por mí. Me quedo mucho después de que termina el horario de visitas. A Virginia no parece importarle. Esperamos. A veces juntas, mayormente separadas.

Sostengo las manos ásperas de Minna y le cuento historias sobre Wil, porque él es en lo único que pienso. Las historias sobre Wil son algo automático. Incontables parpadeos en un solo segundo. Le cuento sobre la vez que él y yo armamos una pista olímpica en la playa entre el cuarto y quinto año de primaria. Tenía una pista de carrera de obstáculos, un torneo de voleibol de uno contra uno, y medallas hechas con papel aluminio. No había empate, porque en la vida real no existen los empates. Cantamos el himno nacional, desafinando en las notas altas.

Hice trampa en la carrera de obstáculos. Wil había ganado demasiadas competencias seguidas. Así que, cuando él se acercaba a la siguiente valla de madera, la moví. Solo un poco, con un dedo del pie. Él se cayó en la arena y se lastimó la rodilla. Me arrastré hasta él para inspeccionar la herida. Había arena en el corte y agua salada caía de su cabello. Pero no tenía ni una sola gota de sangre.

En ese momento se me ocurrió que, tal vez, Wil Hines no tenía sangre en las venas como todo el mundo. Tal vez él estaba formado por ingredientes de Florida: granos de arena blanca, espuma de mar y sal. Viento y sol. Tal vez estaba compuesto por las cosas que más amaba.

Pero ya no pienso eso ahora. No creo que estemos hechos de las cosas que más amamos, o las cosas que decimos o callamos cuando creemos que nadie está escuchando, o las peores cosas que hacemos. No creo que seamos las cosas que nos pasan, las circunstancias más allá de nuestro control. Supongo que no quiero creer que yo soy los errores que cometí estando ebria, un padre ausente. O un secreto terrible. Tampoco quiero creer que Wil y yo somos su terrible secreto. Ni que eso puede definirnos por el resto de nuestras vidas.

Estoy sentada junto a la cama de Minna, leyéndole pasajes de una antología de Pablo Neruda que alguien dejó en la oficina de enfermeras ("Quiero hacer contigo / lo que la primavera hace con los cerezos"), cuando Wil entra, con un ramo de flores. Verlo ahora es como verlo por primera vez en siglos, estoy sin aliento. Las flores son de un color púrpura que solo aparece en el horizonte por un segundo antes del anochecer. Lleva puesta una camiseta con cuello y buenos pantalones, cinturón y zapatos. Está vestido para una vida que no tenemos. Algo está ocurriendo. Mi cuerpo lo sabe.

—¿Cómo está? —pregunta, y deja las flores junto a la cama, al lado de unos globos desinflados que mamá y Micah trajeron ayer. Su ceño está fruncido y su boca, ligeramente abierta. Su rostro es una interrogación constante.

—Me apretó la mano esta mañana —le cuento. Mis ojos se llenan de lágrimas solo de pensarlo—. Creo que sabía que era yo.

—Eso es fantástico —se inclina hacia mí y me besa, con dulzura e incómodamente en la mejilla. Su boca, la forma en la que descansa sus manos en mis hombros, la curva de su cuerpo cuando dormimos juntos: son todas preguntas que su cuerpo le hace al mío. Preguntas que no he respondido.

—Los médicos le dijeron a Virginia que sus signos vitales son fuertes, y que su actividad cerebral se ve bien. Así que creo que tienen la esperanza de que haya un cambio pronto.

Wil acerca una silla junto a la mía y los dos miramos a Minna. Miramos las líneas verdes que marcan su ritmo cardíaco.

—¿Quieres ir a caminar? —pregunta—. Hay un jardín atrás. Casi se puede ver el agua.

Levanto las sábanas para cubrir a Minna y los dos salimos para bajar en el elevador. Fuera, el aire está caliente y pesado, me presiona contra la tierra.

Encontramos el jardín, un pequeño laberinto de setos, begonias ala de ángel de colores fuertes y lirios de lluvia. Nos sentamos en un banco de teca lustrada con una placa dorada.

–Te amo –me dice Wil.

–Yo también te amo –de pronto soy consciente de mi pesadez, del sabor amargo que cubre mi lengua y el cansancio acumulado detrás de mis ojos–. Estoy tan cansada, Wil.

–Sé que lo estás –su voz es inestable–. Por mí.

Niego con la cabeza. Agua salada se filtra de mis ojos.

–No fue tu culpa. Lo que te pasó esa noche estaba... fuera de tu control –lo sé, me siento más segura de eso a cada segundo. Me acerco a él y mis labios se encuentran con los suyos. Él es mi único alivio, y lo elijo.

Él se aleja, pero seguimos cerca. Su aliento llegando a mi nariz y el calor de su piel cerca de mí me reviven.

–Pero no puedo decidir por ti –las palabras se me escapan sin advertirlas; no es hasta que están ahí, entre nosotros, que me doy cuenta: son mis palabras–. Puedo amarte, lo hago y lo haré. Pero no puedo decidir qué hacer con esto. No tomaré esa decisión por ti. Tú tienes que... –se me quiebra la voz–. Eso es algo que tú sí puedes controlar.

Wil toma todo el aire de la atmósfera, luego lo exhala.

–Lo sé. No puedo pedirte que me digas qué hacer. Y no puedo pedirte que soportes esto... este maldito secreto sobre mí –su rostro se deshace.

–Lo haría por ti –presiono mi mano en su mejilla y él se apoya en ella–. Así es cuánto te amo.

–Mi mamá me dijo que fue a verte. Que te pidió que no dijeras nada. Eso no es justo. No puedo pedirte eso. Nunca te pediría eso –Wil me besa frenéticamente, en las mejillas, la nariz, la boca. Sus labios absorben mis lágrimas.

Me esfuerzo por respirar mientras él busca algo en su bolsillo trasero y me entrega un sobre doblado. Tiene solo un nombre escrito con su letra descuidada de muchacho.

Detective Porter.

–Wil –las lágrimas caen con más fuerza ahora–. Wil.

–Ahí está todo. Todo lo que ocurrió.

Sus manos están sobre mí, memorizándome, y las mías hacen lo mismo. Sigo las líneas de su cuerpo con mis dedos, como si nunca fuera a sentirlas otra vez.

–Tú… –los "pero" se amontonan, una tempestad en mi mente–. ¿Y si te arrestan? –no puedo soportar la idea de que Wil esté sin su taller. Sin pinceladas o mazazos constantes bajo la luz tenue. Sin el océano infinito. Y ni siquiera quiero pensar en mi propia vida sin Wil. La simple idea es una imposibilidad.

–No lo sé. No lo sé –está pálido.

–No puedes. No fue tu culpa. No fue tu culpa.

–No puedo pedirte que vivas con esto, Bridge. Ya fue demasiado duro, solo… –toma aire–. Ya fue demasiado duro durante los últimos días. Tienes que ir a la universidad. No arruinaré eso. No dejaré que mi papá arruine eso.

–Espera –le suplico–. Quizás no debas decir nada. Nosotros sabemos lo que pasó. Tal vez eso es suficiente. Puedes venir a Miami conmigo –me acerco y susurro–. Ven a Miami conmigo.

–Si no digo nada, dejaré que él arruine mi vida –sus ojos buscan el océano en el horizonte. Son espléndidos vidrios quebrados, brillando de miedo y deseo–. No dejaré que él nos hunda, Bridge.

–No lo hará –tomo sus manos, las rodeo con las mías–. No lo hará.

Me mira, como solía hacerlo cuando éramos niños en la playa, como si pudiera olvidarme si apartara la vista por un segundo.

–Te… te llamaré después. Si puedo.

Me aferra otra vez, para darme un beso que dura por siempre. Y luego estira sus pantalones color caqui.

–Tengo que irme ahora –dice.

–No. No –le suplico.

–Te deseo a ti –agrega y aparta el cabello de sus ojos, como solía hacer cuando trabajaba en un bote. Por un segundo lo veo ahí, bajo la luz clara del taller. Está construyendo algo. Su momento más feliz es cuando está construyendo.

–Te deseo a ti –le digo con dificultad.

Lo veo irse. Noto cada detalle en él: su marcha lenta, las líneas de su cuello, el tono dorado de mayo en su piel. Él es Wil Hines, nadie más. Él no es su papá, y no es simplemente el chico que lo mató. Él es el chico que ama tanto a su mamá como para salvarla. Es el chico que me ama tanto como para perdonar mis múltiples pecados. Y yo lo amo más allá de esto. Lo veo nadar, pasando la rompiente, hasta que se convierte en nada más que un punto, y luego el horizonte lo absorbe y ya no es nada en absoluto.

Me quedaré en la costa. Anclada aquí, por siempre. Esperando a que él regrese a mí.

AGRADECIMIENTOS

Escribir una novela siempre es un trabajo en equipo, y eso probó ser particularmente cierto en este caso. En primer lugar, agradezco a la más increíble dupla editorial: Lanie Davis y Hayley Wagreich. Han puesto sus almas y corazones y sus súper mentes en este proyecto, y estoy enormemente agradecida por su arduo trabajo. Fueron atentos lectores y críticos, animadores incansables y terapeutas con plena disposición. No podría haber contado esta historia sin ustedes. El *dream team* de Alloy Entertainment ha estado ahí, no solo desde el comienzo de este libro, sino desde el comienzo de mi carrera, y siento una enorme gratitud por su apoyo permanente. Sara Shandler, Josh Bank y Les Morgenstein: gracias. Hay tantas almas increíbles en Harper que han ayudado a que este proyecto cobrara vida. Jen Klonsky: gracias por creer en él. Gracias por darles tan amablemente a Wil y Bridge el tiempo que necesitaban para contar su historia. Gracias por tu aguzada mirada editorial y por tu humor durante el camino. Trabajar contigo en mis últimos dos proyectos fue encantador. Y, finalmente, gracias de corazón a las mentes maestras de publicidad y marketing de Harper: Elizabeth Ward, Julie Yeater, Sabrina Abballe, Gina Rizzo, Patty Rosati, Molly Motch y Stephanie Macy.

A mi agente, Rebecca Friedman: gracias por haber leído todas las versiones de este libro en el camino, por brindarme atentas devoluciones, y por estar ahí para hablar sobre ellas. Eres un tesoro. Y, por último, pero ciertamente no menos importante, gracias a mi familia. David, gracias por cuidar tan bien de mí, siempre. Gracias por amarme (y alimentarme) durante este y todos mis proyectos, de escritura y otras cosas. A mis padres, Molly y John: gracias por su cariño y apoyo. A la rica, salvaje y hermosa Florida: gracias por ser el escenario perfecto para esta historia, y por ser mi hogar.

SOBRE LA AUTORA

Meg Haston es de Jacksonville, Florida. Al menos ese es el sitio que ella ha llamado hogar, ya que allí es donde pasó una parte importante de su vida. Antes de mudarse a la ciudad del sol, vivió en distintas ciudades durante su infancia, como Atlanta, Georgia; Raleigh, Carolina del Norte; Alexandria, Virginia; y Wayne, Pennsylvania.

Luego de graduarse de la escuela secundaria, continuó viajando y ha vivido en otras ciudades como Chicago, Nueva York, Washington D.C. y en Aviñón, Francia.

Meg se recibió de terapeuta y ha trabajado con niños, adolescentes, familias y estudiantes universitarios.

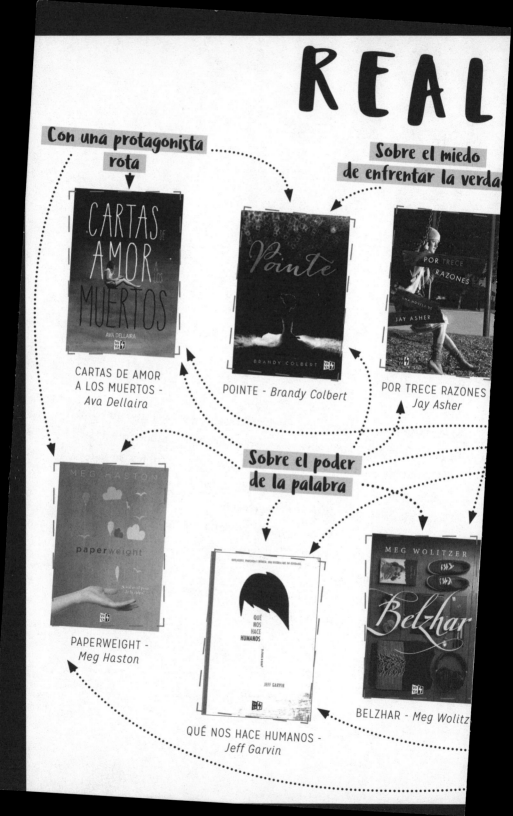

REAL

Con una protagonista rota

Sobre el miedo de enfrentar la verdad

CARTAS DE AMOR A LOS MUERTOS -
Ava Dellaira

POINTE - *Brandy Colbert*

POR TRECE RAZONES
Jay Asher

Sobre el poder de la palabra

PAPERWEIGHT -
Meg Haston

QUÉ NOS HACE HUMANOS -
Jeff Garvin

BELZHAR - *Meg Wolitzer*

mo...

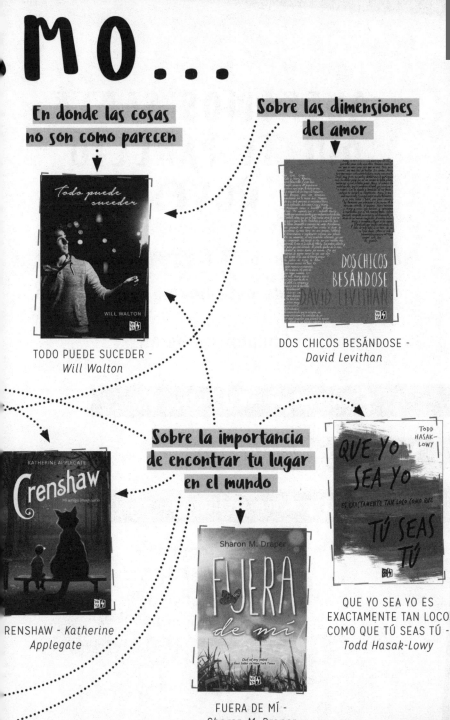

En donde las cosas no son como parecen

TODO PUEDE SUCEDER - *Will Walton*

Sobre las dimensiones del amor

DOS CHICOS BESÁNDOSE - *David Levithan*

Sobre la importancia de encontrar tu lugar en el mundo

CRENSHAW - *Katherine Applegate*

FUERA DE MÍ - *Sharon M. Draper*

QUE YO SEA YO ES EXACTAMENTE TAN LOCO COMO QUE TÚ SEAS TÚ - *Todd Hasak-Lowy*

¡QUEREMOS SABER QUÉ TE PARECIÓ LA NOVELA!

Nos puedes escribir a vrya@vreditoras.com

con el título de esta novela en el asunto.

Encuéntranos en

f facebook.com/VRYA México

🐦 twitter.com/vreditorasya

📷 instagram.com/vreditorasya

COMPARTE
tu experiencia con
este libro con el hashtag
#elfinaldenuestrahistoria

🐦 📷 f